此情无计可消除

This Emotion Can Not Go Away

周建达　著

天津出版传媒集团

百花文艺出版社

一

那是一个阴天的下午，在学校走廊上，高雪碰到了久未谋面的林梅。他发现她瘦了一圈。他的心悸动了一下。他不安地问她胃口如何。她说挺好的，然后露出一个微笑，似乎是对他的关心表示感激。高雪还想再问，铃声响了，林梅又冲他笑了一下，拿着讲义上课去了。

高雪觉得她笑得勉强，或者说笑容后面隐藏着心事。在下着小雨的周末，高雪邀请她去山庄玩。林梅爽快答应了。这是个好兆头。多年来，每次邀请，她都委婉拒绝。

山庄在城郊一个丘陵地带，都是一些小山头。山庄以前很热闹，城里人常来休闲。现在被拆除了，地上一片废墟，在雨中显得分外落寞。四周的果园还在，杨梅、柿子、葡萄、樱桃、石榴、猕猴桃，各种果树或繁茂或凋零。湿润的空气中飘溢着果香。秋雨如粉尘一般落下来。路上不见一个行人。高雪打着一把黑伞，林梅打着一把花伞。他们在果木间的黄沙道上徐行，说着话。

你有心事？高雪问。

是的。林梅说。

可以说说吗？

先生患了重病。母亲身体也很不好。

什么病？

肝已经硬得像一块石头。

雨点大起来了，打在伞上啪啪响。高雪说，肿瘤吗？

林梅说，是的，无药可救。

林梅眼泪汪汪。伤感朝高雪袭来。高雪揽住她的肩头。她开始抽泣，肩头一耸一耸。高雪心中的疼痛之弦被拨动了。

　　高雪第一次见到林梅是十几年前，在一家假日酒店。那时高雪的女儿刚考上爱克斯中学。爱克斯中学是全县首屈一指的重点高中。为了表示对老师的谢意，高雪叫女儿向老师一个一个敬酒。他自己则不停地向老师推荐几样时令菜。就在这时，高雪感到一道明亮的目光不断扫过来，像网一样将他罩住——是一个很年轻的女教师，样子很像汤唯。高雪的目光不由自主地被她吸引了。她忽然站起来，端着满满一杯红酒说，高先生，为你有这么一个优秀的女儿干杯。说罢，她一仰脖将整杯酒喝了下去。灯光下她的脖子很白，像天鹅颈。她是林梅，班主任说，教美术的。高雪也站起来，一口气将一杯红酒干完。掌声热烈，既是给林梅的，也是给高雪的。你女儿有美术天赋，林梅说，抓形很准。高雪的女儿脸红了。高雪说，谢谢。班主任说，冰清各科都挺好的，是考清北的料。高雪兴奋，站起来又敬了一杯。林梅的眼睛越来越亮。

　　聚餐结束后，林梅要了高雪的手机号码。当天晚上她发给他一条信息：你的《轮回》写得挺好的。高雪回道，你看过？她说，看过，先锋笔法，引人入胜。高雪说，谢谢。

　　高雪对林梅产生了好奇心。一次，他踱进她的办公室。无人，大概上课去了。办公室就两张桌子。桌子上有画册和一些美术杂志。墙角摆放了一些画架，还有一些颜料瓶，有油漆的味道传来。最引人注目的是两边墙上挂着的画。一幅是油画《向日葵》，像燃烧着的熊熊火焰，似乎不仅仅是植物，还是带着原始冲动和热情的生命体。另一幅是水粉画《花》，仿佛五颜六色的马赛克，又仿佛体检时检查色盲的检测图，花花绿绿的，令人眼花缭乱。高雪往后退，站远，定睛一看，出现了一朵花的轮廓，再细看，竟然十分像女性的生殖器，仿佛张开大嘴在呐喊。高雪一下子想到蒙克价值连城的《呐喊》，只不过蒙克是上边在呐喊。高雪觉得两幅画隔空对峙，似乎在暗中较劲。下课铃响，林梅走进来说，那是赵艳画的。那么向日葵就是你的了。她笑笑说，画得不好。高雪说，颇具凡·高神韵。

高雪将林梅先生的病情诊断书通过微信传给在法国的女儿，要她通过医学界的朋友打听有没有好的药物。高雪说，高中时林老师对你挺赏识的。女儿说，是的，林老师每次都将我的画当范本，在同学面前展览。要不是文化课老师力劝，我会报考美校。女儿发过来一个笑脸。高雪说，是的，滴水之恩当涌泉相报。

林梅发过来一首诗：

天凉好个秋，小虫呢喃竹篱后，声声长，声声短，欲说悲秋无尽头。红颜再聚首，踏遍故乡青山头。一脚高，一脚低，似曾相识梦里游。月光洒西楼，柔情似水满枝头。点点影，点点情，一切尽在红石榴。

高雪喜出望外，立即回复，想不到你会写诗，而且写得这么好。林梅说，献丑了，不过山庄真有诗情画意，尤其是雨中。

雨下得很大。高雪驾车路过学校，发现林梅正在打车。高雪摇下车窗说，林老师，去哪里？林梅撑着伞跑过来说，捎我一下，行不？高雪说，当然行。林梅坐进副驾驶，高雪闻到一股茉莉花香味。你住哪里？高雪问。城西，她说，教堂那边。

林梅租的房一片洁白，墙壁、家具、灯具都是白色的。只有墙上的《孤鹰》是黑色的，匍匐在悬崖峭壁上，大有一种遗世独立的味道，跟林梅文静的外表形成鲜明的对比。

你会多种风格啊。高雪欣赏着孤鹰说，有八大山人的味道。

我的兴趣比较广泛，林梅说，喜欢油画，也喜欢国画。

这画跟你年龄不相称。

我的心态比较苍老。

愤世嫉俗吧？高雪看一下她带点郁色的脸。

也不全是，反正代表我的心情。

还没成家？

是的。

林梅冲上一杯茉莉花茶。如果不急于回家，喝杯茶吧。

不急的，高雪说，反正一个人，女儿住校。

一个人？林梅显然有点吃惊。

是的，爱人前些年生病去世了。

难怪你看上去有点忧郁。

高雪走进林梅的画室，看到笔墨手有点发痒。拿过一张宣纸，用草书写下：雪满山中高士卧，月明林下美人来。

林梅瞪大眼睛。高老师，想不到你书法也写得这么好，很像王铎。班门弄斧，高雪笑笑，王铎的确练了十年。难怪，我看一些所谓的书法家还没有你写得这么好。过奖，也许还是我哥好。你哥？他叫什么名字？高鸣。高雪将笔递给林梅，你也来写一幅吧。林梅一笔一画写下：衣带渐宽终不悔，为伊消得人憔悴。写得太好了，高雪击掌说，简直赵孟頫再世。哪有这么好，林梅脸都红了。

二

高鸣越来越觉得活着的无聊。无聊像一只蛀虫，不断地啃噬着他的心。高鸣打开电脑，进入野狐围棋。围棋是个消磨时间的好东西。无聊其实是时间造成的，没有时间就没有无聊。打发时间就是打发无聊。然而下着下着，肚子咕咕叫了起来。高鸣这才知道自己还没有吃早饭。高鸣看看厨房。厨房似乎有热气。她肯定煮了早餐。高鸣走进厨房，揭开锅盖，空的。看看碗，也是空的。水槽里有几根榨菜丝，像软骨虫的尸体。她肯定上班去了。高鸣摸摸口袋，还有几块钱。他走了出去。天阴沉沉地皱着眉头。他走到小巷拐角。那里有个小笼包子店。高鸣要了一笼肉包子、一碗豆浆。

吃完早餐，高鸣不知道做什么事好。他点了一支烟。饭后一支烟，赛过活神仙。看看天，云厚厚堆积着，似乎要下雨。空气很闷。高鸣百无聊赖地在马路上走。走着，走着，走到了一家彩票店。发大财。这店名还是高鸣给题的。高鸣用了板桥体，笔画很夸张，看上去很滑稽，好像一个发了大财的人在狂笑。不知是高鸣的字给小店带来了好运，还是其他什么原因，真有人中了彩，得了几千万元。不过那时候高鸣在外地，是朋友打电话告诉他的。高鸣除了羡慕，连一颗喜糖都没有吃到。

朋友躺在马达椅上，在研究墙上的走势图。高鸣掐灭烟头，掏出两枚硬币，说，机选。因为一直没有中奖，高鸣都懒得选号了。其实什么号码都一样，反正要靠碰运气。高鸣将彩票放进口袋里。仿佛将希望装进了口袋里，心里踏实不少。是啊，希望本无所谓有，也无所谓无。但不买永远没有希望。梦想还是要有的，万一实现了呢。那个外国老头说得好。

　　看着朋友一副睡眼惺忪的样子，高鸣懒得跟他聊天。里边传来打麻将的声音。本来，周末，啤总、英子、李斯一定邀自己打麻将的。可是最近老是输，老是欠债，他们感觉没劲，便不叫了。里边是四个白发老头在打，一张牌捏在手里摸半天，看看都没劲。手机响了，叮的一声。高鸣退了出来，打开手机看，是银行的还款通知。高鸣这才想起明天就是月末了。信用卡已经透支三千元。高鸣这才紧张起来。

　　高鸣脑子快速转了几个弯。高鸣首先想到的是老二高雪。这个家族里高雪最有钱。问题是已经向他借过好几次，他可能很不耐烦了。但日子总得过下去，总不能活活饿死吧？老婆的钱要交房子按揭款，儿子在大城市也是泥菩萨过河。高鸣鼓起勇气发出一条短信。半天没有回音。高鸣想，糟了，老二不理睬自己了。高鸣想到了啤总，虽说他刚坐过几年牢，但瘦死的骆驼比马大。可是上个月他将自己的信用卡丢进了臭水沟里，还凶狠地骂了一句：你有什么资格用信用卡？从此以后打麻将输了的话再也不让自己掏钱，弄得自己很不好意思，似乎打麻将的资格都没有了。英子那张漂亮的脸在眼前晃荡。可是怎么好意思向一个女人借钱？李斯呢，公务员，肯定有点闲钱，但他是"妻管严"。高鸣又想到了老三。在想老三的时候，老二的短信来了：信用卡透支了吗？高鸣没有回复。你不抽烟会死？

你不打麻将会死？高鸣静静地看着手机挨骂。尽管高鸣看不见老二，但高鸣想得出来他愤怒的面容。老二发怒很认真的，脸色会发青。会骂就好，骂了一通之后就会微信转账。怕就怕不骂，一声不响。果然，唰的一声，一千元转过来了。他的心就是软，高鸣吃准了他这点。可老二越来越精了，上个月两千，这个月一千，下个月说不定五百。

起风了，几片梧桐叶在街上翻着跟斗。高鸣又想到了老三，尽管他也像自己老婆一样要缴二手房按揭款，但他做漆匠，有活钱。高鸣发出了一条短信，强调过两天就还他。过了一会儿，一千元钱转过来了。老三比老二干脆，而且不会骂人。还缺一千元。只有跟妹妹借了。

三

晚上，高雪在江边散步，边散步边跟林梅在微信上聊天。

　　高雪：我女儿说，引发肿瘤的根本原因是八个字：免疫逃逸，基因突变。
　　林梅：呵。
　　高雪：所以国外的医生说要做个基因检测。有时候，长在同一个器官的肿瘤可能是不同基因造成的，长在不同部位的肿瘤可能是同一个基因造成的。
　　林梅：是吗？
　　高雪：是的。只有明确是什么基因突变，才能知道有没有靶向药。
　　林梅：好的，我动员他去做一下。

林梅的先生叫钱谷，是一个老板。父亲给他取这个名字的意思是钱像谷子一样多。钱谷没有辜负父亲的期望，有一阵子钱的确像谷子一样滚滚而来。家庭作坊，路边小厂，公司，集团公司，一路壮大。他做的领带漂洋过海，连起来的话可以环绕地球几圈。然而好景不长，那个连农民也系领带的时代很快就过去了，现在只有电视上的人才系领带。钱谷的公司一落千丈，濒临破产。他忧心如焚，每天以酒浇愁。肝每天泡在酒精里，不得病才怪。现在，钱谷的肚子已经胀得像铜鼓一样大，脸色已经黑得像非洲人，连走路都不稳，只得叫一个护工搀着。幸亏护工曾经是他的秘书，是一个善解人意的漂亮女人，可以给他带来一丝安慰，不然，他早就不想活了。

　　当林梅将高雪的意思告诉钱谷的时候，他喘着气说，没用的，活一天算一天吧。护工说，要去做的，万一有特效药呢。钱谷说，没意义的，多浪费钱。说完，钱谷向花园走去，护工搀着他的一只手。花园里的花木很多，有红枫、水杉、雪松、鸡爪槭、黄杨木、广玉兰。现在，桂花洋溢着浓香。桂花香满衣，林梅想起自己写的一句诗。浓香裹着他们的背影渐行渐远。这时候，林梅的心情十分复杂。林梅知道钱谷跟护工的关系非同一般，但为了减轻丈夫的痛苦，她主动提出叫他的秘书来照顾他。钱谷非常感激，他紧紧地攥住林梅的手泪流满面。脚步声惊飞了一群麻雀。麻雀真多啊，它们密密麻麻，像大风中的尘土一样扬起，然后又像一片片树叶落下。林梅觉得自己的心情像麻雀一样杂乱。

　　高雪：周末出得来吗？几个朋友想聚一下。

　　林梅：什么朋友？不认识的话有点难为情。

高雪：都是高中同学。一回生两回熟。你活得太沉重，出来放松一下。

林梅：好的。

两岸咖啡店的灯光幽暗，走廊墙上张贴着一些女人裸体油画。其中一幅女子手捧瓦罐呈S形站着的画引人注目。画上的女子身材姣好，表情忧郁。你有点像她，高雪说。林梅笑笑，是吗？你过去说我像汤唯。高雪说，都像，汤唯是脸蛋，这个是气质。

啤总和李斯早在怡情包厢等候了。他们两边各坐了英子、小草。还有高鸣。高雪和林梅进去，他们一齐站起鼓掌，仿佛迎接贵宾。高雪介绍说，这是我女儿的老师，林梅。啤总咧开大嘴说，遥知不是雪，为有暗香来。林梅看着他的大肚子，有点吃惊。瘦小的李斯说，你真是闻香识女人。林梅的脸红了一下。大家笑起来。

高鸣前后张罗着。点的菜一盘盘上来，有白切肚、汪刺鱼、竹园鸡、河虾、毛蟹、泥鳅、扇贝、五谷丰登，还有一碗热气腾腾的边笋汤。喝的是青岛扎啤，酒精度低，味道鲜美。啤总倒满一杯酒，腆着啤酒肚说，林老师，你风姿绰约，我先干为敬。他一仰脖喝了下去。林梅看看高雪。高雪用鼓励的眼神看着她。林梅一口气将一杯酒喝完。掌声响起。高鸣说，林老师很面熟，好像在哪里见过，对，电影上，我干完，您随意。掌声响。高雪站起来说，我们迟到了，自罚一杯。又是一阵掌声。觥筹交错，气氛渐渐热络。大家谈天说地，插科打诨，笑声一阵接一阵。啤总将一只河虾夹进英子盘里，英子立即回敬一只扇贝。李斯给小草夹了一条泥鳅，不小心掉进扇贝里。高雪意味深长地说，这条泥鳅活络，到处乱钻。大家哄然大笑。连林梅也露出迷人的笑容。她夹了一片白肚放进高雪碗里说，幽默大师。

酒足饭饱，去隔壁讴歌会所。许多包厢都在鬼哭狼嚎。仿佛有许多歇斯底里症患者被关在这里。英子本身是草台班子的演员，握话筒的手势、标准的台步都透露出一种训练有素的气质。她唱的越剧高亢激越，颇有范派风味。林梅听呆了，不停地鼓掌。小草唱《小草》，李斯殷勤献花。啤总唱《铁窗泪》，音调不准，但饱含深情。高鸣跟他碰了一杯啤酒。李斯唱《北国之春》，声音嘹亮，中气十足。高雪唱《草原之夜》的时候，英子变成了一个活泼的维吾尔族少女，一边伴舞一边将两只手掌平放在胸前，脖子左右移动。大家笑翻了。气氛在高雪和林梅的合唱中达到高潮。高雪唱"如果没有天上的雨水呀，海棠花儿不会自己开"，林梅唱"只要哥哥你耐心地等待哟，你心上的人儿就会跑过来哟嗬"。掌声热烈。

回家后，林梅意犹未尽，跟高雪继续在微信上聊天。

林梅：想不到你们这么开心。

高雪：生活本来不容易，乐得开心。

林梅：你曾经邀请我好多次，但我不识相。

高雪：理解，你有顾虑。

林梅：我一无颜值二无才艺，怕丢你面子。

高雪：还要多好？在高雪眼里，你天下第一。

林梅：夸张，私我也。

高雪：啤总不也说你风姿绰约吗？

林梅：啤总很有趣。他干什么的？

高雪：包工头。曾坐过牢。

林梅：真的？

高雪：有次我哥抓几个摩托车小偷，被围攻。打麻将的啤总闻讯闯进一家小饭店拿了两把菜刀赶来，砍伤了一个小偷，结果被认定防卫过当。

林梅：难怪他《铁窗泪》唱得那么有感情。

高雪：是的。

林梅：你哥好帅，他做什么工作？

高雪：失业。

林梅：失业？

高雪：是的。曾经辉煌过，但好景不长。

林梅：李斯也搞笑。

高雪：是的，李斯很聪明。对人对事有独到的看法。

林梅：他在哪里工作？

高雪：文化局。以前当过先生。

林梅：最有趣的还是你，讲笑话不动声色，唱歌神采飞扬。

高雪：因为你在。

在一个晴朗的秋天，高雪驱车回家。大舅打电话说有个故事要讲给他听。大舅知道高雪爱好写作，他非常看重外甥的才气。他说高庄不出人才，如果出的话非高雪莫属。当高考恢复，高雪勇敢地报名的时候，村里人说除非太阳从西边出来。然而高雪金榜题名了，成了村子里有史以来的第一个大学生。村民们敲锣打鼓送高雪上学。高雪胸前挂了一朵大红花，正像参军的小伙一样。那时候大舅扬扬得意地反背双手在村巷里走路，逢人便说，怎么样，我的眼光不错吧？高雪的父母更是喜不自胜。他们默默地为高雪准备行囊。多年的苦日子即将结束，高雪使全家扬眉吐气。可惜二老在之前落下了病根，来不及享福便中年离世了。这是高雪心中永远的痛。

老家坐落在离大将山不远的盆地里。村庄前面是一条河溪。河溪前面是一片田野，田野前面是连绵起伏的山峦。尤其是大将山的参天古木，郁郁葱葱，像屏风一样立在村子正前方。据说那里埋着一位战功赫赫的宋朝将军。因此所有看相的算命的都说高庄风水很好。的确，高庄出的大学生和老板比邻近任何村子都多，有一个军人甚至在部队里当上了团长。然而，现在高庄和其他村子一样，显得有点冷清。高雪记得小时候，这个季节是芦花放，稻谷香，岸柳成行。现在，田园荒芜，许多土地种上了花木，还有雷笋。大舅正在一片竹林里忙碌，将一担担秕糠盖在竹根上。竹子要吃糠？高雪有点疑惑。大舅笑了，说，为了保暖，只有暖和竹子才会长笋。高雪拿出一包烟递给大舅。大舅打开烟盒，递给高雪一支，他自己也抽了一支。高雪看着几处长满荒草的土地说，良田都抛荒了，以后发生粮食危机怎么办？大舅说，是啊，可是谁还愿意种稻，现在市场上大米那么便宜。高雪感叹说，现在农民真悠闲。他想起以前"双抢"的情景。深夜两点高音喇叭就开始播放革命歌曲，他睡眼惺忪地跟着大人出去割稻，实在太困，割着割着就握着镰刀躺在稻田里睡着了。大舅说，是啊，闲得慌，年轻人都到外面打工，剩下走不动的就靠搓麻将打发日子。高雪发现远处田野上有一幢白色建筑，很突兀，就问，良田不是不能造屋吗？大舅说，故事就发生在这里。大舅吐了一个烟圈。这是一个还乡的老板造的，因为违章，村民曾经上告。可是老板有能耐，"白宫"还是造起来了。高雪抽了一口烟，看着大舅凝重的脸。房子造起来还不够，又侵占别人的自留地造围墙，于是打起来了，自留地的主人被打断了腿。高雪说，有这种事？大舅说，更精彩的是自留地的女人在老板家做保姆，据说是她私自同意老板在自家地上造围墙的，而且据说她跟老板的关系暧昧。高雪说，这故事有趣。

高雪很快就完成了一个短篇小说的构思，花了一个星期的业余时间将它写出，题目就叫《自留地》。高雪将稿子投给一家著名的文学刊物。

四

林梅上的是美术课。与其他老师不同，她的课堂是活泼的、自由的，除了教线条、素描、结构、色彩，她还教学生写生、漫画、设计、插图。"林老师的课真有趣，"冰清不止一次对高雪说，"她让我们自由讨论，凭兴趣涂鸦，还经常带我们去野外写生。"在学校画廊上，高雪经常看到林梅学生的作品。卡夫卡的《骑桶者》、卡尔维诺的《牲畜林》、博尔赫斯的《沙之书》，都是课文插图，传神，毕肖，充满想象力。而一些领带设计、服装设计则充满了现代气息，富有创造力。其中一幅题为《一个人的舞蹈》的原创作品简直比毕加索的《三个舞者》更有动感，那舞动的线条和强烈的色块充满青春的活力。仔细看落款，竟是女儿画的。高雪立即跟林梅用短信交流。

高雪：谢谢你！

林梅：谢什么？

高雪：《一个人的舞蹈》。

林梅：令爱挺有天赋。

高雪问女儿，你怎么想到画舞蹈，还是一个人的？女儿说，我是受林老师的启发，她的舞跳得真好。

在青年教师联谊会上，高雪看到了林梅的舞蹈。她和体育老师跳探戈。他们配合默契，技巧娴熟，尤其两人缠绕着狂奔几步，突然甩颈亮相，简直比专业人士还要专业，全场掌声雷动。"亲爱的你跟我飞，穿过丛林去看小溪水。"歌声动人，林梅的舞姿真是优美，白裙，红背心，马尾发，像一只小鹿一样轻盈，高潮时更像冰上舞蹈高手，单腿金鸡独立，另一条腿像蝴蝶一样张开。全场屏息敛声，许多眼睛变成了翩翩飞舞的蝴蝶。

高雪心中突然产生一个想法，给林梅介绍小董。小董现在在机关做公务员，很帅，很像公交车停靠站广告牌上的濮存昕，只不过濮粗犷一点，他文气一点。高雪觉得很相配。

高雪立即开始两头穿梭，牵线搭桥。事情很顺利。很快，高雪、小董、林梅，就坐在了格林咖啡馆里。小董与林梅四目一对，就溅出了火花。高雪悄悄退出，在心里说，但愿他们有缘。

很快，两人进入热恋。小董发短信说，很好，谢谢老师。林梅打电话说，我是世界上最幸福的人。此后，林梅随时向高雪报告进展状况。现在，我们在唱歌。现在，我们在跳舞。现在，我给他做菜。今晚，他彻夜未归。高雪想到赵艳的《花》，想象两人释放饥渴时呐喊的情景，肯定惊心动魄。

然而不到半个月，林梅就哭着打来电话说，吹了。吹了？怎么回事？高雪觉得很突然。林梅在电话那头一个劲儿哭。好久没有听到这种痛苦的哭声了。你在哪里？怎么不说话？高雪有点着急。哭了半天，林梅才说，在格林咖啡。你等等，我就过来。高雪风驰电掣赶到格林咖啡。在一个小包间里，林梅哭成了一个泪人。小包间似乎还残留着小董的体温。可以想象，那是怎样一个凄惨的场面。看来世上还有所谓真正的爱情，不然，活泼的林梅不至于这样。分手的理由更使高雪大吃一惊。原来林梅给樵夫当过模特。樵夫是我的老师，林梅说，小董不知从哪里打听到的。高雪说，当模特怎么了？林梅恸哭出声，头靠在桌子上，肩膀一耸一耸的。高雪心中不忍，用一只手轻轻抚拍她的脊背。

高雪打电话给小董，问，当模特怎么了？小董说，不是一般的模特，是裸体模特。

高雪的脑子嗡的一声，眼前出现樵夫的脸。满脸胡子，表情忧郁，一年四季戴一顶鸭舌帽。他的画室在城郊一座依山傍水的别墅里。挂在四壁的画作全是裸体女人。

樵夫拿着画笔在画女人的臀部。

高雪看着南瓜般饱绽的臀部问，这是什么画法？

夜光虫。樵夫用一支黑笔戳了几下。

高雪觉得腰部的曲线真是太美了，尤其是斜躺着的女人。高雪的意识里出现了蛇行草中的姿势，连绵起伏的山冈，沙漠沙丘的弧线。

你画画有模特吗？

当然有的。

樵夫将乳头渲染得像两颗熟透的樱桃。

有这么红的乳头吗？高雪问。

源于生活，高于生活。樵夫说，摄影是客观的，客体决定着镜头的内容，客体笑就笑，客体哭就哭，你无法改变。绘画就不同，它是主观的，尽管有模特，但你可以改变，你想怎么改就怎么改，所以凡·高的向日葵会熊熊燃烧，蒙克的呐喊穿透整个宇宙，毕加索画的臀部和胸部会出现在同一个平面，绘画可以带给你创造的乐趣。

高雪点点头，开始翻看桌子上的一本画册。有一点我不懂，高雪说，就是裸体写生，为何女人一丝不挂，而男的反而穿上裤衩？

樵夫说，这些是我读美院的时候画的。那时候我们在画室写生，面对裸体女模特，一颗心常常怦怦乱跳，裤子会变成一把张开的伞。同样地，裸体男模特看着台底下的美女学生，身体也会发生反应，变成一根爆竹，随时有可能呼啸着向你袭来。这样太不雅观了，于是套上了一条裤衩。

高雪笑笑，你瞎编的吧。

樵夫说，夏天的大街上，赤胳膊露腿的是什么人？不是女人吗？相反，男人为何包得严严实实？

这是两回事，你偷换了概念。高雪说。

小董会不会偷换了概念？高雪打电话给林梅，林老师，不好意思问一下，你当模特穿衣的吗？

当然穿衣，怎么了？林梅问。

呵，没事。高雪说。

高雪又致电小董，你了解的情况可能不对。林老师的确当过模特，但是穿衣的，很正规。何况樵夫是林梅的老师。

小董说，反正樵夫这个人影响很不好，据说给他做模特的都要跟他上床，跟毕加索一样。

高雪说，传说是传说。

小董说，许多传说往往是真的。老师，谢谢您的好意。小董挂了电话。

高雪跟林梅的接触渐渐减少。高雪觉得对不起她，好事没有做成反而伤了她的心。

五

高鸣坐在屋子里拿一支彩笔画着。他喜欢画画。小学三年级的时候，他画的坦克就惟妙惟肖。

不过，现在高鸣不是画画，而是在画格子。他迷上了彩票，排列三、六选一、双色球、十五选五。客厅的墙上贴满铅画纸，上面画满围棋盘一样的格子，标明五颜六色的阿拉伯数字。他夜以继日地研究各种走势，夜以继日地推敲各个数字，排列，组合，筛选。最后将千挑万选的几个数字交给朋友去执行。得过不少小奖，十块二十块的，但常常跟大奖失之交臂，总是相差一两个数字。有时候剑走偏锋，拿生日、门牌号、车牌号去赌，但灵验的不多。有一次研究排列三胆码，高鸣灵光一闪，脑子中蹦出三个数字：5，5，5。他亲自赶到朋友的彩票店，下了十倍赌注。在场的人都不以为然，这种号码史上极其罕见，中奖概率几乎是零。谁知当晚开奖，果然是三个5。得了一万元奖金，高鸣一炮打响，他很是得意了一阵子。有一次他琢磨十五选五累了，躺在沙发上休息的时候梦见了五个神奇的数字：1，6，7，8，9。这不是一组中五连四的号码吗？如果中的话，奖池中累积的数百万将被他独吞。但高鸣看着墙上的走势图，摇摇头觉得不可能，又一想，15这个号码好长时间不出了，照概率应该出一次，于是将9换成15。结果，开出来的奖号果然是：1，6，7，8，9。跟他梦见的一模一样。高鸣一辈子没有经历过这么后悔的事情，当场昏倒在朋友的彩票店里。他直挺挺在床上躺了三天三夜。

门外有人敲门。起先高鸣以为听错了，这样的寒舍谁会造访，便没有理睬。然而敲门声又响起，笃笃笃的，很清脆。高鸣不耐烦地去开门。竟是老二，一脸严肃地立在门口。高鸣急忙挤出一丝笑容。他将高雪让进屋里，又是递烟，又是泡茶。高雪依旧立着，看墙上的铅画纸。看了半天，高雪嘴里才蹦出一句话："这么弄，有意思吗？"高鸣说，没意思，可有什么办法。高雪说，总得找点正经的事情做做。高鸣说，老货，有什么事情可做？高雪说，男子汉大丈夫的，要老婆养活总说不过去，这样吧，有个朋友开宾馆，正在招保安，去试试？高鸣说，保安癞子？等于电影上的烂脚兵，不喜欢。高雪说，我劝你还是好好考虑，这样至少可以自己养活自己。高鸣不吭声。

这时候，高雪的手机在口袋里振动了一下。高雪掏出一看，是林梅来了微信，便说，我有点事，你好好考虑一下吧。

高雪走到江边，迅速打开微信。

林梅：他不肯做基因检测。他说医生也说没有这个必要。

高雪：怎么没有必要？只有诊断了，才能知道有无特效药。

林梅：医生说，他的肝已经无可救药，只能维持治疗。

高雪：不可以动手术吗？

林梅：已经全身扩散。

高雪：肝移植呢？

林梅：不能所有器官都移植啊。

高雪：为何一下子这么严重？

林梅：他长期酗酒。早晨起来第一件事就是喝酒。睡觉前最后一件事也是喝酒。哪怕打麻将时也是酒不离身。而且是高度数烈酒。医生说，他的肝一天到晚泡在酒精里，不得病才怪呢。

高雪：你没有劝说吗？

林梅：劝过，吵过，无效。他说，若要不喝，除非入土。

高雪：不可思议。

林梅：他就好这一口。开始的时候又不肯看医生，顽固透顶。

高雪：会不会是借酒浇愁？

林梅：是的。他办厂压力很大，连年亏损。

高雪：现在在家里还是医院？

林梅：住院。

高雪：你母亲情况怎么样？

林梅：肾脏不好，也要动手术。

高雪：有兄弟姐妹吗？

林梅：我一个人，独生女。

高雪：那真是辛苦了。又要教书又要照顾两个病人。

林梅：这还不够。县管校聘要开始了。

高雪：听说过。

林梅：我们学校老师多、指标少。说得简单一点，就是各学科要淘汰一些人。内忧外患，想想也会崩溃。（哭泣）

高雪：要坚强，梅，我会帮你的。

六

办公室桌上放着一份文件，里面说下星期要到学校接地气。高雪立即想到了林梅。林梅在爱克斯中学。高雪就在表格上填了爱克斯中学。

兄长来电，说愿意去滨江酒店。这就对了，高雪说，工作着是美丽的。

晚上，站在阳台上，高雪闻到了桂花的香味。尽管是九楼，还是浓香扑鼻。高雪看着不远处闪着皎洁月光的河流，心旷神怡，脑子中蹦出一句诗：桂花怕寂寞，送香上楼台。他立即将诗句发给林梅。林梅发来了六个大拇指表情，并说，妙不可言。高雪说，明天开始来你校蹲点。林梅说，热烈欢迎。

学校生活是丰富多彩的。接地气是全方位的。听课，检查备课本，检查学生作业，座谈，问卷调查。高雪忙得不亦乐乎。课间，宣传栏边围着一些人。高雪朝人群走过去，看到一幅获奖作品。画面是一个半裸的女子穿着红肚兜坐在荷叶上，旁边插着一杆红缨枪。作品叫《守卫》，在省里一个民间组织的美术比赛中得了金奖。作者是赵艳。一些老师脸上露出嘲讽的笑。学生们的观赏则充满了好奇。林梅走过来说，俗不可耐。高雪说，怎么不见你的获奖作品？

电视上，林梅穿着一袭白裙侃侃而谈。她的作品《孤鹰》得了全国大奖，比赛是权威部门组织的。林梅的创作和生活镜头交替呈现。最后是林梅领奖的镜头：鲜花，掌声，奖杯。

林梅领着高雪走向湖边。

说吧。高雪看着林梅憔悴的脸。

赵艳跟朱副校长走得近。

朱副校长？

分管政教宣传的。两人经常跳舞。慢四或者快三。身子贴得很紧。

高雪看着在湖边摆动的杨柳，说，关系也是一门学问。

是的，她很会搞关系，逢人便带三分笑，有空时经常在各个办公室转悠，将自己外出游玩带回的一些零食和小礼物分给大家。

她的人缘肯定很好。高雪看着一只蝴蝶在草间翩飞。

当然。她很活跃，唱歌，跳舞，打乒乓球。打乒乓球的时候，生龙活虎，连叫带喊，朱副校长说她有三个球在联合作战。

有趣。

连学生也奈何她不得。有次考试，一个泼皮男生很早走出考场，看见赵艳穿着超短裙，花枝招展的，就嬉笑着说，赵老师，好哆的裙子，里边是什么？她说，里边是你妈。"泼皮"张口结舌。她笑得露出了整排牙齿。

那么，这次竞聘，就是你和她的较量？

是的。两人必须去掉一个。

湖上，有两只鸬鹚在争抢一条梭子鱼。白亮亮的梭子鱼被撕扯得鲜血淋漓。

高雪走进校长办公室，跟方校长聊起竞聘的话题。

难道没有更好的办法？毕竟都是人类灵魂工程师，学生很尊敬的啊。高雪说。

是的，以前是企业。现在轮到事业单位了。方校长说。

你很为难吧？

当然。手心手背都是肉。拿掉谁都心疼。问题是上面下了文件，非要执行不可。而上面，似乎也没有办法。生源越来越少，新的师范生又源源不断出来。加上有的老师的确有些倦怠。

高雪喝了口茶，林梅表现怎样？

林梅？方校长注意地看了高雪一眼，挺好的啊，大才女。

她的先生患了绝症，她的母亲也要动手术。一个人照顾两个病人，挺困难的。

哦，有这事？方校长转动一下手中的笔，看来我们对职工家庭欠关心。

林梅是我女儿的老师，希望校长各方面多多关照。

放心，高专家。

高雪告诉女儿，林老师的先生不肯做基因检测。女儿说，那怎么办？高雪说，你问问国外的医生有什么治疗晚期肝癌比较好的药物。女儿说，好的。

第二天，女儿给高雪发微信说，英国医生说，目前乐伐替尼效果比较好。高雪说，哪里产的？费用如何？女儿说，日本产的，费用大概两万块一个月。高雪说，这么贵？女儿说，医生说如果去印度采购能够便宜一半。高雪说，能否叫你朋友帮个忙，先买两瓶试试？女儿说，好的。

七

高鸣开始在滨江酒店上班，穿着一套笔挺的制服。起先，高鸣很不习惯，他将帽檐压得很低，生怕遇见熟人。在国营大厂那阵儿，他曾经钻研过鲁迅，知道有句"破帽遮颜过闹市"，现在虽然戴着的是挺括的"军帽"，但他觉得比破帽还不如。大厅装修得富丽堂皇，进出大厅的都是气宇轩昂的人。高鸣觉得自己矮了人家半截，身子不自觉地有点萎缩。欠挺！队长像呵斥一个小孩一样训他。高鸣的肚子就鼓起来了，想扇他一个耳光。尖嘴猴腮的，嗓子像公鸭子，嘎嘎嘎的，算什么东西啊，敢在老子面前逞威？但高鸣还是忍住了。老二说过，人在屋檐下，不得不低头。高鸣就将身子站得直了一些。这才像话，队长拍拍高鸣的肩头，到我们酒店的都是尊贵的客人，随时都要注意自己的形象。

啤总来了，带着一帮哥们。他故意向高鸣立正敬礼。高鸣举起了警棍，说，你的骨头犯痒了吗？啤总就笑着递给他一支烟。高鸣接过去，然后又摇摇头，将烟还给他。啤总拉下了脸，说，抽根烟也犯法吗？高鸣说，是的，犯规。啤总说，把你们老总叫来，我就不信，抽根烟也不行。高鸣说，算了，我的爷，进去吃喝吧。啤总说，你也一道。高鸣说，不行。啤总说，怎么不行？才几天？阉了似的！啤总就给酒店老总打电话。打完电话就说，说好了，进去吧。然而在包厢里，穿着制服的高鸣总觉得如坐针毡，放不开。啤总说，脱下你那套蓝皮子，喝酒！高鸣就脱下了制服。脱下制服的高鸣就放开了，仿佛卸下了镣铐。他的嗓音比任何人都响亮。

队长似乎听见了高鸣的声音。他寻着声音进来，看到高鸣喝得像只红头雏鸡，便拍了一下桌子说，你想造反吗？

高鸣不"鸣"了，他张口结舌，不知说什么好。

啤总走过去，用手拎起队长的一只耳朵，说，你的骨头犯痒了吗？

队长这才看到啤总，大惊失色，龇牙咧嘴地说，不敢，啤总，不敢。

啤总放开队长的耳朵，喷出一口酒气说，小猴子，你给我记住，高鸣是我的兄弟，兄弟，懂吗？

队长捂着耳朵说，我懂，我懂。连忙退了出去。

哈哈哈，包厢里爆发出混合着酒精味的笑声。

李斯来了，和单位的人一起。他也是捧场来的，他跟单位的人介绍说，高鸣是他的朋友，请大家多多关照。高鸣当然知道李斯的好意，他尊敬地将李斯他们送进包厢。

英子带着一群姐妹来了，她们一齐夸奖穿制服的高鸣好帅。高鸣说，哪里，一个烂脚兵而已。

当高雪走进酒店的时候，高鸣显然已经适应了这里的环境，他拿着警棍巡逻的样子有点让人望而生畏。队长知道了高鸣的背景，每次碰到高鸣就忙不迭地点头哈腰，好像高鸣是队长。其他兄弟不是呆子，看到队长都对高鸣这么客气，便没有理由不对高鸣尊敬。他们常常隔三岔五请高鸣喝酒。看着高鸣惊人的酒量和不俗的谈吐，他们由衷地佩服，常常伸出大拇指夸奖他。高雪看着高鸣有了光彩的脸问，还好吗？高鸣说，还行。还行就要好好干，不然我在朋友面前无法交代。放心吧兄弟，高鸣说，我不会让你塌台的，不过……高雪问，不过什么？高鸣说，工资有点低。高雪说，这个没办法的，三千元一个月，市场价。高鸣欲言又止。高雪说，生活过得去就可以了，就是混口饭吃。

八

钱谷被医院劝归，他索性破罐子破摔，要吃就吃，要喝就喝。他还让弟弟买来了一套音响，上午唱，下午唱，晚上唱。多数是跟护工对唱，唱的都是情歌。"妹妹你坐船头啊哥哥在岸上走，恩恩爱爱纤绳荡悠悠。""谁能与我同醉，相知年年岁岁。""心上人我在可可托海等你，他们说你嫁到了伊犁。"

林梅非常痛苦。她想起了那个下雨的日子。那天她骑着自行车去上班，经过一片水洼时，一辆轿车风驰电掣而过，溅起的巨大水花将她击倒在地。她后脑勺先着地，昏了过去。待她醒来，她看到了一个白色的病房。一张黧黑的脸正微微笑着看她。在他三言两语的叙述中，她知道是他将她送到医院的。经过医生仔细检查，身体没有大碍，只有一点皮外伤。但是她还是将这位叫钱谷的男人当作救命恩人。接触几次以后，她觉得他为人比较厚道，跟一般的老板不一样。后来，当她知道他尚未婚娶时，便开始跟他正式交往。那时候钱谷像得到一个宝贝似的开心，用豪车载着她到处炫耀。山庄、酒楼、茶室、歌厅，他大着嗓门不停地向客人介绍，生怕别人不知道。在吃喝的时候他不停地给她夹菜，在唱歌的时候他不停地给她点歌。他自己专门挑那些爱情歌曲唱。他的嗓门很大，唱得惊天动地。尽管他的音调不准，但在场的人无不被他的激情所感染。林梅当然更加感动，她除了热烈地鼓掌，总不失时机地给他献花。这样过了一段时间，终于有一天，在包厢，当着许多人的面，钱谷怀抱九十九朵玫瑰跪下向林梅求婚。林梅措手不及，茫然地接过了玫瑰。当回到家里酒醒以后，一丝不安的感觉漫上了林梅的心头。钱谷人是不错的，但在他一次又一次卖力地显示着他的殷勤的时候，林梅总觉得缺少了什么。是的，钱谷的朋友是多，但文化水平不高，他们感兴趣的似乎只有钱、女人、麻将、扑克、喝酒、唱歌。对林梅爱好的艺术他们充耳不闻。林梅隐隐觉得，如果跟钱谷生活在一起，肯定缺少共同话题，好像将一只孔雀跟一头牛关在一起。但当林梅将婚事跟父母商量时，他们满口答应了。他们一致认为，现在的世界，钱就是硬道理，至少林梅可以衣食无忧。看到林梅还是犹豫不决，他们劝她，没有十全十美的人，过得去就行。于是林梅彻底将小董在脑中抹去了，在一个秋高气爽的日子跟钱谷结了婚。婚礼别具一格，钱谷骑着一匹高头大马，林梅坐着八抬大轿，喇叭吹得呜里哇啦，爆竹争先恐后地蹿向天空。现在一般都是豪车车队迎娶新人，于是钱谷的迎娶场面就显得格外新鲜，引得许多人围观。林梅被颠轿颠得晕晕乎乎，一直过了好长时间都仿佛还在梦中。

自从林梅进了钱谷的家门以后，钱谷的公司更加兴旺发达。钱谷更加得意，他觉得自己是金扫帚，而林梅是银畚斗，林梅有旺夫运。他知道林梅爱好绘画，专门为林梅开辟了一间画室，并且专门上省城书店为林梅买来大批画册。他自己日夜在外面奔波，不是谈生意就是应酬，常常酩酊大醉地回来。林梅劝他少喝点，他说人在江湖没有办法。

渐渐地，林梅觉得心中空落落的。他除了物质上给她带来巨大的满足，其他就没有了。他回家的日子越来越少。偶尔回家，但在饭桌上，他的话题除了钱还是钱，除了生意还是生意。好在林梅在学校做着班主任，很忙，要不然真不知如何打发寂寞的时光。

钱谷喝酒终于喝出了问题。他们一直没有孩子。上省城医院一检查，才知钱谷的精子数量太少。林梅有点绝望。看着别的老师将小天使般的孩子带到学校，她羡慕不已。他们也曾多次去省城医院人工授精，但均以失败告终。钱谷说，真的不行，我们去领养一个？林梅坚决地摇摇头。

全球金融危机很快影响到钱谷的企业。他的领带本来就是以出口为主，买家越来越少，产品积压得越来越多，经营每况愈下，企业行将倒闭。

看着钱谷每天以酒浇愁，林梅心如刀割。凭着一点微薄的薪水，她根本无力回天。终于，钱谷病倒了，脸色越来越黑，肚子越来越大。

现在，看到钱谷跟护工歇斯底里地狂吼，一阵阵疼痛朝林梅袭来。她心疼钱谷，又心疼自己。夜深人静的时候，她常常暗自垂泪。泪水将整条枕巾打湿。她除了感叹自己命苦，再也没有其他办法。

九

这天，高雪正在办公，啤总打来了电话，说朋友新开了家三羊酒吧，味道很好，晚上叫他一定叫上林梅。林梅尽管没有心情，但是没有拒绝高雪的盛情邀请。

三羊酒吧的装饰有点返璞归真。大堂和包厢的装饰、桌子、椅子、筷子都是木质的。冷柜里，卧着几只被褪了毛的羊，血淋淋的。林梅说，可怜的羊。高雪说，弱肉强食。

很快，羊肉宴开始了。桌子中间有一口大锅，在灯光下呼呼冒着热气，薄薄的肉片在沸水中打滚。啤总拿着一把一尺长的长勺示范怎样取肉、怎样蘸调料，并且亲自将一勺羊肉放进林梅的盘子里。林梅给了他一个微笑。英子有点吃醋，说，真勤快。李斯说，我对羊肉没有胃口了。大家惊讶地看着他。李斯环视几个美女，说，因为秀色可餐。大家哄的一声笑了。杯筷交错，气氛非常热烈。小草夹的羊肉掉进酒杯里，酒水溅了出来。小草有点发窘，脸红了起来。她红脸的样子真好看，白里透红，更有一种女人味。高雪及时讲了一个笑话，说一次李鸿章请客，请的是洋人。李鸿章用筷子撩饺子，不小心将饺子掉进醋碗里。洋人以为这就是中国人的吃法，便开始模仿。捏着筷子的手举得高高的，故意让饺子掉进醋碗里，结果溅得满身是醋。啤总早笑得将一口酒水喷了出来，并且不停地按着大肚子，仿佛笑话钻进了他的肚子里。林梅抿着嘴笑。她即使笑起来也那么高雅。大家一齐鼓掌。老板娘进来敬酒。高雪说，三"羊"开泰。老板娘笑开了花，豪爽地将一杯红酒干了。

回家后林梅在微信上给高雪发来一个酒醉的表情。

高雪：酒要微醉，花要半开。

林梅：你总是妙语连珠。

高雪：因为有你。灵感雪片一样飞来。

林梅：又是金句。

高雪：跟着我们玩开心吧？

林梅：忧伤减半。

高雪：你先生好些了吗？

林梅：（伤心）医生说，最多三个月。

林梅：死神在逼近，像推土机一样碾压过来。

林梅：夜深人静时我常常在噩梦中惊醒。

高雪：焦虑和恐惧是噩梦之源。

林梅：是的，不是大水就是大火，这是我从小就害怕的。

高雪：可能会有办法，现在医疗这么发达。

林梅：除非出现奇迹。

高雪：信念还是要有的。

林梅：他已经丧失了信心，叫我找一个好人。

高雪：一定要鼓励他战胜病魔。

林梅：对了。英子、小草似乎也是强颜欢笑。

高雪：家家有本难念的经。

林梅：？

高雪：英子本来挺好，嫁了个老板，衣食无忧，后来老板出事，锒铛入狱，欠了一屁股的债。啤总出狱后继续包工程，效益不错。他在歌厅认识了英子，非常同情，伸出援手，帮她还债。

林梅：挺仗义的。

高雪：小草嫁了个村委会主任。村委会主任替人做巨额担保被骗。为了避免连累家庭，村委会主任与小草断了关系。孩子判给小草。李斯跟小草本来就是同学，高中时他曾经暗恋过小草。现在李斯除了在经济上接济小草，还承担家教。小草的孩子太皮，一天到晚玩手机。李斯恩威并施，将小学生训得服服帖帖。

林梅：也很感人。

高雪：世上总是好人多。

高雪铺开宣纸，正准备写字，手机响了，接听，是一个陌生男人的声音。对方说他的《自留地》味道浓烈，杂志社留用。高雪说，真的吗？陌生男人说，当然真的，大概两个月后刊发。高雪连声道谢。想不到这次这么顺利。《上海文学》可是全国一流的文学刊物，在上面发表一篇作品十分困难，尤其是业余作者。高雪写了几十年的小说，除了在地市级杂志上发过几个短篇，自费出版过一部长篇，还未在省级刊物上亮相，遑论国家级刊物。高雪心花怒放，在宣纸上写下：春风得意马蹄疾，一日看尽长安花。拍照传给林梅。林梅又点了六个大拇指表情，说，龙飞凤舞，赏心悦目，碰到了什么好事？高雪说，以后告诉你。她发来一个嘟嘴的表情，说又卖关子。高雪回了一个安抚的表情。

林梅说美术组要去舟山，她很为难。高雪问，病人有人照顾吗？她说，有的。高雪说，去吧，难得放松。她说，好的。为了打发旅途无聊时光，林梅不断跟高雪在微信上聊天。

　　林梅：你说的每天两集《如懿传》，我也在看。

　　高雪：最可悲的是宫女。白头宫女在，闲坐说玄宗。

　　林梅：伴君如伴虎。

　　高雪：那么多女子聚在一起争宠，不生事才怪。

　　林梅：争宠是宫女的事业。

　　高雪：妙句！

　　林梅：（难为情）

　　高雪：不过有点模式化，除了下毒还是下毒。

　　林梅：不管善良还是恶毒都被算计。

　　高雪：晴空万里，心情很爽吧？

　　林梅：没有你在，其实不爽。

　　高雪：还记得多年前的舟山之行吗？

　　林梅：当然记得。和你一块在船上吃饭，你写的诗还在我的日记里。

　　高雪：（惊喜）真的？

　　林梅：浪迹海天忆旧颜，桃花一日胜千年。何当畅饮梵音楼，默语人间离合情。

　　高雪：（感动）我自己都忘记了。

　　林梅：有些东西是永远难忘的。

　　高雪：夜凉如水，问玉臂寒否？

　　林梅：心明如镜。

林梅：想得家中夜深坐，还应说着远行人。

高雪：（三枝玫瑰）

十

药寄到了。高雪将几乎全是英文的包裹交给林梅。林梅很惊讶。高雪说，是你的学生快递来的。一瞬间，林梅的眼眶湿润了，她问，多少钱？高雪说，吃着再说吧，每天一粒，饭后吃。高雪挥挥手，摇上车窗。后视镜里，高雪看到林梅久久站在原地，目送自己。风将她的裙子吹起一角。她的身材真好。

林梅：叫我如何感激你。

高雪：你的事就是我的事，你的担忧就是我的担忧。

林梅：天寒有衣穿，心寒有人暖。

高雪：你也温暖了我女儿三年。

林梅：（转账两万元）我知道肯定不够，进口药挺贵的。

高雪：目前你很困难。

林梅：你一定要收下。这样我不好意思的。

高雪：先看看有没有效果。如果有，我下次收，好吗？

林梅：我以前不识相，老是拒绝你的邀请。

高雪：理解。你有家庭，毕竟没有那么自由。

林梅：主要是担忧。有好几个当官的因为那方面的原因出了事。

高雪：如果是交换，迟早要出事。

林梅：竞聘正式开始了。

高雪：很激烈吧？

林梅：人为刀俎，我为鱼肉。

高雪：不必悲观，你那么优秀。

林梅：校园的气氛十分紧张。

林梅：马上就要进入程序，大家都在准备演讲稿。

林梅：有的在恶补教案，有的开始走动，联络感情。

林梅：同学科的人似乎都变成了"敌人"。倒是不同学科的教师都变成了"朋友"。

林梅：每个人手上都握着宝贵的一票，谁也得罪不得。

高雪：校园的人际关系重新洗牌。

林梅：对。熟悉的变陌生，陌生的变熟悉。

林梅：冷不丁，微信上会冒出一张陌生的笑脸说，哥们，多关照啊。

林梅：或者，用餐完毕，走出食堂门口，一条陌生的胳膊揽住你的肩膀说，大姐，相互照应啊。

林梅：有的甚至开始在微信上发红包拉票。包括赵艳。

高雪：临时抱佛脚，有用吗？

林梅：当然没用，程序无非是个形式。

高雪：要淘汰几个？

林梅：十三个。

高雪：这个数字有趣。

林梅：是的。大家都在嘀咕，这样下去，人心迟早要散。

高雪：三年一次？

林梅：对。人人自危。大家都没了归属感。

高雪：不要太担忧。人间正道是沧桑。晚安！

啤总叫高雪去跳舞。高雪叫林梅一起去。林梅说要上晚自习，没有去。桑巴舞厅里，李斯、小草、英子都在，还有啤总夫人。啤总夫人在一家医院当会计，很严肃。高雪有点吃惊。啤总悄悄跟高雪说，她硬要跟来。五颜六色的灯光暗了下来。啤总邀请英子跳慢四。啤总夫人迎了上去。英子很尴尬。啤总脸一沉，只得握住夫人的手。啤总的动作很僵硬，两人的身子撑得远远的，似乎隔着万丈深渊。其他人都是相互搂着，很亲昵。尤其是李斯和小草，几乎零距离。高雪请英子跳。英子的手搭上高雪的肩。高雪扶住英子的腰。她的腰很柔软。高雪轻轻迈着舞步，说，你要理解啤总。英子说，知道的，她简直是个警察。高雪差点笑出声来。幽暗的灯光刚好扫过啤总夫人的脸。好几次，英子说，我们在打麻将，她突然出现了，像菩萨一样坐在一角，一动不动。我们都吓坏了，大气都不敢出。本来啤总总是谈笑风生，常常将我们逗笑。高雪说，说明她对啤总很在乎。当然在乎。可是丈夫丈夫一丈之夫，能拴得住吗？高雪说，你的话真有趣。一束粉色的光打在英子脸上，她的脸更俏丽了。啤总特怕老婆，有时候正在吃饭，老婆一个电话打来，他的笑脸立即凝固。绿色的光扫过啤总，他的脸像一块绿色的石头。既然这样，交什么女朋友？高雪说，为了帮助你啊。这倒是，英子说。

林梅：舞跳得好吧？

高雪：遍插茱萸少一人。

林梅：我老是扫你的兴。

高雪：理解。

林梅：昨天空档值日。早上六点半到，上午监考；中午看食堂；下午三节课；晚上巡视学生晚读，然后两节晚自习，晚上十点监督学生就寝，十一点去医院。子夜一点才睡觉。

高雪：这么忙，我不应该叫你。

林梅：高中老师一般都是早六晚十。

高雪：的确辛苦。

林梅：周六还要补课。周日家务忙得很。光衣服就一大堆。

高雪：孩子的衣服？

林梅：没孩子。

高雪：？

林梅：他的精子都被酒精泡死了。

高雪：不是有个护工？

林梅：她这几天家里有事。

十一

高雪用三天时间完成了一幅六米长的草书长卷。高雪告诉林梅，如果有空，周日到县图书馆展览大厅看看。林梅说，好的，一定来。

参观的人不多，书法圈的几个熟人、一些书法爱好者，还有来看书的长者。林梅从不同角度给高雪拍照、拍书法作品的视频。晚上，高雪将视频传到朋友圈，点赞者很多，有写作同道开玩笑说高雪不务正业。最惬意的还是林梅发来的微信。

林梅：大手笔，大作。（六个大拇指）

高雪：只是玩玩。

林梅：玩出了境界。

高雪：你是我书法成果的见证人。

林梅：一般人不写书法，写书法的人不一般。

高雪：献丑。

林梅：洒脱不羁而又法度谨严。书如其人。

高雪：（开心的笑脸）你拍得很好。视频好评如潮。

林梅：如果专业人士来拍，肯定还要好。

高雪：不是专业，胜似专业。

林梅：你有自己的兴趣爱好，生活充实又快乐，羡慕。

高雪：我其实很孤独。

林梅：孤独但不无聊。

林梅：对了，你哥还在练书法吗？

高雪：他说在酒店静不下来。

林梅：是的，艺术需要安静的环境。

高雪：国画还在画吗？

林梅：画得很少，实在太忙。

高雪：要坚持。

高雪：你亮丽不减当年。

林梅：当年也不亮丽，如今更是黯然失色。

林梅：我 IQ、EQ 都低。

高雪：谦也，你情商智商都高，双高！

林梅：（难为情）

一本飘着油墨香的杂志寄到了。高雪一把抓过来，翻到目录，看到上面赫然有《自留地》。他的心剧烈地跳起来，仿佛得了心脏病。高雪不停地在客厅里转圈。墙上妻子的遗像正笑眯眯看着他。高雪跪下，举着杂志向妻子磕头，他想起妻子生前的种种。凌晨，天还没亮，高雪在书房写作，她悄悄送来一杯热气腾腾的牛奶，外加一个鸡蛋。晚餐的时候，她把听来的有趣故事讲给高雪听，她知道高雪需要素材。一次笔会，高雪的一个短篇被一家省级刊物的副主编看中，说他写得很好，可以发表。高雪盼星星盼月亮，结果等来了副主编一封充满歉意的信，说主编认为他的小说缺少正能量，很遗憾。高雪如遇晴天霹雳，泪水模糊了信笺。妻子用纸巾擦着高雪的泪水，没什么，雪，我们再来。高雪写啊写，夜以继日地写。他患上了失眠症，经常半夜站在阳台上，看着墨汁般的夜色滚动着，路灯在墨汁中漂浮，像瞌睡人的眼。一次，在一部呕心沥血的长篇被毙以后，高雪焚稿断痴情，停止了写作。谁知，停止写作以后，更加失魂落魄。于是妻子劝高雪，写吧，即使不发表，也没有关系，只要你高兴。高雪凄凉地对她说，对不起，我对文学上了瘾……现在，梦想成真，高雪不知道如何表达自己的喜悦。高雪想到了林梅，心中已经将她当作亲人。高雪拿起了手机。

高雪：发表了，发表了，发表了。

林梅：（惊讶）什么发表了？

高雪：我的小说，在国家级著名文学刊物发表了。

林梅：（九个大拇指）

林梅：（九枝玫瑰）

林梅：太好了！（热烈鼓掌）

高雪：一直以来，我视文学为情人。

林梅：现在你抱得美人归。（调皮）

高雪：（三个拥抱）

林梅：庆祝一下，我请客。

高雪：谢谢。

　　咖啡店里，烛光摇曳。林梅一杯接一杯地敬高雪。高雪从来没有喝过这么多的酒，也从来没有看见林梅喝过这么多的酒。很快，两瓶红酒被喝光了。醉眼蒙胧中，妻子的脸浮现在高雪眼前，她正欢喜地看着自己。高雪把她揽过来。她的呼吸带着香气，她的秀发缠住了高雪的面颊。高雪拂开她瀑布般的长发，久久地凝视着白里透红的脸。她眼神迷离，痴痴地看着高雪。高雪低下头，吻住她的红唇……送她回家后，高雪意犹未尽。

高雪：多情却似总无情，

林梅：唯觉樽前笑不成。

高雪：蜡烛有心还惜别，

林梅：替人垂泪到天明。

十二

　　高雪和林梅的关系迅速升温，日常在微信上聊天成了两人的必修课。

林梅：药有效。

高雪：（惊喜）真的？

林梅：真的。本来腹水多，先生的肚子差不多有啤总那么大，现在慢慢小了下去。

高雪：（三枝玫瑰）

林梅：黑色的脸渐渐白了起来，胃口越来越好。

高雪：非常欣慰。

林梅：真的谢谢你！真的谢谢令爱！

高雪：应该的，不客气。

林梅：看到如懿从冷宫出来了。

高雪：宫斗就是这样，投毒、难产、皇帝发怒、打入冷宫。

林梅：皇帝看似无情却有情。

高雪：总之一句话，做宫女难，哪有现在的女人幸福？（微笑）

林梅：有得宠的一天，也必有失宠的一天。

高雪：平衡。

林梅：这么多女人都为一个男人疯狂。

高雪：无奈。

林梅：雪哥，在干什么？

高雪：在想你。

林梅：没有信息不等于不想念。

高雪：无论在与不在，你都在那里。

林梅：今天好像是什么节日。

高雪：岁岁重阳，今又重阳。

林梅：年年岁岁花相似，岁岁年年人不同。

高雪：但愿花好人团圆。（三枝玫瑰）

那天下校，高雪过去得很早，发现校门口围满了人。墙上贴着一张大字报。大字报点名"揭发"林梅靠不光彩的手段从乡下调进城里，靠不光彩的手段获奖。大字报特别强调林梅在读高中时就跟她的美术老师有过一腿，是个从小就道德败坏、品质恶劣的无耻女人。大字报前人头攒动，师生们议论纷纷。高雪看到大字报中一个词写错了：括不知耻。林梅骑着自行车来了。在众目睽睽之下，她将大字报撕得粉碎。

我打了那个叫赵艳的女人。林梅打电话来说。

啊？高雪说，怎么回事？

大字报是她写的。

匿名的啊。

括不知耻。她平时就将"恬不知耻"说成"括不知耻"。今天她姗姗来迟。看到她从门口进来，我说，不要脸！她说，你说谁？我说，说你，括不知耻！然后给了她一个响亮的耳光。她愣了半天，捂着脸向校长办公室跑去了。

高雪脑子嗡的一下，直觉告诉他事情要闹大。晚上，高雪继续跟林梅在微信上交流。

高雪：打人可不对。

林梅：忍无可忍。前天我刚去医院看望了老师。

高雪：樵夫？

林梅：是的。

高雪：闻名遐迩啊。听说他创作的人体画在各地巡回展览？

林梅：是的。他正值创作的黄金时期，忽然病倒，检查结果一出来就是晚期胰腺癌，在省城医院待了半年，便被劝归。

高雪：（吃惊）

林梅：他已奄奄一息，看到我后潸然泪下，僵尸似的手握着我说，一切都是空的。

高雪：是的。死去元知万事空。

林梅：当面糟蹋不如背后打死。

高雪：在节骨眼上，还是要讲究策略。

十三

李斯的老婆怒气冲冲打来电话，要高雪立即去她家一趟。肯定又吵架了，高雪想。他俩每次吵架，高雪都要担任救火队长。都是鸡毛蒜皮的小事，可小事累积多了会变成大事。现在离婚原因居首的就是生活琐事。外遇倒排在第九位，也就是倒数第二位。现在李斯正在帮助小草，一旦吵架更容易火上浇油。

小区里都是排屋。天阴沉沉的，似乎要下雨。偶尔有发黄的树叶旋转着落下来。门口倒贴着一个"福"字。门敞开着，有一股难闻的气息。客厅依旧那么乱。洗衣机里堆满了脏衣服，电视机上的灰尘有一寸厚，茶几上有好多东倒西歪的空罐头，地上到处是布头碎片，一台缝纫机像狮子一样立在客厅中央。李夫人余怒未消，脸色都是绿的。李斯绷着一张脸，歪在沙发上。李夫人递给高雪一杯茶，说，这个老爷，在家里仙手不动，一回家就数落我脏乱差。李斯说，你看看，脏得像个猪圈，天下第一脏！李夫人说，你从哪个清爽的地方回来？说说，让我去参观参观。高雪说，好了李斯，家务你也可以做的。我没日没夜工作，还要我做家务？李斯的眼睛充满血丝。李夫人说，我在家里做菩萨？总要弄点事情做做。你什么事都不要做，李斯说，既然退休了，先将家里弄清爽。高雪说，好了好了，芝麻大的一点小事，犯得着这么吵？李夫人说，不小的，主要是看我这个人不入眼了，想去找小姑娘了。李斯似乎有些气馁，不断摇着头说，不可理喻，简直不可理喻。高雪说，这种话不能随便说。李夫人说，如果不想，为何每次打扮得清花水落的出去？比一个婆娘还爱漂亮？你看看他的头发，滴得下半斤油！高雪说，好了好了，提个建议，缝纫机挪个地方，移到里边小间。家务两人一起做，真的没有什么可吵的。高雪使眼色叫李斯出去。走下楼梯，高雪扶着李斯的肩膀说，后院不能起火，切记！

晚上，高雪邀李斯到江边散步。江面上荡漾着霓虹灯的倒影，美丽而虚幻。

你不会对小草动真情了吧？高雪说。

没有。李斯说。我只是看着她可怜，想帮帮她。

会不会帮出感情？

不好说，反正我跟她很讲得来。

跟老婆讲不来？

从新婚第一天开始就讲不来，几乎任何事情都意见不一致。我说往东，她一定往西。真累！有时候我想，人为何要结婚？性格不合却生活在一起无异于坐牢。

一只蝈蝈在草丛里鸣叫。

世上有几对婚姻情投意合的，凑合着过呗。

凑合可以，起码窝要弄清爽。小草这么辛苦，既要上班又要接送孩子，家里照样纤尘不染。

比较是一切不幸和幸福的源泉。

有比较才有鉴别。小草那么温柔，而她动不动就河东狮吼。

我看你老婆肯定寂寞得发慌，才做衣服打发时间，你要多体谅她。

江水像黑色的绸缎在涌动。

你和小草，只是朋友，没有柴米油盐的纠缠，没有诸姑叔伯的干扰，感觉当然好。如果走到一起，说不定也会有矛盾。

总不至于每天吵架。性情不合的人捆绑在一起，而且要厮守一生，真的是不道德的。

可是没有更好的办法啊。大家都不结婚，人类怎么繁衍？孩子怎么照顾？一系列的问题。

唉……李斯长叹一声，先凑合着过吧。

十四

高雪的手机里出现了一条陌生的短信：铁拐李和老板许心中的自留地不一样，错位使小说产生意味。高雪有点吃惊，是谁，概括得这么准？高雪回道，您是？对方回道，《小说选刊》李编。似乎有一只报喜鸟带着阳光飞进书房，高雪激动不已，莫非拙作被《小说选刊》看中了？那可是所有写小说的人的梦想啊。李编加了高雪微信，对话在继续。

李编：这是一个人的独角戏。

高雪：（微笑）

李编：小说有众多人物：村民铁拐李、村妇小瓜、村主任馒头宋、富翁老板许。但我要说，这是一个人的独角戏。这个人叫铁拐李。

高雪：是的。

李编：在他的想象中，贿选上任的村主任和行为不端的返乡富翁正合力谋划如何夺去他的名叫"小瓜"的美貌妻子。在身体残疾、经济困顿、内心虚弱的铁拐李那里，妻子无疑被视为他最后的一块"自留地"，而他觉得这块"自留地"将难以守住。猜疑、跟踪、狂想把他推向了崩溃的边缘，于是，梦魇中他正在失去妻子，现实中他已在月夜里手持杀猪刀准备杀人。

高雪：稳准狠！（几个大拇指）

李编：作家通过铁拐李狂人般的臆想症、闹剧似的故事，描摹出弱势者内心的不安全感，隐含着作家对底层的同情，对时代痛苦的思考，对精神疑难的关注。

高雪：写出了我的心里话，而且更加深刻！（九枝玫瑰）

李编：大作十月号刊发，这是我的责编稿签。

高雪：谢谢！非常感谢李编！高山流水，知音难觅！（三个拥抱）

高雪激动不已，背着双手在客厅里转着圈子。多年的梦想就要实现了，怎么办才好？三十年前，邻县一个业余作者的作品被《小说选刊》转载，像中了状元一样，被谈论了许多日子。现在轮到自己了，怎么办才好？高雪第一时间想到了林梅。

高雪：拙作要被《小说选刊》转载了。

林梅：（惊喜）真的吗？

高雪：真的。

林梅：读大学时我最喜欢看的就是《小说选刊》。

高雪：我也是，所以一直订阅。

林梅：万里挑一啊。那么多杂志，那么多小说发表。

高雪：是的不容易，每期就四五篇。

林梅：你要出名了。崇拜，佩服！（大拇指、玫瑰、拥抱）

高雪：出名还早。实现了理想。（作揖）

林梅：这次要让大家分享。独乐乐不如众乐乐。

高雪：好的。杂志拿到后吧。

那几日真是忐忑不安。尽管李编说得板上钉钉，高雪还是怕出现意外。他没有声张，默默地做日常工作。工作是宽紧带，忙时忙，闲时闲。下校调研，评优评先，命题阅卷，很忙。其他时间就看看专业杂志，获取一些教学方面的前沿信息。有空就和林梅聊聊天。

高雪：你和赵艳的事怎样了？

林梅：各打三十大板。校长说她是大错特错，我是错上加错。

高雪：比较客观。

林梅：发生了更加精彩的事。

高雪：？

林梅：那天教师大会。由于激动，朱副校长在陈述冲突事件时，将打人者说成了赵艳。赵艳以为朱副校长"变节"了，脱下一只高跟鞋向讲台掷去。

高雪：（吃惊）

林梅：高跟鞋形成一道漂亮的抛物线，击中了话筒。朱副校长大惊失色，一副黑框眼镜跌落讲台。

高雪：有趣。

林梅：她想让大家看我的笑话。谁知她自己变成了一个笑话。

高雪：到此为止吧。继续闹下去，影响不好。

林梅：校长也这么劝我。本来我要告她诽谤。

高雪：算了，太累。关键时刻要忍耐。风物长宜放眼量。

十五

滨江酒店出事了。一天夜里，高鸣值班的时候，厨房里八只价值不菲的野鳖不翼而飞。队长怀疑是高鸣监守自盗。高鸣矢口否认。经过调查，却找不到高鸣盗窃的证据。但既然是高鸣值班，责任总要落在他的头上。高鸣被婉言辞退了。高雪打电话给酒店朋友。朋友说，我也没办法。

高鸣垂头丧气地回来了。眼看他又要重操旧业，高雪赶到西桥跟妹妹商量。

妹妹在西桥开着一间烤鸭店。店面很小，只有一个烤鸭炉子、六张桌子。客人有的拎了黄油油的鸭子就走，有的在桌子边坐下来，要酒要鸭，慢慢地吃喝。

"怎么样？"高雪说，"就算帮大哥的忙。"

"我是没问题的。"妹妹说，"主要是大哥肯不肯来？"

高雪就动员高鸣，闲着也是闲着，去妹妹那里帮忙吧。高鸣说，我不会去的，难为情。高雪说，死要面子活受罪，先去试试，不好的话随时可以退出。但是高鸣还是不答应。

高雪觉得不能让高鸣再沉沦下去。爹娘早离开了人世，全家四兄妹，他最担忧的就是这位大哥。大哥曾经辉煌过，在国营大厂里当过领导，然而命运弄人，转制，下岗，落水的凤凰不如鸡，从此交上了霉运，靠山山倒，靠树树歪，一直在努力，一直不成功。他的心态一直不平衡。可是一个大活人，总不能怨天尤人过日子。高雪便又去找妹妹，让她招呼大哥一下。妹妹就打电话，问大哥能否帮帮忙，她店里忙不过来。话都说到这份儿上，高鸣没办法拒绝了。

高鸣穿上了白衣服，戴上了白帽子。看着那顶高高的白帽子，高鸣就想起了那段不堪回首的岁月。那时他还是一个不谙世事的孩子啊，那些同样是小孩子的同学拿着红缨枪不停地批斗他，每天将一顶纸糊的高帽子揿在他头上。现在，命运像一个陀螺，转了一大圈，又开始跟白帽子打交道。不同的是过去是受辱，现在是谋生。

那只用铅皮做成的烤鸭炉子像一个巨大的筒鼓。筒鼓里边燃着红红的炭火。高鸣将一只白生生的鸭子放进去，然后不停地转动着，一个小时以后，便取出一只金黄的烤鸭子，香气扑鼻。高鸣人聪明，烤出的鸭子越来越好，顾客络绎不绝。

啤总李斯他们常常到店里喝杯小酒。高雪几乎三天两头来，因为他反正一个人。连林梅、英子、小草也隔三岔五地来买烤鸭。

这时候，有小贩来推销罂粟壳，说在调料里放上一点罂粟壳，味道鲜美无比。妹妹有点动心。高雪坚决反对。他平时最痛恨的是地沟油、毒奶粉、假鸡蛋之类。他觉得这样做伤天害理。

看着高鸣干得越来越欢，菜刀剁在砧板上越来越有力，高雪越来越欣慰。高鸣的刀片在金黄的鸭子上飞舞着，肉片越来越薄，越来越薄。高雪夸奖说，快赶上北京全聚德了。

十六

《小说选刊》终于寄到了。高雪久久打量着封面，仿佛打量着一个情人。封面是一幅摄影作品，那是福建永安青山乡农民收割完毕后带着板凳扛起莴笋走出田埂的一个镜头。农妇面容朴实，笑得非常开心，脸上充满了丰收的喜悦。翻开目录，苏童、李佩甫、蒋韵，都是名家大咖。自己的名字能够位列其中是何等的幸运。翻到105页，标题是黑体字，非常醒目，责编稿签是楷体字，也非常悦目。高雪逐字逐句地看完《自留地》，仿佛是在看一个陌生人的作品。阳光照进书房，微尘在阳光中飞舞。这是一段非常享受的时光。

啤总来电，要庆祝，时间是周末，地点是快活林。

快活林在南岗水库旁边一个松树林子里。树上全是绿色的松针。高雪发现这里的松针特别粗壮茂密，活像一个个刺猬蹲在树上。地上是黄色的松针，脚踩上去软绵绵的。有松香，也有鸟鸣，空气异常清新。高雪深深吸了一口气，说，鸟鸣山更幽。林梅说，明月夜，短松冈。高雪说，苏轼那首悼亡词，可谓千古绝唱。林梅说，我感同身受。高雪说，你先生好些了吗？林梅说，指标在好转。高雪说，要有信心。林梅看着穿过松针的阳光点头，好的。

啤总不愧是美食家，特地托人弄来了竹鼠、边笋、野鸡、羊鞭、牦牛尾巴、活竹酒。

出现了一个陌生人，啤总说是椒总。椒总抱着一把萨克斯，呜呜呜地吹着，营造一种欢乐的气氛。高雪和林梅相视一笑，给椒总鼓掌。众人好奇地围着一截半人高的青竹筒。高鸣正用一把起子在撬。啤总说，毛笋从地里长出一人高，拿针筒将酒注射进竹子里，酒跟着竹子一起生长，三个月后再截下来喝，味道好极了。原来这就是活竹酒啊，闻所未闻啊，大家都双眼放光。竹节打开了，一股清香扑鼻而来，诱得女士们都开戒了，她们纷纷用小酒杯品尝。竹鼠，也是第一次看到，白胖胖躺在盘子里，有点腻心。啤总说，竹鼠专门吃竹子，它就潜伏在毛笋底下悄悄地吃，吃得圆滚滚的。英子说，像你。大家哈哈大笑。啤总说，竹鼠味道非常鲜美，竹酒配竹鼠，真是一绝。高雪伸出筷子品尝，果然有一种特别的味道。啤总首先提议向高雪敬酒，说士别三日当刮目相看，高雪的小说真是一鸣惊人。林梅拿出《小说选刊》说，最高档次。李斯说，看来要成著名作家了。大家一齐鼓掌，都上来敬酒。高雪说，汗颜汗颜。但他心里还是十分畅快。林梅不断替高雪挡酒，一杯又一杯。边笋，鲜美；野鸡，鲜美；羊鞭，鲜美；牦牛尾巴，更鲜美。酒过三巡，气氛上来了。大家起哄要英子唱越剧。英子说，没有音响。李斯说，没关系，越剧适合清唱。大家鼓掌。英子就开唱，阿林是我的手心肉，媳妇大娘是我的手背肉，手心手背都是肉，老太婆舍不得两块肉……众人一起用筷子打拍子。一双双筷子敲击在碗沿上，非常整齐。英子唱得非常地道，非常肉实，仿佛周宝奎再世。目光和掌声都向英子飞去。林梅和小草表演《盘夫索夫》也有板有眼，有滋有味。椒总感叹说，越州女人个个都会唱越剧。酒酣之际，椒总又吹起萨克斯，大家借着酒劲在大厅里跳起舞。连其他包厢的人都被他们感染，加入了舞蹈。

林梅：雪哥好。

高雪：酒醒了吗？

林梅：醉意正浓。这种感觉真好。一直这样多好。

高雪：但愿长醉不复醒？

林梅：是的，可以忘却人间一切烦恼。

高雪：今天如果不是你，我肯定被灌醉。

林梅：你的朋友真好。我看他们是真心为你高兴。

高雪：这也是我喜欢结交圈外人的理由。

林梅：如果是同行？

高雪：心情会比较复杂。

林梅：文人相轻，自古而然？

高雪：不绝对。但会五味杂陈。

林梅：真羡慕你，名利双收。

高雪：只是爱好。如果为利，许多作家要饿死。

林梅：现在文学的确有点被冷落。

高雪：靠一篇作品轰动天下的时代一去不复返了。那是二十世纪八十年代的事。

林梅：那时我还读小学，不懂。但非常喜欢看连环画。

高雪：古代是各领风骚数百年，现在各领风骚数百天都难。

林梅：现在一般读者都喜欢网上阅读，喜欢短平快的东西。

高雪：是的，快餐式消费。阅读经典恐怕只有老师、学生和文学爱好者吧。

林梅：学生也没时间读，除了作业还是作业，除了考试还是考试。

高雪：唉，但我坚信，最终照亮人类的肯定是精神之光。

林梅：佩服你的坚守。

高雪：在别人眼里，是个呆子。（傻笑）

林梅：呆点好。晚安！

十七

高雪看到女儿在朋友圈里上传了跟几个外国小伙子游玩的照片。女儿笑得非常开心。女儿周岁时算命的就说，这孩子是从洋人国里来的。也奇怪，女儿长得很像外国人，眼窝深深的，鼻子高高的。读大学时就喜欢跟外国留学生交往。本科毕业后非要出国留学。留学毕业后又开始和外国人做生意。高雪有点担心，怕她找个洋对象，就拼命托人给她介绍国内的小伙子。但她就是不中意。要求不能太高，高雪说。要求不高又怎样呢？女儿说，高中同寝室的都结婚了，现在大多离婚了；大学同寝室的都结婚了，现在基本上也离婚了。既然如此，何必结婚？高雪说，没有这么严重吧？女儿说，你是一个作家，你看看你身边的婚姻，有几对是幸福的？高雪似乎被女儿击中了，半天说不出话。但最后高雪还是强调，男大当婚，女大当嫁，不然人生就不完整。女儿说，知道了，找得好就找，找不好也没事，现在发达国家流行单身。

林梅：冰清活得真开心。冲浪，攀岩，蹦极。

高雪：最喜欢网球。崇拜费德勒、大威。全球四大网球赛都去看了。

林梅：健美。有朋友了吗？

高雪：没有。我非常担心她找个外国朋友。

林梅：外国朋友也好啊。

高雪：可是文化不一样啊。其他都可以融合。融入文化，很难。

林梅：年轻人接受新事物快。

高雪：她说西方流行单身呢。

林梅：婚姻的确有缺陷。硬将不同性子的鸟关在一个笼子里，不吵架才怪。

高雪：可是大家都不结婚，人类会怎样？

林梅：这样似乎更不好。

高雪：上辈是凑合，我辈是结合，看来下辈要不合了。

林梅：（笑）世界变化真快。

高雪：你也劝劝我女儿吧。老师的话她还是听的。

林梅：好的，尽力而为。

过了几天，林梅传给高雪一张一个小伙子的照片，小伙看着非常纯朴。林梅说，我校毕业的，清华博士，现在沪工作，年薪三十万元。高雪说，很好。冰清回国了吗？要不要让他们见个面？高雪说好的，马上回来了。小伙子其他都好，就是书生气重。没事，高雪说，女儿曾说过喜欢研究型的。担心小伙子拘谨，初次见面不会说话，高雪叫他多谈网球话题。林梅笑高雪，一开始就成了告密者，求婚心切。高雪无奈道，着急啊，女儿都三十多岁了。

已是深秋，公园的草上有霜。好像黑女脸上的脂粉，林梅说。太妙了，高雪说，这比喻。你们作家说的，想象真是奇特。高雪看着初升的太阳说，阳光真好。林梅说，秋日的阳光走的是温柔路线。非常贴切，你也是作家了。林梅的脸红了一下。高雪看看身后，女儿跟那小伙子正在说话。小伙子有点腼腆。女儿的脸有点冷，像草上的霜。高雪心中一沉，莫非女儿没有看上眼，像以前一样？林梅的脸像阳光一样明媚。是因为做好事，还是因为我？高雪的意识中出现了在两岸咖啡厅里的一幕。前面出现一个亭子——羲之亭。柱子上有一副对联：虚竹幽兰生静气，和风朗月喻天怀。字迹是集《兰亭序》书法。高雪呆呆地观赏着书法，击节赞叹，太美了！林梅说，《兰亭序》不愧是天下第一行书，无人能够超越。女儿走上前来，看着对联说，要达到虚竹幽兰、和风朗月的境界何等艰难。高雪说，年纪轻轻的怎么像个老道？林梅说，是啊，你们应该像这朝阳，光芒万丈。女儿摇摇头说，想回去了，有个邮件要发。小伙子垂着脑袋，不停地倒脚。

车上，高雪问，怎么，又看不上？女儿说，没感觉，问一句答一句，挤牙膏一样。高雪说，看上去比较稳重可靠。女儿说，总要有共同语言啊。林梅说，恋爱是谈出来的，要不，先接触一段时间？高雪说，对，路遥知马力，日久见人心。女儿勉强地说，好吧。

十八

这天早晨，高雪信手写了一幅书法，写的是王安石的《咏梅》，然后拍照，发给林梅。

林梅：写得太好了，像雪片在飞舞。

高雪：想送给你。

林梅：（欢喜）墨宝。我要珍藏。

高雪：怎么给你？

林梅：我自己来拿。不要装裱。你的办公室？

高雪：219。

林梅：好像好长时间没去你办公室了。

高雪：是的，十多年了。那时我们还在城北。我不擅长使用电脑，常常请你来帮忙。（笑）

林梅：那时候我有顾虑，不敢常来。

高雪：理解的。

林梅：一朝辛苦不寻常。想请你共进午餐。

高雪：（高兴）好的。

在香悦半岛，林梅点了雪蛤炖木瓜、西芹炒百合、年糕梭子蟹、比萨小圆饼，外加一瓶法国红酒。包厢里有淡淡的香气。林梅脱下黑色的外套，露出白衬衣和牛仔裤，格外精神。高雪打开红酒，将两只小杯酌满。这么多？林梅说。高雪说，七茶八饭酒满盏。林梅一口将酒干了，说，我可能做错了一件事。高雪不解地看着她。

我的老师去世了，林梅说。前天刚举行葬礼。

前天？只听说你们朱副校长的母亲火化，好像很热闹？

是的，真是巧，是同一天，我们学校几乎所有老师都去为他母亲送行。

高雪吃了一片西芹，又给林梅夹了一片百合。林梅转动着酒杯。

尽管老太太已经九十多岁，够长命了，可是大家表现得比死了自己的爹娘还要着急，都争先恐后地拥向西山殡仪馆，上香，磕头，敬吊礼，一个个态度虔诚得让人感动。

对死者的沉痛哀悼，就是对生者的最好奉承。高雪说。

是的。这是我有生以来见到的最豪华的葬礼。送葬的队伍排成了一字长蛇。队伍中有三个敲打班子，他们像展开竞争似的将锣鼓敲得震天动地，最起劲的是击大鼓的中年女人。她们一律长得腰圆体胖。她们边跳边敲，连胸前的波澜起伏都变成了密集的鼓点。

高雪扑哧笑了出来，你这比喻，真妙！

林梅夹了一只长长的蟹钳放进高雪盘子里。

每个敲打班子还有一个哭丧的，悲戚软绵的越剧唱腔非常适合哭丧。每到一个路口，哭丧的都要停下来，边哭唱边让朱副校长跪下用手抚摸逝者的遗像。朱副校长大恸，半天立不起身来。赵艳涕泪交加，不停地给朱副校长递着纸巾。梅花琴呜里哇啦，目连号子发出凄厉的声响，爆竹争先恐后地蹿向空中。这场面使人不得不动容，大家都用衣袖抹泪。

高雪喝了一口酒，你说的比我写的还要精彩。

我和音乐老师抬着一个花圈。走到半道，看到另一支送葬队伍，零零落落的只有几个人、两三个花圈，也没有敲打，也没有撕心裂肺的哭声。那边的冷清跟这边的热闹形成了鲜明的对比。后来，我看到了那张遗像，竟是我的美术老师。我非常吃惊。什么时候去世的？为什么没有通知我？我的脑子有点发蒙。一种彻骨的悲哀涌上心头：一个大名鼎鼎的画家，死去时竟是这般凄凉。这边是一个农村老太，几乎目不识丁的农村老太，却有那么多毫不相干的人簇拥在她的灵魂周围，其中包括一个自以为清高的我。我的羞耻心上来了。我放下手中的花圈，走向老师的队伍。

壮举！高雪的酒杯碰向林梅的酒杯，有情怀！

后来，音乐老师告诉我，当时，无数惊讶的目光，像箭镞一样射向我的背。

这下，你彻底得罪朱副校长了。

是的，现在他每次看到我，都冰冷着一张脸。过几天，竞聘就要走程序了，我真有点担心。

不是还有校长吗？

只有校长不参加投票。

不投票也要主持公道。而且，群众的眼睛是雪亮的。

十九

文学网刊登了一则消息，第二十三届文化杯全国文学大赛开始征稿，范围是近三年在公开文学刊物上发表的作品，主办者是某部委的一个部门和天津市文旅局。高雪的《自留地》已被多家文学选刊转载，被《文艺报》评论，入选《全国年度短篇小说》，王蒙、铁凝、苏童、毕飞宇等名家赫然在列。自己的作品已经产生一定影响，高雪毫不犹豫应征。

林梅突然邀请高雪去她家玩，说她先生想见他。高雪的头皮有点发麻。尽管高雪跟林梅的关系还是停留在烛光之夜的醉吻上，但是两人的聊天已经足够深入，许多语言近乎暧昧。莫非她先生察觉到了？在这种事情上，涉及的另一方往往有超常的第六感觉。什么都能瞒，细节不能瞒，潜意识不能瞒。

妥当吗？高雪问。

没事。她说。

林梅的家在城郊的一处别墅里。背山面林，环境幽静。从占地面积和装修看，老板曾经发达过。假山，凉亭，花园，翠竹。空气清新，小径曲折通幽处，舒服。老板虽然一脸病容，面部黧黑，但身材未垮，肉山未倒。他伸出的手也比较有力。高先生，久仰，久仰。他的笑容十分厚道。高雪的一颗心放下了，连忙说，岂敢，岂敢。老板将高雪迎到客厅里。一个中年女人送上两杯茶。高雪看她面容姣好，举止得体，心想这就是林梅说的护工吧。中堂布置完全仿古，一张八仙桌，两张太师椅，似乎是红木。墙上有一幅国画，画的是太白醉酒的场景。画旁还有一副对联：古来圣贤皆寂寞，唯有饮者留其名。看得出都是林梅的墨迹。高雪说，想不到老板这么高雅。老板说，野人带点文气，文人带点野气，流行。高雪说，高见高见。林梅在厨房里张罗晚餐。从菜刀剁在砧板上的声音听，她似乎擅长厨艺。老板不断地拿着一把紫砂茶壶冲洗两只紫砂茶杯。这是朋友送来的普洱茶，老板说。高雪品尝了一口，有点苦，更有点香。抽烟吗？高雪摆摆手。老板自己拿起一支烟，想想又放下。高雪问，身体好些了吗？老板说，好些了，托你的福。高雪有些诧异，他曾叮嘱过林梅，买药的事不要告诉先生，看来他还是知道了。老板从抽屉里拿出一沓钱，放在高雪面前。高雪说，这是干吗？老板说，怎么能叫你垫付药钱。高雪说，听说你现在比较困难啊。老板说，是的，生意不景气，还贷压力有点大，但桥管桥路管路。高雪将钱从桌子上推过去，不急的，等你形势好转再说吧。老板又将钱推过来，我这个人欠不得人情，你还是收下吧，不然日不安夜不眠。高雪说，老板见外了。

林梅和护工端上七八盘菜，色香味俱全。老板打开一瓶花雕酒，替高雪和林梅酎上，然后给自己倒酒，半途又摇摇头停下。林梅说，今天就喝一点吧。老板说，戒了就戒了。他举着一杯白开水敬高雪，不好意思，今天我只能以茶代酒。谢谢，高雪一饮而尽。老板说，爽快。言语间，老板说，我本来很快去天国，吃了你的进口药，才得以苟延残喘。高雪说，会好起来的。老板说，我被判的是死缓，那个日子迟早要来。高雪说，要有信心，现在医疗这么发达。老板说，夜深人静的时候，我感觉死神的脚步越来越近，我对不起林梅，没有让她好好享过福，一直以来只是让她担心。林梅眼睛润湿，说，你不要说了，今天是招待客人。老板说，我看高先生是个好人，所以，拜托高先生，以后对我们林梅多多关照。看着老板锐利的目光，高雪的脸一热，哪里的话，林梅本来就是我女儿的老师，帮助林老师是分内之事。

高雪：你先生怎么了，好像诀别似的。

林梅：是的，他很悲观。

高雪：我看你们房间有两张床。

林梅：我们已经好几年不睡在一起了。开始是我嫌他身上有酒气烟气。后来是因为他的病。

高雪：你的苦何人知道。

林梅：只有自己知道。

高雪：也许会有转机。

林梅：尽人事看天命。

高雪：护工好像不错？

林梅：是的，他喜欢。病好些后，他曾问我，护工还要吗？

高雪：这是个难题。

林梅：我说，你自己决定吧，只要有利于你的身体。

高雪：你真伟大。

林梅：生命重于泰山。

高雪：（六个大拇指）境界高。

二十

这天高雪下校听课。听文牧的课。文牧是高雪的文友，擅长文学评论。他常常能给高雪的作品出点子提意见，都非常中肯。文老师讲的是作文课，他从一篇小学生作文导入。

我好无聊

一袋"洽洽"香瓜子，我一个人嗑完了，一共1857颗，26颗是空的，混进来9颗带虫的，有6颗没炒开，是连在一起的，还有4颗是苦的。中间喝了7杯水。没错，这就是孤独。

刚刚这段话一共67个字，12个标点符号，其中8个逗号，3个句号，一共587画，其中横78画，竖137画，撇65画，捺57画，其他139画。嗯，没错，这就是无聊的最高境界！

文老师让学生展开了讨论。有的学生说零分，根本是在凑字数。有的学生说满分，中心非常突出。文老师总结说，从表现主题的角度看，这篇文章十分出色。

高雪觉得文牧这堂课很成功，学生思维活跃，而且寓教于乐，让学生在有趣的讨论中懂得作文的一种写法，并且让学生当堂训练，讲练结合，效果很好。

晚上，高雪将这篇小学生作文转发给林梅。

林梅：（笑）太有趣了。

高雪：如果让你批，你给几分？

林梅：从扣题来看，我给满分。

高雪：我也给满分。真是无聊透顶！

林梅：估计是成人写的。

高雪：有可能。

林梅：如果是小孩写的，不得了，是个天才。

高雪：的确。里面有趣味。

林梅：我这个大人也写不出。

高雪：是的。逻辑一点也不乱。

林梅：其实，现在许多人很无聊。

高雪：是的，不知道如何打发时间。

林梅：除了上网还是上网，除了手机还是手机。

高雪：世界变化真快。我小的时候，人们为了填饱肚子，一天到晚在田畈工厂忙碌，哪里有闲暇时间。

林梅：你也吃过苦？

高雪：当然。我九岁就跟大人种田，十二岁就进山打柴。

林梅：（吃惊）

高雪：主要的是精神上的苦。

林梅：为何？

高雪：在我小时候，母亲年年吐血，她不到五十岁就去世了。父亲被错划为反革命，吞了一把钉子自杀，虽然被抢救过来，但落下胃病，他不到六十岁就离开了我们。

林梅：难怪你很忧郁。

高雪：从小就很孤独。好不容易找到一个贤妻，又生病早逝。注定是孤独的命。有时候失眠，夜深人静时站在阳台上看着茫茫灯火发呆。

林梅：太可怜了。

高雪：没事，反正孤独惯了。

林梅：心酸。这话听着心酸。为何不再找一个？

高雪：知音难觅。

林梅：其实啊，现在孤独的人越来越多。有的是形式上孤独，但精神并不孤独；有的形式上很热闹，但精神很孤独。

高雪：从本质上来说，人类是孤独的。地球不也在茫茫宇宙中流浪吗？

林梅：活着最终是空的。

高雪：所以要珍惜当下，不枉来人世走一遭。

林梅：是的。晚安。

二十一

高雪在江边散步。这是他的习惯。休息日，高雪爱到江边看看风景，吟吟诗，想想林梅。当然，有时候也牵挂女儿。但女儿跟那个清华的小伙子又告吹了，说他是闷筒松树，半天吭不出一句话。高雪有点生气，活络的不好，老实的也不好，高雪觉得女儿难弄。追求完美，可世上哪里有完美的东西。在华尔街，世上最优秀的小伙子我都见识过了。这是女儿说的。高雪有点懊悔让女儿出国留学。的确，比较是一切不幸和幸福的源泉。本来就有代沟，现在又多了一层东西方文化的交锋，高雪觉得女儿离自己越来越远。天气晴朗，澄江如练，芦花似雪，翩翩白鹭在水上悠飞。高雪诗兴大发，正在构思，手机响了。喂，您是高雪先生吗？电话里传来一阵悦耳的女声。高雪觉得女音很陌生，迟疑一会儿后说，是的。高先生，我是文化杯乡土小说大赛组委会。恭喜您，您的《自留地》获得一等奖。高雪被突如其来的消息击晕了，愣怔了半天，问，是真的吗？真的，女声亲切地说，我们想请您出席颁奖典礼，并发表获奖感言。高雪还是将信将疑，打开手机百度查询，发现来电号码正是那个评奖组委会的号码。一种豪迈的情怀在心中弥漫，高雪看着自由飞翔的白鹭，脑子里蹦出一句古诗：晴空一鹤排云上，便引诗情到碧霄。

高雪迅速将消息告诉林梅。林梅发来九个大拇指和三个拥抱的表情，外加一个大红包。高雪不肯收红包。林梅说，你一定要收下，不然我不高兴。

第二天，高雪拿着邀请函走进那幢老式办公楼去找书记。书记正在处理公文。高雪将邀请函递了过去。书记露出了笑容，说，非常难得，祝贺，安排好工作，去吧。说完他便拿笔在邀请函上签了字。高雪连声道谢，退了出来。

高雪驱车到老家山上去看望亲人。天气阴沉，墓前的松树亭亭如盖。偶尔传来一声鸟叫，更加显出山上的寂静。墓碑上的沙体字遒劲有力，这是高雪亲手为父亲写的。父亲是个说书人。退休后一直在祠堂门口义务为乡亲们说书。父亲的记性真好，《三国演义》《水浒传》《西游记》，过目不忘；又擅长运用肢体语言，讲起故事来手舞足蹈，绘声绘色，听众常常是里三层外三层。高雪从小就偷看父亲放在床头的那些暗黄的线装书。有一天，高雪问父亲，这些书怎么来的？父亲说，是人写出来的。父亲指着封面上的几个字说，看，《三国演义》是罗贯中写的，《水浒传》是施耐庵写的。高雪说，我写得出来吗？父亲摸着高雪的小脑袋，说，写得出来，只要好好读书。高雪将一本飘着油墨香的刊物在墓碑前点燃，说，父亲，我的小说最初是在这本杂志上发表的，这可是一流的刊物啊。后来又被著名的选刊转载，入选了年度小说选本，然后得了大奖。现在，主办单位邀请我参加颁奖典礼。父亲的面容在墓碑前出现了，他微笑地看着高雪，表情十分欣慰。

在农夫山庄，朋友们争着向高雪敬酒。酒酣耳热之际，有人叫高雪辞职，专写小说。

李斯表示异议。他问高雪，能奖多少钱？

不知道。高雪说。

如果钱不多的话，辞职就有点不划算。李斯说。

如果写出畅销书，那是一本万利。啤总说。

万一不畅销呢？李斯说。

啤总说，万一畅销呢？

林梅说，写作辛苦。还是当作爱好好了，没有负担。

是的，写作的确累。高雪喝了一大口啤酒，品味着苦味。

现在不比从前，一个短篇就能轰动全国，改变命运。李斯将一大杯啤酒干了。

小草朝李斯使了个眼色，说，你喝多了。

我不想改变命运。高雪说。我只是将文学当情人。

情人？李斯看看林梅大笑。

你坏。林梅说。

大家一齐笑起来。

有个老诗人，是我远房亲戚，一生痴迷写诗，写得头发都白了，背也佝偻了，终于自费出版了一本诗集。李斯说。放到本地新华书店去卖，想捞回一些本钱。他每星期都要去书店看一看，多么希望自己的诗能像汪国真那样畅销。可是每次去，他的诗集像寡妇一样立在那里，纹丝不动。

英子笑了，像寡妇一样，这比喻妙。

后来呢？高雪来了兴致，转动着酒杯。

后来终于卖出了一本。李斯脸上露出一丝讥讽的笑。那是一年以后，老诗人已经生病卧床，女儿告诉他有人买了他的诗集，诗人活了过来，立即赶到新华书店。果然，他的诗集少了一本。他向营业员打听，说是一个老女人买去的。诗人像寻觅知音一样寻觅老女人，一直寻不着。最后，诗人形销骨立回到老家养病。一次如厕，突然在一个装卫生纸的竹篓里发现了他的诗集，已经被撕去几页，他眼睛发黑，一头栽下了粪缸。

高雪盯着李斯醉醺醺的脸说，你虚构的吧？

李斯团着舌头说，比现实还要现实，亲戚出版书时，我还赞助了几千元。

众人怃然，半晌没有说话。

我看你是不能辞职的。李斯说。如果辞职，靠你那点可怜的稿费，你自己都养活不了自己。

好了，好了。高鸣说。现在找个工作多难啊。何况你的工作很不错，要知足。

对。林梅说。工作着是美丽的。

喝酒，喝酒。啤总大声说，今天是高兴的日子，大家要一醉方休。

二十二

局领导来电，要高雪参加校园文化建设调研。这符合高雪的胃口。在高考压力下，许多学校的校园文化建设形同虚设。

听课，座谈，巡视，检查，一天下来，高雪发现，作为全县普通高中的龙头老大，大勃留中学的校园文化其实就是高考文化。校园文化墙上镌刻的是历届高考成绩优异者的名字，有省状元，有市状元，有县状元。校园宣传栏上张贴的是县统考前三十名或者省竞赛一等奖获得者的照片。走廊栏杆上层层叠叠悬挂的是高考励志标语。教室黑板上方挂着的是高考倒计时牌，教室后面张贴的则是每个学生的心语，写上了自己的理想并准备为之奋斗的大学。

作为研究语文的，高雪更关心的是文学。教室里的图书柜是空的，积满了灰尘。学校阅览室里几乎清一色的是各门学科的高考辅导刊物。有两本文学杂志畏缩在一角，几乎是簇新的，没有翻动的痕迹。高雪触景生情，想到自己的学生时代，那时候，为了借到一本《林海雪原》，他不惜在图书室门口排半天队；那本手抄本《第二次握手》使高雪如痴如醉，上课时放在抽屉里偷看；有一天夜里，更是冒着大雪去镇上看露天电影《红楼梦》。现在，自己喜爱的情人正像一个失宠的宫女被打入冷宫。更让高雪难以忍受的是，这么大一所学校竟然没有一个文学社。为此，高雪召开了一个座谈会。文学社？学校连文学书籍也不让学生看！一个语文老师说。怎么回事？高雪问。这是班主任立下的规矩。什么规矩？就是学生不能看闲书。高雪费解，语文课本中大多数课文都是文学作品，即使是高考，几乎有一半的分数也是来自文学作品相关的题目，今年高考，甚至一道基础的选择题也考了《红楼梦》，叫考生依照语境填刘姥姥对贾母说的一句话。有一天，另一个语文老师说，一个学生在自修课看《文化苦旅》，被班主任缴掉了。这还算轻的。又一个语文老师说，那天课间有个副校长在校园里巡视，看到一个高三学生坐在走廊看《百年孤独》，勃然大怒，将《百年孤独》撕得粉碎，还让这个学生立壁示众。高雪相信这个老师的说法。去年调研，高雪发现语文的阅览课被砍掉，分配给数学课，去跟副校长沟通。副校长说，阅览课有什么用？浪费时间。高雪说，排课的事课程标准有明确规定，不能随心所欲。副校长说，学校的事，是你说了算，还是我说了算？你别狗拿耗子多管闲事。高雪说，蛮干。真是奇怪，读书的地方竟然不让学生读书，荒唐透顶！高雪的情绪非常激动。现在的应试教学，说得难听点，比秦始皇焚书坑儒还要厉害！文牧说话了，秦始皇只是烧掉了一些书，没有烧掉读书人的欲望、读书人的兴趣，可现在的应试教学呢？文牧尽管有点过激，但见解有穿透力。我曾经想开设文学方面的选修课，文牧托了托眼镜继续说，可是报名者寥寥无几，因为大家都参加理科竞赛辅导去了。我也曾经创办"紫藤花开"文学社，可只办了一期就办不下去了，因为学生数理化作业都做不完，哪里有心思吟诗作赋。高雪说，高考并不是人生的全部，校园生活应该丰富多彩。高雪要求老师们转变观念，先从语文这一块入手，将校园文化搞起来。

下午，高雪听文牧题为《唐诗之路》的乡土文化课。开头的导语就吸引人：同学们，我县有万年文化小黄山，有千年剡溪唐诗路，还是百年越剧诞生地。接着，文牧利用多媒体，音像结合，介绍了本县悠久的文化历史和丰富的文化底蕴。伴随着悠扬的古筝声，王羲之、谢灵运、李白、杜甫，一个个历史名人在荧屏上出现。王羲之的《兰亭序》、谢灵运的山水诗、李白的"自爱名山入剡中"、杜甫的"剡溪蕴秀异，欲罢不能忘"、如水一样柔软的越剧唱腔，将学生们带入了一幅幅如诗如画的美景之中。文牧的课不是语文胜似语文，这从学生兴奋的表情可以看出来。好像久旱逢甘霖，高雪和文牧在校园小径上一边漫步一边评课，这才是真正的素质教育。高雪问，你们副校长为什么对文学这么仇恨？文牧说，可能是高考压力太大的缘故吧，他是个实用主义者。他曾经当面讥笑我，说什么百无一用是文人，世界都是被你们这些酸溜溜的文人搞坏的。李煜词写得好，不是做了亡国奴？李白诗写得好，还不是皇帝的侍妾？《离骚》，《离骚》，满腹牢骚，最后屈原不是投了江？司马迁被阉了。杜甫说是诗圣，可连个立锥之地都没有，还不是低三下四地借居人家的草堂？国家如果让你们文人掌权，民族会灭亡，百姓会饿死。高雪说，你不会说曹操？文牧说，我说了，但他说曹操是奸臣。高雪说，真是秀才遇到兵，有理说不清。不过，现在局里对校园文化重视起来了，他可能会转变观念。文牧说，难啊，最终的指挥棒还是高考。

二十三

林梅：你说你把文学当情人？

高雪：是的，三十年了。

林梅：是唯一吗？

高雪：过去是。现在说不定。

林梅：肯定有许多女孩喜欢你吧。后宫佳丽三百人。

高雪：我又不是皇帝，都是工作关系。

林梅：我们那个教头很吃香，许多蝴蝶围着他飞。

高雪：他是兼职的吧。据说也喜欢画女人？

林梅：他也酗酒。晚上喝醉酒的时候会乱打电话乱发微信。

高雪：？

林梅：我也收到过他喝醉时发的微信。

林梅：一次唤我亲亲，叫我去唱歌。

高雪：你去了吗？

林梅：我才不去。我听到电话里声音很嘈杂。

高雪：不怕得罪？

林梅：不怕。事后恐怕连他自己都忘了吧。

高雪：不会。其实，酒醉的时候最清醒。酒醉只是借口。

林梅：那么烛光之夜你也很清醒？

高雪：（尴尬）我将你当成了亲人。

林梅：其实很自然的。我也将你当成了父亲。

高雪：父亲？

林梅：是的。我的父亲早逝。我从小缺少父爱。

高雪：你母亲现在身体好些吗？

林梅：天冷，哮喘就要发作，就要住院挂盐水。

高雪：为什么不接到家里住？

林梅：她说我家的房子太好，她不习惯。

二十四

子弹头动车在飞速行驶，窗外的树木飞快掠过，而远处的田野、湖泊、山峦在缓缓旋转。"青山隐隐水迢迢，秋尽江南草未凋。"高雪心中充满诗意，像个孩子一样趴在车厢的玻璃窗边，打量着外面不断变幻的景色。高雪不时也觉得郁闷，前后左右的人，不管老少，都在玩手机或者电脑，鲜见看书的人，一种荒漠一样的感觉朝高雪袭来。上大学时，尽管还是闷罐头一样的绿皮火车，可里面坐着的人大多在看书，那种如饥似渴的情景使高雪感动。现在社交媒体上不是八卦就是段子，不是吃喝麻将就是抢红包，不是拉票就是炫耀自拍照，人人都是作者，人人都是评论家，人人都是摄影师。奇闻、隐私、吃喝拉撒，什么都往朋友圈里晒，唯恐别人不知道，正经阅读文学作品的少得可怜，就是那么几个圈子里的人。景物在跟前黯淡下来，是心情决定景物，还是景物决定心情？高雪向座位走去，眼睛在车厢里寻找。高雪多么希望看到一个知音，能够在旅途中聊聊文学。一个满头银发的老人，坐在车厢一角，手里拿着一本很厚的书。可是他身旁坐着的女人大煞风景，她的头发染过，嘴唇染过，指甲染过，她的香水味霸占了整个车厢。那天，穿过乱七八糟的街道，穿过喧闹嘈杂的市场，高雪来到县图书馆。那里实在太冷清了，院子里长满青草，有麻雀在悠闲地啄食。阅览大厅里人影寥落，只有几个白发老人。书架上落满灰尘，一册册书毫无生气地立在那里，透出腐烂的气息，高雪怀疑不久的将来这些书上会长出青草。作协换届的时候，坐在下面的都是斑斑白发的人，几乎没有一张年轻的面庞。难道文学真的要死亡？莫言的获奖好像一剂强心针注入一个垂死病人的身体，文学界好像热闹了一阵子，然而涟漪荡开以后又渐渐归于沉寂。手机振动了一下，林梅来消息了。旅途愉快吗？高雪说，还行。林梅说，有点寂寞吧。高雪说，是的，要是你在多好。

主办方十分热情。火车站出口处专门有人举着写有"高雪"

的牌子，到达星级宾馆后专门有人给安排豪华大单间。晚宴上的菜肴更是丰富多彩，有黑麦面包、松鼠鳜鱼、烤鱿鱼、杀猪菜、锅包肉、酱骨头、香肠、狗不理包子、四大扒、八大碗。天南地北的获奖者，喝着直沽高粱酒，操着南腔北调，大聊文学和时事。主办方不断殷勤地劝酒，气氛在美酒佳肴的酝酿下走向高潮。有个大汉甚至即兴来了段河北梆子，掌声热烈。高雪觉得恍如来到了故乡，一种久违的温暖在体内洋溢着。高雪好奇北方的盘碗那么大，好奇北方人的酒量那么好，南方人是一口一口地啜，他们则是一杯一杯地干，那可是白酒啊。高雪更好奇北方人的豪爽和古道热肠。酒后，高雪躺在房间里的席梦思上跟林梅聊天。

高雪：幸亏来了。

林梅：贵宾般的待遇吧？

高雪：是的，客气得很。

林梅：人生得意须尽欢，莫使金樽空对月。

高雪：遍插茱萸少一人。

林梅：月亮真好。

高雪：秋月好，遍洒人间妖。璀璨灯火相辉映，脉脉暗香盈柳影。遥听玉人箫。

林梅：写得太好了！（鼓掌）

高雪：献给你。

林梅：白昼的光，照亮铺满荆棘的路。夜凉如水，相逢的是金风玉露。

高雪：好！（六个大拇指）

林梅：白露过后秋意浓。

高雪：要秋高气爽，不要秋风秋雨。

林梅：有趣的人生一半是山川湖海，一半是柴米油盐。

高雪：很对。

林梅：所谓生活，一半清欢，一半烟火。

高雪：卓见。

林梅：真羡慕你。获奖感言准备好了吧？

高雪：几乎会背了。（笑）

林梅：你要脱稿演讲。

高雪：好的。

林梅：肯定掌声雷动。

高雪：但愿。

二十五

尽管有过心理预期，但第二天走进颁奖会场时，高雪还是感受到一种前所未有的冲击力。一块巨大的电子显示屏在台上闪闪发光，上面映现的是高雪的半身像和简介。事后，高雪对林梅说，在他乡异地的舞台上乍一看到自己的头像，差点流泪。开幕式过后，高雪第一个被请上台发表获奖感言，大屏幕弹出红色字幕，是对获全国短篇小说一等奖的《自留地》的评语：

小说的乐趣在于无中生有。这其中的无，不等于真的没有。现代社会，一个突出的特征，就是承认人的私有化。私有化使人变得自我，我就是我自己的自留地，谁也动他不得。相对于男人，女人无疑是专有的自留地。然而，在贫穷面前，在女人的权利面前，女人是不甘寂寞的。于是，摆脱贫穷、获得个人的幸福与传统的道德发生了激烈的碰撞。在这里，无所谓对错，更多的是生活的无奈。无奈的生活只能用无奈去解释。

在众人的注视中，高雪非常镇静地走上讲台，开始演讲。你的形象温文尔雅，声音十分清晰，充满磁性。这是林梅看到高雪的视频后的评价。

"我是二十世纪八十年代开始业余创作的，"高雪首先介绍自己的创作经历，"这么多年来，尽管出版了一部中短篇小说集、一部长篇小说，但一直没有有影响力的作品问世。创作的天空中布满了迷茫和灰色。改变我命运的是二〇一〇年的第一场雪。那天，我的故乡下了一场大雪。我不敢开车，走着去五里外的单位上班，穿过文化广场的时候，我突然摔倒了，摔断了腿，痛得昏了过去。等我醒来的时候，我看到面前站着三个民工模样的中年女人。她们一个脱下手套让我戴，一个取下围巾让我围，一个拿下小包让我当枕头。她们又叫来救护车，一起用担架将我抬上救护车。这件事让我切身体会到人间的大爱，让我看到了赫拉巴尔笔下底层的珍珠发出的温暖的光芒。"

会场十分安静。高雪的发言引起与会者的极大兴趣，有的拿出笔记，有的举起照相机，有的拿出摄像机。"这种温暖给了我疗伤的力量。同时给了我阅读和写作的勇气。我决心用手中的笔为底层的人们呐喊。一次，我拄着双拐在小区散步，突然看见一个人像一枚炮弹从十八层楼的楼顶飞了下来，当场摔得脑浆迸裂。同一天下午，小区旁边的体育场有一个抽奖活动，我看到一个踏三轮车的外地民工摸到了十万元大奖。发生在同一天的两件事让人触目惊心，一个悲剧，一个喜剧，我感到了人生的无常。后来，我听说跳楼的是个企业家，不知什么原因患上了抑郁症，又有人说他做担保巨额亏损。于是我以这两件事为素材构思了一篇小说，题目是《像鸟一样飞翔》，这篇小说在一家著名的文学刊物上发表，影响较大。"

　　台上的领导开始交头接耳，他们显然也被高雪的发言吸引了。"这篇小说的成功，更坚定了我关注底层生活的信念。前些日子，我回到乡下老家，听说了一个刚刚发生的故事。一个老板在村子里的良田上造起一座像白宫一样的房子，又强行在人家的自留地上造围墙。人家不同意，拿了榔头去砸围墙，结果被村委会主任唆使的打手打断了腿。后来，我听说村委会主任在选举时得到老板的赞助。后来，我又听说村委会主任和老板同时看中一个漂亮的村妇。这些事给了我很大的心灵刺激。'自留地'三个字一直萦绕在我的脑海中。经过长时间的构思，我决定以此为素材写一篇小说。在小说中我写了六个人物，有村委会主任馒头宋，有老板许，有癞子赵，有麻皮胡，有铁拐李和他的漂亮妻子小瓜。这里没有完全意义上的好人，也没有完全意义上的坏人。村主任贪财，但他为村子做实事；老板恋色，但又捐款做了许多善事；铁拐李正直，但保守；小瓜渴望改变生活，但坚守人生的底线。似乎谁也没有错，但刺刀见红的事情眼看就要发生。当然主人公是铁拐李，铁拐李在村委会主任和老板的联手施压下，不但将失去祖传的自留地，而且似乎将失去漂亮的老婆——他心目中的最后一块自留地。我没有将农村写得污秽不堪，我让幽闭的瓦罐透进一丝亮光。小瓜没有走进村长家里，也没有躺到老板床上，而是坚定地留在穷困的铁拐李这里。这就是一种温暖的力量。"

掌声雷动。高雪发现许多人脸上露出由衷的微笑。"从这两次创作实践中，我深深体会到：小说需要生活，更需要对生活做出思考。小说需要关注现实，但理想的光芒不能缺席。当然，小说也非常需要技巧。有人说，小说家是白日梦患者。我认为，梦是组合大师，它可以将毫不相干的人、事、物组合成一个个生动有趣的故事。在技巧上我们要向梦学习。"又是一阵热烈的掌声。"人活在世上，一靠物质，二靠精神。现在大家比较看重物质，但我以为，最终照亮人类的是精神之光。文学是精神的圣火。所有为文化杯全国小说奖做出贡献的人们，都是点燃文学圣火的人。我们将在圣火的照耀下奋然前行。"

高雪的发言结束了，接下来举行隆重的颁奖仪式。在欢快的音乐声中，获奖者一个个上台领奖。鲜花、掌声、快门声融合成一片。会后，与会者拿着获奖作品集围上来，要高雪签名。"真是醉了！"高雪无限感慨地发信息给林梅。

颁奖会结束后，主办方人员陪同获奖者在五大道欣赏千姿百态的洋楼。此前，高雪他们参观过国内最大的博物馆，品味上下五千年的历史文化，对其中的博大精深发出阵阵惊叹。现在，面对几百幢风格各异的建筑，大家瞠目结舌，仿佛进入万国建筑博览苑。在秋阳的照射下，英式、意式、法式、德式、西班牙式，还有文艺复兴式、古典主义式、折中主义式、巴洛克式、庭院式、中西合璧式，琳琅满目，令人目不暇接，简直就是一首首立体的诗。它们尽管颜色各异，风格不同，但一律地透露出浓厚的历史感和沧桑感。几乎每幢楼都蕴藏着一个故事，曹锟、徐世昌、胡佛、马歇尔……上百位中外名人曾定居于此。一座由无数片瓷片粘贴而成的"瓷房子"吸引了大家的目光。这是一个北洋军阀首领住过的，主人介绍道。高雪觉得跟五大道比起来，现在许多城市的建筑太千篇一律，缺少变化。既然是立体的诗，就应该千姿百态。

二十六

林梅：竞聘正式开始了。

高雪：是吗？

林梅：每个人五分钟演讲。我不知讲什么好。

高雪：要独特。你先准备，然后我们给你当听众，预演。

一个阳光灿烂的秋日，天蓝得像洗过一样。啤总打电话给高雪，要他到百果山庄摘柿子去。啤总带了英子。李斯带了小草。高雪带了林梅。英子的服装十分奇特，似乎全是洞，红色的上衣前胸一个洞，后背一个洞，两肩两个洞，青白的牛仔裤膝盖处更有一个醒目的大洞。这种衣服即使他们小时候也难得见到。百果山庄有各种各样的果树林。吸引他们的是三棵高大的柿子树。柿子树光秃秃的，没有叶子，但枝条上挂满了黄色的柿子，在蓝天的衬托下，密密麻麻的柿子如满天繁星般在向人挤眉弄眼。高雪攀着枝条摘柿子，林梅张着塑料袋接柿子。这情景使高雪心花怒放。高雪想起年轻时跟姑娘们在田野上打稻的情景。那时候他一边踩着打稻机，一边接过姑娘怀抱的稻束，稻桶里飞溅的谷子使他感到了快感。现在，虽然年近半百，但时光在倒流，一种久违的感觉在胸中荡漾。采摘的不仅是柿子，而且是浓情蜜意。李斯和小草在另外一棵果树上采摘。高雪高声喊，有味吗？李斯回应，味道好极了。高雪又喊，醉了吗？李斯说，这也是醉了。也奇怪，单位里叫他写总结报告的时候，他觉得思路像患了便秘，半天憋不出几个字，现在却文思飞扬，简直想作几首诗。

这时候，一件怪事出现了。这件怪事其实是一个神秘的隐喻。当高雪攀着枝条采摘一个稍大的柿子时，一个成熟得发红的柿子突然从天而降，在高雪的脑门上爆炸了。高雪吃了一惊，脚底一滑，仰面摔倒了。咯咯咯咯咯，他听到了一阵青蛙交配般的笑声。这是一种男女混合的笑声。在场的另外五个人笑得差点跌倒。

中彩了。

啤总的话一语双关。于是大家看着高雪又是一阵狂笑。林梅及时地领会了言外之意，得体地止住了笑声，脸上恰到好处地泛起了一阵红晕。那时候高雪根本没有想到这三个字还有另外一层隐喻。

欢乐在持续。午餐在酒精和各种段子的刺激下不断地走向高潮。使酒水从大家的喉咙里欢畅地喷出来的是英子讲的一个笑话。英子说，有一次她穿着牛仔裤到乡下老家看望奶奶，奶奶看着她裤子上的"破洞"大吃一惊。晚上趁她睡觉时悄悄地拿针线将"破洞"缝上了，害得她第二天将这条裤子丢进了垃圾桶里。哈哈哈哈哈。灰尘夹着酒精的气味在射进包厢的阳光中愉快地舞蹈着。

李斯有点醉了，他大着舌头对走进包厢的服务员说，楼、楼上的官人们都醉了。

啤总说，前天我碰到了官人，我在家里跟几个亲戚玩扑克，派出所的人突然来了，看见桌子上有几个硬币，就认定我们在赌博，要我们去派出所交代。我说，你们把搜查令拿出来；如果没有搜查令，私闯民宅，该当何罪？！结果，他们灰溜溜地走了。

精彩。林梅说。

真有你的。英子的眼神充满敬意。

小草鼓掌。

李斯说，此官人非彼官人也。

林梅讲了竞聘的事。

李斯说，这个要正规。

啤总说，要剑走偏锋。

高雪说，对，要出其不意。一般人的演讲肯定是王婆卖瓜，自卖自夸。其实演讲最重要的是打动人心。

林梅拿出一幅油画，上面画着一片片黄色的落叶。她说准备拿这个做竞聘演讲。

啤总说，这个设计好，出人意料，合乎情理。

李斯说，独辟蹊径。

肯定能激发共鸣。高雪说。

二十七

钱谷的身体越来越好。护工一张白里透红的脸总是笑着，一双大眼睛充满了柔情。她干活非常利索，烧饭、洗衣、搞卫生，又快又好。为了改善钱谷的胃口，她总能变着法儿烧出好吃的东西。她用腌菜炖笋，里边加上切成薄片的年糕。等到笋香、菜香、年糕香混成一片的时候，钱谷胃口大开，吃了一碗又一碗。她用排骨炖芋艿，炖了一个小时，加上酱油，再炖一个小时。护工用筷子将鸡蛋大的芋艿揀到钱谷和林梅的碗里。钱谷说，软、滑、香，含在嘴里会化掉。钱谷又说，就是皇帝也吃不到这么好吃的东西啊。林梅说，那你岂不是比皇帝还舒服。哈哈哈，钱谷笑得咧开了嘴。

有时候，护工也会去花园采花。桂花开了采桂花，菊花开了采菊花。采了花就插在客厅的一个玻璃瓶里。林梅奇怪地看着护工的脸，嘀咕说，还挺花哨的。钱谷很喜欢，表扬说，比塑料花好看多了。钱谷自己会走路，但散步时依然要护工扶着。有一次，林梅看到，护工在采花，钱谷在"采"手。钱谷青筋暴绽的手抓住了护工小巧玲珑的手。护工的手一颤，她四下里看看没人，就没有拒绝钱谷的手。不一会儿，钱谷跟护工抱在一起，像两只麻雀在交喙。林梅从学校回来看到了，本能使她抓起一块泥土扔过去。钱谷跟护工吓了一跳，他们像弹簧一样弹开，四处张望，一副惊慌失措的样子。林梅内心像打翻了一瓶醋。

渐渐地，林梅发现护工开始爱打扮，身上穿的衣服越来越鲜艳，有空的时候，总拿着一面小镜子照脸蛋。钱谷有事没事总爱往护工身前凑，护工在择菜，他帮忙择菜；护工烧菜，他帮忙切菜；护工洗衣，他帮忙晾衣。两个人的情歌越唱越热烈。林梅的眼神越来越紧张，她开始埋怨护工烧的菜，骚味越来越重了。钱谷不识趣，仍然下意识地将一个大鸡腿夹到护工碗里。林梅终于发怒了，将筷子往桌子上一拍，斥责说，她断手烂脚了，要你服侍？护工变了脸色，急忙将鸡腿转夹到林梅碗里，知趣地端着饭碗离开了桌子。林梅说，我看你的身体越来越硬朗，不需要护工了吧！

于是，护工被辞退了。

护工走后，钱谷的身体状况急转直下，先是胃口越来越差，然后走路开始歪歪斜斜，最后躺到床上，长吁短叹。

林梅：我很矛盾。

高雪：怎么了？

林梅：他的身体似乎又不好了。

高雪：药物失效了吗？

林梅：不是，护工被我赶走了。

高雪：为什么？

林梅：他们的举动越来越出格。

高雪：他们也许有感情。

林梅：是的。护工一直崇拜他。他一直喜欢护工。我本来寻思他病得那么厉害，也就睁一只眼闭一只眼。谁知他们蹬鼻子上脸。

高雪：那么，另外请一个护工？

林梅：没用的。在他心中，无人可以替代。

高雪：这个利弊得失，你自己想清楚。

看着钱谷苟延残喘的样子，林梅终于不忍心，打电话将护工叫了回来。

钱谷一见护工，就像打了强心针似的活了过来，他的眼睛久久地看着护工，脸上竟然泛起了一点红晕。

二十八

林梅：半个世纪以前，一片洁白的雪落在高山上。

（生日红包）

高雪：啊？我自己都忘了。（感动）

林梅：庆生鞭长莫及，红包方便快捷。

高雪：（作揖）心意领了。

林梅：一定要收，不然就见外了。

高雪：我的生日你怎么知道的？

林梅：（神秘）不告诉你。

高雪：你先生怎样了？

林梅：越来越好。他们的举动也收敛了不少。只是血压有点高。

高雪：很好。令堂呢？

林梅：没有哮喘。往年，这个季节早发作了。

高雪：好的，加油！

林梅：真的谢谢你！

高雪：应该的。

林梅：竞聘结束了。

高雪：是吗？

林梅：事情进行得出乎意料的隆重。上面派来了监督，全程录像。

高雪：其实事情的结局早已确定，演讲无非是走个形式吧。

林梅：是的。演讲开始。大家八仙过海各显神通，慷慨激昂地上台发表演说。表情啊，肢体语言啊，丰富多彩。赵艳甚至连眼泪都下来了。内容当然是王婆卖瓜，自卖自夸。

高雪：使出浑身解数。

林梅：音乐老师贡献了一曲男高音。他唱《松花江上》，那悲哀的声调引起会场强烈的共鸣，尤其是唱到"九·一八、九·一八"的时候，几个女教师竟恸哭出声。

高雪：震撼。

林梅：监督坐不住了，他站起来，拍着桌子说，现在是竞聘，不是开抗战纪念会，懂吗？

高雪：他不懂其实这也是演讲。

林梅：体育老师似乎没有领会监督的意思，他竟然像个健美运动员似的亮起了自己的肌肉，一会儿举起左胳膊，一会儿举起右胳膊，发达的肌肉像球一样在他的身体上滚动。他的眼神非常凶狠，像泰森一样瞪着你。会场里响起一阵哄笑声。

高雪：有趣。在紧张的气氛中，这是很好的调节。

林梅：是的。我上台之后，看着铺满鲜花的讲台，说"战地黄花分外香"。掌声响起了。

高雪：幽默。

林梅：我说，是骡子是马，拉出来遛遛。老师们哄然大笑。我说，我是不用遛的，因为我自认为是一匹骏马。然后我亮出飘满落叶的油画，说，在这样美好的季节，不应该有落叶。掌声雷动。

高雪：非常精彩！（九个大拇指）

林梅：结果我们几个得票很多。赵艳等十三个人被淘汰了。

高雪：太好了，热烈祝贺！（九枝玫瑰）

这些天，高雪的心情不错。打开微信，里面有许多祝贺信息。林梅、文牧、啤总、李斯等人将消息发到朋友圈，有人点赞，有人竖起大拇指，有人鼓掌，有人评论，其中不乏夸张之词，但高雪很受用，毕竟寂寞了这么多年，热闹一下也好。打开电脑，一些知名网站也在报道文化杯的消息，其中特别点到高雪代表获奖者发表获奖感言。随即有一些电话打来，是过去的同事、学生、文友，他们在网上看到消息后第一时间表示祝贺。兴奋和喜悦在高雪周身弥漫开来。这种感觉是无法形容的，是一般物质享受远远不可比拟的。难怪有人说，如果能出名，即使裸奔也行。

上午，文牧邀请高雪指导他们复办的"紫藤花开"文学社。高雪神采飞扬地介绍了自己的创作经历，讲了生活、阅读和创作的关系。"咳嗽像翩翩蝴蝶飞进了他的胃里""他的面容已经被篡改""雪花打在脸上，变成了温暖的抚摸"，这样的语言才是有新意的文学语言。"所以昆德拉说'发现是文学创作的唯一道德'。"最后高雪回顾了自己教书时创办的鹿鸣文学社，"大凡后来在社会上有出息的，都是班干团干和办社办刊的积极分子"。高雪举了一个例子，有一个文学社长高考考得并不怎么好，但因为文笔好，很快被《南方周末》看中，几篇重磅反腐文章在全国引起轰动，现在他在著名的互联网公司担任高管。学生掌声热烈。"所以成才的道路千万条，并非只有高考这座独木桥。个人素质远比高考成绩更重要。"高雪明白，文学的作用远远不仅仅是谋个好饭碗，但因为现在学校的导向非常现实，所有的指向都是高考，何况校长坐在后面，所以活动结束时，高雪补充了一句："当然，文学只是爱好，你们的主业是学习。爱好不能影响高考，而要相得益彰。"

下午，电视台来采访。我们来迟了。一个打扮精致的记者说。一个大胡子的摄影师也轻轻地笑笑。记者先叫高雪拿出一些从小到大的老照片，叫摄影师拍下，以显示人生轨迹，然后拿着话筒对着高雪问，你说你读的是全国最末流的大学，一个师范院校的教学点，那么是什么原因促使你走上文学之路的呢？高雪回忆说，是一句话刺激了我。我是老家第一个考上大学的人，村人们以为我今后即使不能出将入相，至少也能弄个一官半职。当老乡知道我的工作后，表情非常吃惊，问，啊，只是教教书？这句话对我的刺激很大，我对自己也非常失望。我工作的地方是一个汤碗大的山区学校，总共五六个班级、十几位教师。于是夜深人静之际，我开始刻苦攻读，读鲁迅，读契诃夫，读海明威，读卡夫卡。梦想十年工夫无人问，一朝出山人称奇。记者鼓励地看着高雪，说，讲得很好。高雪说，一次在活动室看了电视剧《王老大三见刘县长》，感慨万千，信笔写了一则评论，不想立即被省广播电视周报发表了，十分激动，这是我第一篇化为铅字的文章，正是它促使我走上了文学创作道路。记者问，顺利吗？高雪说，不顺利。当时的小说比较稚嫩，只能发表在本地的文学内刊上。曾给省里省外的文学刊物投过稿，但最终的结果都是石沉大海，杳无音信。当时创作的天空中布满了迷茫和苦闷。高雪说，重新点燃我希望的是一次笔会，我的小说独占鳌头，被省刊副主编采走，那时候盼星星盼月亮盼望着作品早点问世，然而半个月后我收到了一封退稿信。我拿着信默默躲在寝室里流泪。这是我第二次流泪，第一次是母亲去世的时候。这闷头一棍对我的打击很大，有一段时间停止了写作，将全部精力投到教书育人上。记者问，没有文学的日子你觉得怎么样？总觉得内心空落落的，高雪说，这时，我才发现文学已成为我的　个情人。茫茫人世，滚滚红尘，唯有她，才能尽情诉说我的痛苦，才能真正带给我心灵上的慰藉。于是我又继续开始做梦。但是创作的道路十分艰难，可谓千军万马过独木桥，即使发表一篇也难，更何况成名。我尽管十分努力，但收获寥寥。高雪停止了叙述，要求摄影师拍几张他妻子的照片。没有她的支持、鼓励，我坚持不下来。高雪感叹道。

在高雪讲述大雪中产生命运转折然后走上成功之旅以后，摄影师将镜头对准书房里挂着的一幅隶书书法——降伏其心。记者问，这是什么意思？高雪回答，这是《金刚经》中最核心的句子，就是要去掉内心许多不切实际的欲望，使自己安静下来。

二十九

高雪：这里／本来是一处喧闹的山庄／现在／变成一片废墟／唯有杨梅依旧青翠／还有知更鸟的叫声／雨／在孤独地下／废墟上绽出一朵粉红的花／那么艳丽。

林梅：杰作，收藏。

高雪：人生难得一知己。

林梅：斯当以同怀视之。

高雪：梅的语言，我有点跟不上了。

林梅：你是大师，望尘莫及，仰望。

高雪：每一个下雨的日子／缤纷的记忆扑面而来／那是世间的最美／遥远的镜头／洞穿古城悠长的老街／湿漉漉的情愫／从天际直达心底。

林梅：诗兴大发。

高雪：纵豆蔻词工，青楼梦好，难赋深情。

林梅：一切尽在不言中。

高雪：（歌曲:《真的好想你》）

林梅：听了，句句走心。

高雪：天渐寒，注意保暖。

林梅：好的，你也一样。你换冬被了吗？要不要我帮忙？

高雪：谢谢，我已经换了。

林梅：你真不容易，工作生活一肩挑。

高雪：已经习惯了。

高雪：灵芝孢子粉好像有抑制肿瘤的功效。

林梅：好的，我让他试试。

高雪：治肿瘤，要立体战：药物、精神、保养、营养、锻炼。

林梅：说得太对了。谢谢雪哥。

林梅：昨晚好像下雪了。

高雪：雪，是洁白的天使，舞动冬的灵魂。梅，是傲霜的斗士，传播春的气息。

林梅：（大拇指）雪哥就像冬天里的一把火，熊熊火焰温暖了我的心窝。

高雪：世上有朵美丽的花，那是园丁吐芳华。

林梅：感觉你在深情地唱歌。

高雪：岁月如歌。

林梅：桃李春风一杯酒，江湖夜雨十年灯。

高雪：十年生死两茫茫，不思量，自难忘。

林梅：我在喝艺福江南的红糖姜茶。（图片："姜"爱进行到底）

高雪：（笑脸）一语双关！

林梅：回味无穷。

高雪：是的梅。

林梅：（照片：舞蹈妆）

高雪：太美了。

林梅：学校一定要我参加大合唱。其实我哪有这个心情。

高雪：唱歌是最好的调节。

林梅：不忘初心，畅想明天，县教职工合唱比赛。

高雪：（鼓掌）

林梅：我滥竽充数。

高雪：梅形象歌声都美。在哪里比？可惜我没有票。

林梅：在大勃留中学。你不要来。你来我会紧张。

高雪：那么，比好后给我发一个视频。

林梅：好的。

林梅：（大合唱视频）

高雪：（大拇指、玫瑰）

林梅：校长用手机拍的，不大清楚。

高雪：男声雄浑，女声娇美，背景绚烂。

林梅：可惜没获奖。

高雪：重在参与。

林梅：有人欣赏就好。

高雪：第二排正中的最靓。

林梅：玩玩的，寻开心。

高雪：对了。落聘的人怎样了？

林梅：当然是不服。集体上诉。朋友圈里各种怨言，要多难听有多难听。

林梅：但事情已经尘埃落定。没有办法了。

高雪：我也看到一些。

林梅：有的生病，有的甚至想轻生。

高雪：这么严重？据说出路还是给的啊。

林梅：调到职高。等于发配边疆。

高雪：赵艳呢？

林梅：他跟朱副校长闹得不可开交，甚至将两人的不雅视频公开了。

高雪：这样的竞聘可能有副作用。

林梅：是的。三年一次，人人自危。大家都没有了归属感。

三十

这天，高雪召开教研组长会议。教研组长是学校里的骨干教师，是高雪的得力助手。许多活动和要求要靠教研组长去落实。会议主题是传达"三位一体""自主招生"精神。现在考大学，光靠高考成绩不行了，许多著名高校还要参照学生素质。也就是说，只要素质好，某方面有特长，即使高考成绩一般，也能被名校录取。这是一场前所未有的变革，是打破应试教育藩篱的利器。这很符合高雪的胃口。就语文来说，只要在全国新概念作文大赛、全国创新作文大赛、叶圣陶杯、语文报杯等赛事中获奖，参加自主招生时就有可能被名校青睐，优先录取。而要在这些赛事中获奖，文学素养十分重要。一直以来，高雪将自己阅读和写作的经验提供给老师，再由老师传授给学生，贡献应该说是不小的，有几年甚至直接命中了高考作文题。高雪分析了目前的招生形势，谈了学校目前语文教学方面的短板，"现在许多学校阅览室形同虚设，文学社也是少得可怜"。高雪表扬了"紫藤花开"文学社，要求大家以校园文化建设为契机，好好抓一下学生的文学素养。

然而主管副主任找高雪谈话了。副主任说，首先祝贺你获奖，不容易。不过，下校指导不能太强调创作。毕竟，高考语文拉分不大。拉分还得靠数理化。高雪心里不同意，没有吱声。副主任又说，现在已经有学校领导反映，说你似乎过于强调文学，这样对学生导向恐怕有点问题。高雪忍不住，说，现在不是在强调三位一体自主招生吗？副主任说，毕竟，靠特长考进大学的是极少数。我们还是要注重大多数。高雪不应声。副主任拍拍高雪肩膀，出去了。

父亲在屏幕里看着高雪。一直以来，高雪将父亲头像设为手机背景，以此激励自己。"父亲，我该怎么办？"父亲沉默。"难道我错了吗？""你没有错，"父亲开腔了，"但你要忍耐。现在的人很现实，文学又不能当饭吃。""可先前村人们对您多么尊敬，捧着饭碗听您说书。""那时候太单调乏味，没有什么可供消遣。现在生活好了，消遣的东西太多了，真的不行，靠一部手机就能打发时间，还有几个人像你那样傻乎乎地爬格子？""可是如果没有文学，没有艺术，漫漫长夜人们怎么打发？电视、电影不说，所有的娱乐节目都是以文学为脚本的啊，甚至连手机上的段子也是。""你这话有道理。所以文学不会死亡，你应该感到光荣，应该感到高兴。不过对学生来说，首先是考上一所理想的大学，这是最大的现实。"一阵风刮过，父亲微笑一下，不见了。

三十一

高鸣正在炉子边烤鸭子，天气有点冷，天空中不停地飘来几片雪花。广播里在播放着争创卫生城市的口号。一辆搬运车开过来，跳下来几个城管。其中一个问高鸣，有卫生许可证吗？高鸣一愣。高妹从里边走出来，说，正在办理。城管说，既然没有，就不能怪我们不客气了。几个人动手搬烤鸭炉子。高鸣举起了两把菜刀，怒目圆睁，吼道，谁敢动？高妹也说，不是在提倡地摊经济吗？城管说，你们又不是地摊。高妹给高雪打电话。高雪想起自己曾经的一个学生在城管大队当领导，立即打电话过去。学生说，现在争创卫生城市是压倒一切的大事，只有暂时避一避风头，请老师原谅。不过，搬炉子是不对的，我立即叫他们停止。

炉子保住了，但烤鸭店不得不关门。高鸣又开始过上游荡的日子。

高雪打电话给啤总，叫他想想办法。

啤总想起一个朋友刚刚承包了一个沙场，便叫高鸣过去帮忙。啤总说，现在先将就一下，等我以后拿了工程，就回来。

沙场在一个三江口的边上。几条大江不断地将上游的沙石冲刷下来，形成了规模巨大的沙滩。现在是枯水季节，正好开采。于是高鸣戴上一顶安全帽，在工地上帮着老板指挥挖掘机、运输车作业。日晒雨淋，非常辛苦。但工钱还可以，五千元一个月。

啤总经常过去看望高鸣，陪他吸吸烟，说说话。

高雪有空时也经常开车带点水果过去。在他眼里，沙场的生活是新鲜的。尤其是挖掘机，神通广大，蟹钳一样的长臂能挖能搬能扫，简直无所不能。运输车来来往往，扬起一路尘土。仰看有蓝天白云，平视有绿水青山。还有白鹭在翩飞。高雪便感叹说，挺有诗意啊。

高鸣说，你是站着说话不腰疼，美好的风景是属于有闲阶级的。

高雪说，关键是心态。心情决定风景。

高鸣摘下安全帽，递给高雪，说，要不，你来试试看？

高雪看着高鸣被寒风吹裂的嘴唇，连忙摆手，这个我是外行，外行不能领导内行。

三十二

高雪：（书法：静中见得天机妙，闲里回观世路难）

林梅：早。板桥体。雪哥有心事？

高雪：兄长真辛苦。

林梅：他在哪里工作？

高雪：沙场。脸黑了不少。

林梅：沙场？那真是辛苦的，风吹雨打的。

高雪：为了谋生，没办法。

林梅：我先生的一个远亲在外地新开发了一个楼盘，要不，叫他帮忙说说？

高雪：这怎么好意思？

林梅：你也在帮我先生啊。

高雪：留心一下也好。既然是楼盘，肯定有许多配套工程。我哥前些年在外地帮朋友做过暖通管道。

林梅：好的，我叫他留心一下。

高雪：谢谢。对了，明天去你的学校。

林梅：干吗？

高雪：教坛新秀评比。

林梅：（开心）欢迎。几点到？

高雪：上午七点半。

高雪：准时出现在车边，感动！

林梅：迎接您。

高雪：风姿绰约。

林梅：感情亲疏影响对事物的判断。

高雪：纯客观评价。

林梅：你也风度翩翩。

高雪：这是一个欲阴还晴的日子／教堂的钟声在远处鸣响／丽人近在咫尺／面庞却要表现一本正经／高压线在风中颤抖／五彩缤纷的声音在课堂上响起。

林梅：雪哥才情兼得。才情兼得是佳人。

高雪：谢谢梅。

林梅：诗因情而生，情因诗更浓。

高雪：我在想，古代诗人都是情种。

林梅：当然。无情未必真豪杰。

高雪：（书法：衣上征尘杂酒痕，远游无处不销魂）

林梅：你的草书风格多样，功力深厚。

高雪：你的画也独树一帜。

林梅：我因为杂务太多，没有你那么坚持。你做什么都好，可见你心静专注，悟性很高。

高雪：我只不过比别人多了一点恒心。

林梅：难得是恒心。

三十三

像约好了似的，这天几乎全是关于高雪的新闻。先是手机里出现一条信息。县委、县政府短信平台每天推送三条精短信息。关于高雪的信息排在第一条：我县作家高雪获文化杯全国小说奖一等奖。接着，县报头版发了新闻。晚上，县电视台的新闻播放了高雪获奖的消息，最后的镜头定格在高雪一手拿奖杯一手捧鲜花，场面热烈而感人。接下来的日子，电视台反复播放"在文字里潜行——高雪专访"。一时间，高雪成了热门人物。许多人打电话向高雪表示祝贺。微信朋友圈、讨论群更是炸开了锅。

老家的村支书打来电话，说在电视上看到了高雪的光辉形象，为家乡争了光，现在家乡正在建设义化大礼堂，叫就是弄不好，能否赏光，给指点指点？高雪慷慨答应，倒不是衣锦还乡，主要想去看看乡村的文化。

现在农村变化真大，村村通了硬化公路，茅草泥墙早已不见，代之以白墙黑瓦。可是两边田园一片荒芜，秋收满畈稻谷香的时代一去不复返。高雪曾经不解地问大舅，大舅说，现在村里人都买进口粮食，烧的也不是柴，而是煤气。村子南边的山郁郁葱葱，过去封山育林封得要命，山却都是光秃秃的，因为要烧柴火，现在不封自茂。村巷里几乎看不见年轻人，只有一些老弱妇幼。祠堂前面新建了一个篮球场，篮球架子似乎比县体育馆的还要豪华，但场子里堆满了黄沙和砖头，哪有打篮球的影子。祠堂的门匾换了，本来是朱熹题的"高家宗祠"，一直是高村人的骄傲，现在换成了电脑楷体的"文化大礼堂"。想当年，父亲常常在祠堂门口摆龙门阵，祠堂里边也常常锣鼓喧天，不是演戏就是放电影，一种久违的情感在高雪心中荡漾。在大舅陪同下，高雪信步走进祠堂，让高雪大吃一惊的是满眼都是一张张大圆桌，仿佛一个个巨大的麻菇立在那里，台下台上都是，一点文化气息都没有。"这就是文化大礼堂？"高雪满目惊诧。"不奇怪的，"大舅说，"现在哪个村子的文化礼堂不是吃喝礼堂？"大舅告诉高雪，文化大礼堂刚成立那会儿，曾经热闹过一阵子，几个上年纪的文化人曾经到祠堂里舞文弄墨，"但就是鸡屎落地当时热"。不久，礼堂就变成办红白喜事的场所。大舅领着高雪走到厢房，只见门楣上有一块"图书室"的牌子，但是室门紧闭，透过玻璃，可以看到里面的图书柜满是灰尘和蛛网，一只老鼠正大模大样地蹲在灰不溜秋的书籍上拉屎。"这是建设书香社会时搞起来的，"大舅说，"可是现在谁还喜欢看书？除非是个独头。"高雪疑惑了，村里的人们怎样打发时间，现在连田都不要种了，柴都不要砍了。"打麻将啊，男男女女、老老少少都打。"高雪感叹，麻将文化倒是源远流长。"要不就是烧香拜佛。"大舅告诉高雪，祠堂后面的那个尼姑庵重建了，香火很旺。"照你这么说，现在村子要做点事很难？""难的，现在村里大家各自为战，为生计奔忙，搞集体活动很难，不像过去集体经济的时候。"高雪觉得一种从未有过的荒芜感朝自己袭来。

三十四

高雪：今天要下雪。

林梅：喜欢下雪，说明有颗浪漫的心。

高雪：梅花喜欢漫天雪。

林梅：现在下一场雪不容易，上次就是虎头蛇尾。

高雪：妙语。

林梅：我妈说，我出生时下了半个月的雪，一膝盖深，难养得要命。

高雪：贵人难养。

林梅：我不是贵人，只是遇见了贵人。

高雪：越来越机智幽默了。

林梅：我哪有幽默的细胞。

高雪：雪中娇梅，冰雪聪明。

林梅：你爱屋及乌了。

高雪：美丽、聪明、厚道。

林梅：你是才气、霸气、孩子气。

高雪：（开心、拥抱）

林梅：等下大雪了，你踏雪寻梅去。

高雪：踏雪寻梅君，把酒话家常。

林梅：傲雪寒梅为君开。

高雪：（大拇指）应是天仙狂醉，乱把白云揉碎。

林梅：你当年在雪地里摔倒了，忘不了你伤筋动骨的痛。

高雪：真是彻骨的痛。特别是做牵引的时候。一根手指粗的钢筋敲进了我的髌骨。我痛得乱蹦，四个大汉也按不住我。

林梅：没有打麻药？

高雪：没有。

林梅：天哪。

高雪：所以我不适合做地下工作。万一被抓住，受不起刑罚。

林梅：（笑）我没有好好来看你。那时家父得了胃癌，四处求医。

高雪：理解。

林梅：不敢来。

高雪：论心不论迹。

啤总要为高雪和林梅庆祝。他将地点定在朋友李总的别墅里。别墅在城郊的一个山谷里，那里树木葱茏，很隐秘。从言谈中得知，李总的儿子似乎在爱克斯中学读书，成绩不错，在实验班。高雪和林梅相视一笑，感觉啤总醉翁之意不在酒，或者说一箭双雕。不管怎样，既来之则安之。李总似乎酷爱书法，包厢墙壁上挂了好几幅。尽管龙飞凤舞，但功力不深，有点飘，属于本地三流作品。高雪和林梅又相视一笑。啤总说，两位老师都是书画高手，何不留下一点墨宝？李总击掌，叫保姆拿上毛笔墨盘宣纸。高雪用草书写下"此地有崇山峻岭，茂林修竹"。大家鼓掌。林梅用隶书写下"群贤毕至，少长咸集"。大家惊叹。李总圆脸放光，连声说好。

李总很客气，上的菜很时鲜。一只山羊架在火上烤着，香气扑鼻。蔬菜都是有机的，翠绿新鲜。一只火锅滚动着汤水和热气。林梅、英子、小草拿小刀割羊肉吃，吃得面色都发红了。大家一罐又一罐喝着德国慕尼黑啤酒，个个喝得像红头雉鸡。瘦长个儿的椒总又吹起萨克斯为大家助兴。萨克斯闪着金光，发出的声音呜呜呜的，像牛叫。酒酣耳热之际，李总想出一个节目，叫大家成语接龙，以"一"开头说一句成语。椒总说一针见血。李斯说一筹莫展。林梅说一见钟情。英子说一丝不挂。小草说一夫当关。高鸣说一鸣惊人。高雪说一箭双雕。然后，李总说前面加上洞房花烛夜，每个人再说一下自己的成语。大家笑翻了。啤总不停地抚着大肚子说，精彩，太精彩了。菜好，酒好，成语接龙好。大家吃得很开心。

酒足饭饱，高雪和林梅到会所后花园散步。一轮圆月挂在一碧如洗的天空中，月光穿过斑驳的树叶。月光下的林梅分外美丽。高雪说，好香的梅花。林梅说，梅花香自苦寒来。高雪说，我要为你驱寒。林梅说，你一直温暖着我。浓浓醉意中，高雪看到妻子出现了，她正立在一棵梅树旁微笑着看着他。高雪走过去，他的脚步仿佛踩在棉花上。月光像瀑布一样泻下来。他拥住她，用舌头寻找她的嘴巴。她别过脸，不，不。高雪的舌头没有听见，继续寻找。她的呼吸粗重起来，不能，不能，我看见了他。高雪的舌头没有理睬，启开她的朱唇。

三十五

高雪：夜的喧嚣隐去，圣光照着花园，洁白，孤单。起舞弄清影，何似在人间。来了，玛丽亚来了。两个孩子拥吻在一起。教堂的钟声响起，赞美诗伴随着梅花的清香传来。是童音，清澈、透明。

林梅：梅花的香味那么沁心，雪哥的笑容那么迷人，月亮的身影那么调皮，冬天的晚上那么醉人……

高雪：醉了，醉了。美了，美了。

林梅：我有负罪感。

高雪：和有情人，做快乐事，别问是劫是缘。

林梅：现实不允许。

高雪：菩提本无树，明镜亦非台。本来无一物，何处染尘埃。

林梅：我们已经染了尘埃。

高雪：我们非常圣洁。

林梅：你吹牛。

高雪：我本来就属牛。

林梅：牛很辛苦，要耕田的。

高雪：横眉冷对千夫指，俯首甘为梅子牛。

林梅：（笑）我们精神为主好吗？

高雪：好的，顺其自然。

这天，高雪正坐在办公室里撰写校园文化建设调研报告。笃笃笃，一阵轻轻的敲门声传来。高雪说，请进。一个头发灰白，面色憔悴，形容枯槁的老人走了进来。你是高雪先生吗？高雪说，是的，他起身让座、冲茶，您是？贵姓？老人害羞地笑笑说，我姓史，一个老饭桶。他从一个发黄的旧书包里取出一本书，然后说，这是我自费出版的一本诗集，请您批评指正。高雪接过，看了书名，《无可奈何花落去》，不知怎么的，脑子中浮现出李斯讲的那个老诗人。老人说，我在电视上看到您，十分佩服，想拜您为师。高雪说，史老先生，拜师不敢当，有什么事可以交流。老人说，无贵无贱，无长无少，道之所存，师之所存。说着，老人又从旧书包里取出一沓发黄的稿子，这是我的血泪史。高雪询问地看着他。我比武大还不如。老人说起了自己的辛酸事。老人说，自己本来是个吃国家饭的中专生，年轻时自己仗义执言，得罪了独断专行的领导，遭到精简。老人说，由于自己个子瘦小，力气不是那么大，生产队只给五分工，连毛头娃都比他高，老婆一直看不起他。高雪来了兴趣，洗耳恭听。老人说，四人帮倒台后，他曾不断地写信，要求恢复工作，但一直石沉大海，老婆却因为有点姿色，在社队企业里找到工作，其实没有一点技术，就是给厂长当助理。老人说，很快我就看出不对劲，每天出门前她总是绍兴班子大打扮，每天总是深更半夜才回来，满身的酒气。老人说，老婆还经常带着厂长到家里吃喝，说是感谢，其实还不是有了一腿，不然厂长怎么会屈尊到我们的破屋子里？喝酒也就罢了，喝醉时厂长红着眼睛看着我，"诗人？……我看是呆子！"老婆哈哈大笑，也跟着叫"呆子"。高雪问，有这种事情？老人的语调哽咽了，是的，这个五大三粗的蛮汉害苦了我。到后来，老婆竟然再也不让我碰她的身子。潘金莲尽管勾搭上了西门庆，但身子还是让武大碰的。我比武大还不如啊！高雪说，你不会离婚？你不会去告厂长？老人说，不敢离，因为孩子还小，我自己都照顾不了自己，怎么照顾孩子？告状？我又抓不到真凭实据，我是哑巴吃黄连，有苦说不出啊！高雪看了一眼诗集，你就是从那时开始写诗的？老人说，是的，我满腔怒火无处发泄。高雪翻了几页书稿，发现字非常漂亮，是瘦金体，一笔一画非常刚健。这些年你主要做什么工作？老人说，做临时工，给企业写材料。什么企业文化，说穿了是赚钱文化！老人又激动起来。高雪继续听着。老人说，转制以后，很多企业私有化了，老板除了赚钱还是赚钱，工人除了工作还是工作，真正变成了机器。我跑过的所有工厂都没有图书室，没有阅览室，没有文化娱乐，精神上的东西一点都没有。以前，国营的时候，到任何一家工厂都能借到我想要的书，图书馆阅览室一应俱全，还有文宣队、文艺广播、黑板报，热热闹闹的，朝气蓬勃的。高雪说，现在有手机啊。老人说，手机有什么？都是游戏、红包、段子，连我的老徐娘也玩上了微信，一天到晚在手机上鸡啄米似的。高雪的心沉重起来，眼前又浮现出那只在书籍上肆无忌惮的老鼠，不由感叹道，是啊，现在的文学正像失宠的宫女，被打入了冷宫。老人拍了一下大腿，您说得太精辟了！不过，即使冷宫也要坚守。文王拘而演《周易》，仲尼厄而作《春秋》，屈原放逐，乃赋《离骚》，左丘失明，厥有《国语》。高雪补充道。老人双手握住高雪的手，您说得太好了，我也是这么想的。高雪捧起书稿说，史老先生，这样好不好？您的大作我一定认真拜读。老人说，好的，请您不吝赐教。

高雪花了几天时间看完了老人写的长篇小说，内容无疑触目惊心，但结构比较老套，语言也比较陈旧，要发表很难，最多只能自费出版。即使出版，又有几人问津，连名著都无人看了，更何况无名小卒？这么说起来，自己也算幸运者，有多少人默默耕耘一辈子，但藏在深山无人识。自己多多少少有了一点成就。这么一想，高雪便高兴起来。

但老人的遭遇也让高雪扪心自问，老人因为妻子红杏出墙十分愤怒，那么自己对林梅呢？本质上是否一样？高雪在心里说不一样。那么不一样在哪里呢？莫非是真爱？不知听谁说过，真爱没有国别之分，没有种族之分，没有贵贱之分，真爱也没有婚内婚外之别，婚内有真爱，婚外也同样存在真爱，甚至有可能是更加刻骨铭心的真爱。问题是林梅是这么想的吗？如果是，怎么有负罪感？她跟自己毕竟不一样，自己一个人，可以自由自在；她有家人，总有顾虑。不管怎样，总得照顾她的感受。

三十六

高雪试着冷静几天，不跟林梅在微信上聊天了。本来高雪几乎每天都会向林梅问候，不是早上好就是晚安。她也说，每一个问候都让她沉醉。断联之后，生活索然无味，心中空落落的。终于，林梅忍不住了。

林梅：雪哥好吗？

高雪：好的。

林梅：好几天不见你的信息？

高雪：我被软禁了。

林梅：（吃惊）啊？

高雪：（微笑）在命题。

林梅：远吗？

高雪：不远。三个小时车程。这里有原始森林，空气很好。

林梅：命题很累的。是提前招生试卷？

高雪：是的。所以要保密。

林梅：手机没缴？

高雪：签了保密协议。

林梅：如果我有亲戚参加招考，你会泄密吗？

高雪：不会的。

林梅：为你点个赞。

高雪：做人要有底线。

林梅：好想来。

高雪：飞过来。

林梅：心飞过来。

高雪：你们教头也在。

林梅：他跟我无关。

高雪：他最近骚扰你吗？

林梅：有的。但我不睬。

高雪：你不怕得罪他？

林梅：没有什么大不了的。他呢，也恐怕是酒醉时过过嘴瘾。

高雪：那么我呢？

林梅：你跟他不一样。不可相提并论。

高雪：（高兴）天气日冷，相思日深。

林梅：对一个人思念不已的时候，这份情感已经很珍贵了。

高雪：可是这种情感不会被世人认可。

林梅：是的。生活有时候很无奈。

高雪：你先生好吗？

林梅：继续在好转。现在表面上已经看不出他是病人，只是血压有点高。

高雪：高血压是可以通过药物控制的。

林梅：是的。真的谢谢你。救人一命，胜造七级浮屠。

高雪：救命的是药物。

林梅：没有你，就没有药物。

高雪：每个朋友都会这么做的。

林梅：不一定。你是我生命中最重要的人。

高雪：护工还在吗？

林梅：我在学校里很忙。她可以帮我做家务。她规矩多了。

高雪：这样很好。

林梅：我也想通了。只要他身体好，稍有出格，也随他们。

高雪：（大拇指）说好来冬还相许，为君折下一支梅。

林梅：（三枝玫瑰）

晚上，命题已经结束。其他题目比较顺利，命题小组很快达成一致意见，就是作文题不理想，大家争论不休。高雪一个人在房间里踱步，苦思冥想。雨声像鼓点一样敲着屋瓦。多年来，高雪命惯的是高考模拟题，给初三学生命题还是第一次。既然是选拔考试，题目不能太难，也不能太容易。高雪想到了刚才跟林梅的聊天，突然灵感骤来：是你拨动了我的心弦。这题目好，容易写出真情实感，又有诗意。一块石头落地，高雪感觉一阵轻松。雨声依旧很大，在寂静的山庄显得分外响亮。

手机响了。铃声很急。高雪以为是林梅打来的，连忙接听。耳边响起的是啤总焦急的声音：高雪，刚才我是不是跟你一起喝茶来着？在奕庄？声音突然变了，是一个女人的声音，声音非常愤怒：高雪，刚才你跟啤总一起吗？高雪听出是啤总夫人的声音，脑子急速转了几圈，说，是的。这么大的雨喝茶？高雪说，雨天富有诗意。啤总夫人搁下了电话，高雪想得见她气呼呼的表情。啤总肯定跟英子幽会去了，高雪想。啤总肯定露出了马脚，高雪想。天长日久，这种事情迟早穿帮，高雪想。啤总一直感叹，他和老婆是媒妁之言，只有感情，没有爱情。有感情就离不开，又向往爱情，就只能这样偷情。

三十七

李斯来了电话，说是一个老板慕名请客。老板就算了，高雪说。你一定要赏光，我已经答应他了。高雪内心责怪朋友越俎代庖，但碍于情面，还是同意了。

宴会在一个私人会所举行。三面环水，四周是郁郁葱葱的绿色植物，仿佛一道天然的屏障，隔开了与外面世界的联系。碧波荡漾，半江瑟瑟半江红。高雪感慨自己的孤陋寡闻，似乎从来没有听说还有这么一个所在。里面的装修更是极尽奢华，跟皇宫一般。盘子都是镶金的，筷子是银的。上来的海鲜是世界各地的名产，丹麦三文鱼、美国老虎蟹、南非鳕鱼、北极冰鳗……都切成了一片一片的薄片搁在高贵的盘子里，看上去是生的。蘸的调料五花八门、五颜六色。还有两个袒胸露背的美艳女子侍立一旁。她们的眼睛似乎会说话，顾盼间，流露万千风情。这些都是空运过来的，很新鲜，雍容华贵的老板介绍完世界各地的海鲜后强调了一句。据李斯介绍，老板是全县首富，在外面做房地产生意。对面坐着的另一个精瘦的人是县商会会长。高雪如坐针毡。吃惯了家常菜，真有种刘姥姥进大观园的感觉。看着满桌飘荡着异国情调的海鲜，高雪不知道如何下嘴。老板吩咐两个侍女给高雪斟酒。这是 XO。一阵轻柔的声音传来，侍女的耳鬓几乎挨着高雪的面庞，一种奇异的香味钻进高雪的鼻子，不知是酒香，还是人香。高雪紧张得汗都出来了。李斯坐在对面一脸坏笑。老板手把手教高雪如何蘸调料。各种生的涩的辛的辣的味道在舌头上打转，喝下去的酒更有一股蟑螂屎味。酒过三巡，天南海北地闲聊一阵，话题渐渐转到文学上。老板吃力地转过脖颈，脖颈上的肥肉形成一道道梯田般的褶皱，你获奖得了多少奖金？不多的，高雪笑笑，多乎哉？不多也。那么，老板紧接着追问，你一年能赚多少稿费？不多的，真的不多的，高雪自嘲地笑笑，也就发表个一两篇，赚个三五千块吧。这样说来，老板的语气变得咄咄逼人，你自己都养活不了自己？高雪说，搞写作不是为了赚钱，纯属爱好，纯属爱好。

这样何苦？老板怜悯地看着高雪，看你头发都白了，背都佝偻了，一副吃不饱穿不暖的样子。高雪的骨头咔嗒一声，谦逊消逝，傲气蹦出来，说，我们有的地方很温饱。老板不解。高雪拍拍心口，就是这里。老板摇了摇头，不要打肿脸充胖子，你们文人就是酸。好了，闲话少说，言归正传，你给我写篇东西吧，报酬不多，一个字一元，写几万字就给几万块。对面精瘦的商会会长也开腔了，你能不能给我儿子做个写作辅导？他读初中，最怵的就是作文。他又补充说，一星期一次，辅导费从优。高雪感觉蟑螂屎味正从胃里一阵阵地泛上来，停留在喉咙处，十分难受。李斯在对面打着哈哈，老高，要不你就答应吧，都是老朋友，给个面子。高雪说，我没有这个水平，还是你给辅导吧。过分的谦虚就是骄傲，老板醉醺醺地扶住高雪的肩头说，就给个面子吧。高雪拿下老板的手，正色说，真的对不起，我从来没有写过这种文章。老板皱起了淡眉说，文文，学学，来。两个侍女像两只蝴蝶翩翩飞来，落在老板腿上。她们一个给老板喂酒，一个给老板布菜。老板的两只手不断地抚摸着她们白皙的大腿。"天涯啊海角……"两个侍女齐声唱起来。老板和商会会长一齐鼓掌。灯光晃动之中，一种荒漠般的感觉又朝高雪袭来，那个冷艳的女子又在深宫朝他露出凄凉的笑。高雪放下筷子，起身告辞。

三十八

副主任走进高雪的办公室，说，试卷弄好了吗？高雪说，已经走完了三校。要注意保密。高雪说，放心。周末有空吗？高雪不解地看着他。有个领导的儿子参加提前招生，你给辅导一下作文。高雪说,不是说要保密吗?副主任说,谁叫你泄密了?高雪说,这不是很敏感吗?副主任说,只是叫你辅导写作技巧,不是叫你告诉题目。高雪说,让我考虑一下。副主任说,希望你看在我的面子上帮个忙。

这是一道难题,高雪从来没有碰到过。从某种意义上说,单位像个保密局,每年大大小小的考试有多少次。历任领导风格各异,但保密纪律向来严明。副主任这是什么意思?高雪觉得事情有点严重,于是跟林梅商量。

林梅:不行。

高雪:我也直觉不行。可是……

林梅:是哪个领导的孩子?

高雪:他没有说。

林梅:会不会是个陷阱?

高雪:我也担心这个。

林梅:假如弄个冒牌货,带个窃听器。

高雪:有这么阴险吗?

林梅:防人之心不可无。

高雪:好的。

晚上,副主任打来电话问,考虑好了吗?高雪说,还没有。副主任立即挂了电话。高雪想得到他恼羞成怒的表情。

第二天,副主任陪着一个人走进高雪的办公室。高雪一看,正是县商会会长,心里立即感到不舒服,但还是起身让座。商会会长说,高老师是我县的大才子,文章写得好。高雪说,汗颜汗颜。商会会长说,犬子的作文初中以来一直不行,高老师能否赏个脸给指点一下？看着他热情的脸，高雪有点不忍心拒绝。高雪说，临时抱佛脚，没效果的。商会会长说，名师出高徒，一定有效果的。副主任也说，就给指点一下吧。

高雪：是李斯朋友的儿子。

林梅：那怎么办？

高雪：实际上我已经拒绝了，但是他纠缠不休，又让我们领导陪着来说。

林梅：麻烦。是考提前班的吗？

高雪：我猜想是的。

林梅：我觉得还是要避嫌。

高雪：是的。

林梅：毕竟提前班的师资是全市最好的。

高雪：只有得罪了。

林梅：要不，中考前你给辅导一下好了。反正你不参加中考命题。

高雪：这办法好。梅真聪明。（大拇指）

三十九

高雪：梅好，2019，元旦快乐！

林梅：2019，平平淡淡才是真，平平安安才是福。

高雪：晚上方便吗？

林梅：不大方便。

高雪：能逃出来吗？在吾悦728。

林梅：你在那里干吗？

高雪：为老兄解闷。他又失业了。

林梅：不是在沙场吗？

高雪：因为结不到货款，沙场老板跑路了。

林梅：唉。

高雪：老兄一生漂泊。真是靠山山倒，靠树树歪。

林梅：人生不如意者十之八九。

高雪：接下来我要为我哥找工作。

林梅：我叫先生抓紧问问亲戚。

高雪：我先自己努力吧。

林梅：你真好，无论对朋友还是对亲人，都古道热肠。

高雪：佛门弟子，慈悲为本。

林梅：（笑）你们开心吧，我还是不来为好。

高雪：没关系的，梅。

林梅：真的，不来了，谢谢。

高雪：让你欠一次。

林梅：我是不积极，非常被动的。

高雪：众人高歌少一人。

林梅：你要叫一位能歌善舞的去。

高雪：你来大家最开心。

林梅：下次吧。

高雪：真的好想你。

林梅：想想好了，真的在一起了，也就索然无味了。

林梅：相见不如相思好，万种妍于未遇时。

高雪：相思哪有相见好，万种妍于邂逅时。

林梅：为什么这么想？

高雪：因为你好。

林梅：没你想象中的好。

林梅：明明是你好，却说我好。（害羞）

高雪：都好。

林梅：情深深雨蒙蒙。

高雪：此情无计可消除。

林梅：（捂嘴笑）

高雪：昨晚梦见你，红烛昏罗帐。

林梅：我是前天晚上梦见。

高雪：心灵感应。

林梅：心有灵犀。

高雪：想当初，你青葱样子来学校。

林梅：现在已经面目全非。

高雪：现在红颜依旧。

林梅：哄我开心。

高雪：真心话。

林梅：（歌曲：《一个真实的故事》）

高雪：这歌太伤感了。

林梅：你在干吗？

高雪：看足球比赛。

林梅：兴趣广泛。

高雪：要生气，看国足；要郁闷，炒 A 股。

林梅：经典。

高雪：（文章：《愉悦心脏所产生的荷尔蒙能杀死
95% 的癌细胞——美国科学家最新发现》）

林梅：心脏不仅是输送血液的器官，还能分泌能杀死癌细胞的荷尔蒙。要让心脏愉悦，要乐观积极，不能悲观消极，更不能痛苦、抑郁。爱与被爱、感恩感谢，能提高免疫力。

高雪：是啊。要不怎么有心痛、伤心、痛彻心扉、心花怒放、心旷神怡这类词。

林梅：一句话，就是心态要好。

高雪：是。心平气和。

林梅：最重要的器官就是心，心宽体胖。

高雪：风物长宜放眼量。

林梅：谢谢分享。

高雪：女儿发来的。

林梅：很多人道理懂，但不一定做得到。

高雪：关键是自律。

林梅：是的。对了，女儿有人在接触吗？

高雪：她在自己创业，忙得很。

林梅：经营什么？

高雪：风投，医疗方面。

林梅：男人一般不喜欢忙碌的女人吧？

高雪：她说只有自己立起来，才能在男人面前站得住。

林梅：男人一般喜欢小鸟依人的女人吧？

高雪：她说命运要掌握在自己手中。

林梅：（大拇指）这么老练。

高雪：随她吧。她说事业有成了，何愁对象？

四十

电视里隔三岔五地播放高雪的专题，看得高雪自己都不好意思了。一般人物专访，最多播三次，轮到高雪，不厌其烦地播，这是闹哪一出？一次，有一个卖菜的在大街上笑呵呵地看着他说，你是那个作家吧？又有一次，一个小孩子在大街上截住高雪喊道，您是那个写作文的伯伯吗？看来路人皆知了。没有出名时十分渴望出名，真的出名了，他觉得不好意思，又不是诺奖，作为小县城的一个新闻，宣传个两三次也就差不多了，为何非要搞得家喻户晓不可？高雪打电话给电视台。电视台说，是县里宣传部门的指示。高雪说，好了，过犹不及。

局里人事科长来电，叫高雪去一趟。高雪很少和人事科打交道，除了教师职评，高雪从来敬而远之。人事科长脑门发亮，态度分外友好。他开门见山地说考虑到高雪的才华，准备提拔他当副主任。高雪没有犹豫，严词拒绝。高雪说，我不是当官的料，讨讨饭欠穷，当当官欠凶。人事科长十分不解地看着高雪。高雪说，真的，谢谢。便告辞了。

林梅：你呆。

高雪：呆头鹅。

林梅：人家削尖脑袋往上爬。

高雪：我只爱好文学。

林梅：情人。（笑）

高雪：对。

林梅：唯一吗？

高雪：过去是，现在，难说。（笑）

林梅：你执着、专注，所以有那么大的成就。

高雪：过奖。不过梅夸我，还是很高兴。

　　这天公务不多，高雪坐在办公室里翻看新到的《收获》。大勃留中学的老校长进来了，他去年刚退休。高雪连忙泡茶。老校长很有文学修养，具有儒家风度，高雪十分尊敬他。我好几次在电视上看到你，老校长认真地看着高雪说，你真不简单。高雪谦逊地笑笑说，只是一个爱好，坚持了几十年，真的说起来，这个爱好目前并不吃香。老校长继续说，我们许多人工作花了百分之九十的时间，但得到的是百分之十的成绩。而有些人在业余花的是百分之十的时间，得到的却是百分之九十的成果。高雪说，您这话很有哲理，一般人说不出的。老校长说，我庸庸碌碌一生，什么也没有留下。高雪连忙说，哪里，您创办了一所大名鼎鼎的学校，桃李满天下。老校长摇摇头说，尽管有许多学生来看我，但我自己给自己留下了什么呢？什么也没有，一生忙忙碌碌，现在一切画上了句号。高雪说，话不能这么说，那么多的学生就是您的无形资产，何况，只要您愿意，可以写回忆录。老校长还是摇摇头说，我的笔头没有你那么好，现在那么多的人在写回忆录，在搞自费出版，可谁要看呢？即使送人，也就潦草一翻，放到角落里，让灰尘和苍蝇跟它做伴，你就不一样。老校长看着桌子上的《收获》，接着说，尽管现在文学倍受冷落，但你毕竟留下了一些东西，毕竟自我实现了。

　　自我实现？这话说到了他心坎上。高雪感激地看着老校长，心中的郁闷似乎在烟消云散。

　　现在有几个人能自我实现呢？老校长继续说。

　　高雪双手握住老校长的手说，谢谢校长的鼓励。

四十一

　　高雪打了十几个电话，终于给高鸣找到一个工作。高鸣问，什么工作？高雪说，仓库保管。高鸣问，在哪里？高雪说，在开发区，八达厨具。八达挺有名的，高鸣说，不过，仓库保管员，太低档了。先去看看吧。高雪开着车带高鸣去了开发区。阳光很暖和，八达厨具很气派，厂房都是新建的。一个公司高管跟他们面谈，是个女的，很瘦，看上去很精明。她仔细看了高鸣一眼，说，多大了？高鸣说，五十多了。她说，本来要五十以下的，因为有力气活，不过看你还健壮，试试看吧。高雪笑了，说，几千块一个月？她说，三千块。高鸣没有吱声，可能觉得工资有点低。她带他们去仓库。库房里有电脑。她说，我们公司全方位现代化，仓库也是，一切货物实行电脑管理。然后问高鸣，你会 ERP 吗？高鸣没有听懂，有点发愣，"一挨屁"？什么意思？她说，就是电脑做账。高鸣说，不会的。高雪说，你不是一天到晚在上网吗？高鸣说，我上网只是下棋。高雪说，可以学啊。高鸣说，老年上绣绷，学不会的。她说，那就不好意思了。高鸣显得很轻松，仿佛解脱了一般。

　　高雪说，老是下棋下棋，可以当饭吃吗？高鸣没有吱声。一道阳光从玻璃幕墙上反射过来，像电焊弧光一样。高雪说，这样下去总不是办法啊。高鸣说，办法总会有的，天无绝人之路。他点燃了一支烟。高雪打着方向盘，不是说要戒烟吗？高鸣说，上瘾了，难戒。高雪说，如果抽烟要枪毙，看你还抽。高鸣说，不要枪毙，坐牢就行，问题是我没办法坐牢啊。高雪在肚里说，简直是无赖。高鸣满不在乎地吐了个大大的烟圈。烟圈散开来，包围了高鸣的脸孔。高雪咳嗽了一声，故意咳得很重。

高雪：哥不愿意做仓库保管。

林梅：仓库保管的确无聊。

高雪：可是这把年纪了，又不会电脑。

林梅：慢慢找吧。我已跟先生说过。

高雪：好的。

四十二

高雪：（书法：梅花喜欢漫天雪）

林梅：感觉像伟人书法一样豪爽大气。

高雪：梅的赞赏是我最大的幸福。

林梅：情不自禁。

高雪：冬天有梅真好。

林梅：冬天茶花、兰花、玫瑰花都开得很好，为何独爱梅。

高雪：唯有梅花，外傲霜斗雪，内柔情似水。

林梅：（照片：蜡梅）望梅止渴。

高雪：这个应该我说。

林梅：你说过的。

高雪：品若梅花香在骨。

林梅：暗香。

高雪：沁人心肺。

林梅：（图片：一个美女手托下巴蹲在灯火阑珊处）

高雪：太像了！昨晚就梦见她。

林梅：真的？这是你的女神，大明星。

高雪：就是你！我要收藏。

林梅：你神魂颠倒了。

高雪：天赐良友，幸甚至哉。

林梅：想我时就看这张照片好了。

高雪：遵命，没有比这张更像了，相貌、神情、调皮劲。

高雪：还有斜晖脉脉。

林梅：肠断白蘋洲。

高雪：足球看到半夜，国足使出洪荒之力，终于没有使我失望，3：0，不过对手是鱼腩。

林梅：鱼腩就是弱队吧？

高雪：对，菲律宾。

林梅：难怪。

高雪：你的笑容宛如一首歌滋润着我的爱。

林梅：愿春色铺满你的心。

高雪：在去谷溪的路上。

林梅：干吗？

高雪：工会活动，爬山。

林梅：悠着点。

高雪：我不参加爬山，主要去看大夫第。

林梅：大夫第？

高雪：和珅后代避难处。

林梅：有文化底蕴。

高雪：还有防空洞。

林梅：爬山也可以，叫美女拉一把，就活蹦乱跳了。

高雪：我本来请假，工会主席硬要我去。

林梅：请假干吗？有意义的活动要积极参加。

高雪：因为少一人。

林梅：能一起玩多好。

高雪：可惜单位不同。

高雪：车从芦岸过，舟击江水寒。佳人应梦里，怅然对红烛。

林梅：你，晓看天色暮看云，行也思君，坐也思君。

高雪：你的生肖跟我女儿一样，我喜欢。（微笑）

林梅：你是牛，老牛我也喜欢。

高雪：我好奇梅为什么这么聪明，原来属龙。飞龙在天！

林梅：我真的不聪明，头脑很简单，而且健忘。

高雪：我相信自己的眼力。

林梅：（害羞）

高雪：你越发美丽了。

林梅：帅！帅哥。

高雪：昨晚睡得好，今天心情特别爽。

林梅：愿你每天好心情。

高雪：这些天每天在补课。

林梅：补什么课？

高雪：痴迷的课。

林梅：梅溪水碧孤山清，雪哥朝朝暮暮情。

高雪：妙句！（三枝玫瑰）

林梅：想不到你来办公室搞突然袭击。

高雪：办公室有对我好奇的人吗？

林梅：没有。

高雪：说明还自然。表面上我来向你请教绘画。

林梅：你，戏精。

高雪：老戏骨。

林梅：老司机。

高雪：老牛识途。

林梅：我在你们小区的传达室里放了几支边笋，你好炒年糕。

高雪：多想尝尝你的手艺。

林梅：我会炒，但炒出来你不一定喜欢。

高雪：一定喜欢，非常喜欢。

林梅：（开心）

高雪：今天体检，医生说我短裤穿太高。

林梅：胆固醇太高。

高雪：聪明。本想讲笑话逗你。

林梅：（哑然失笑）

高雪：结果很好，身体棒棒的。

林梅：你拥有了最大的财富。

四十三

高雪在网上搜索了几天，找到了一个新的工作，要高鸣去面试。高雪知道，只要不找到工作，高鸣就会跟他纠缠不休。高雪也知道，一般的工作高鸣根本不放在眼里，尽管现在很落魄，他总觉得壮志未酬。皇帝不急太监急，高鸣在电话里嘀咕。

越州网络科技公司坐落在原来的市政府大楼里，第十八层。寓意很好，要发的意思。楼道两边贴满了宣传广告。门楣上有许多牌子：策划部、营销部、管理部、财务部、办公室、文秘室、经理室、总经理室。蛮像那么回事。油漆味扑鼻而来，说明公司刚成立不久。他们走进办公室，说明来意，体态婀娜的女秘书将他们领进总经理室。一个挂着一串巨大银项链的瘦高个儿坐在豪华的写字台后面。他看到高鸣，一怔。高鸣看到他，也一怔。然后他们几乎同时握住对方的手，客气得像久别重逢的老战友。邢总露出谦逊的笑，一颗金牙格外耀眼。高雪连忙掏烟，是硬壳中华。后来，高鸣告诉高雪，他在丝厂当工会干部的时候，邢总还只是个拖运蚕茧的小货。邢小货曾经闹过笑话。一次送货到缫丝车间，发了昏，悄悄捏了一把三八红旗手的大腿。三八红旗手大声喊叫起来，震动了整个车间。事情闹得很大，最后还是高鸣出面做工作，才保住邢小货的饭碗。那时候邢小货对高鸣交代，三八红旗手的大腿实在太白了，他的手忍不住发痒。他说的是真话，高鸣说，夏天，那些丝厂婆一天到晚露着雪白的大腿在那里晃荡，有几个男人心里不发痒的？邢总大概没有忘记当年的事情，对高鸣简直有点低声下气。他又是让座，又是叫女秘书送上茶水。高鸣说，别客气，别客气。高雪打量着办公室。办公室很气派，座椅背面墙上贴着四个沙体大字：大展宏图。墙角立着一只巨大的落地自鸣钟，钟摆在不紧不慢地晃动着。窗台上摆满花盆。红花绿叶，非常养眼。窗外，整个市容一览无余，有嘈杂的市声隐隐传来。高雪说，会当凌绝顶，一览众山小啊。邢总说，哪里哪里，大家都是混口饭吃。邢总简单地介绍了公司的情况，然后强调说，既然高哥愿意帮忙，那就不用说了。他当即叫副总在管理部给高鸣安排了一张办公桌。高雪长长地松了一口气。

但是没有几天，高鸣就感觉不对劲。他对高雪说，公司似乎是做电商的，什么B2B、C2C、O2O，他一点不懂。更要命的是，要他花五万元钱自己开一家网店。非但如此，还要他动员亲朋好友加入。这跟传销有什么区别啊，高鸣感叹说，何况，店名一点名气也没有，不像淘宝、天猫、京东，打开电脑就能看到，谁能找到你的店啊。邢总说得到了市政府的支持，那市政府为什么不拨款啊？为什么要自己掏钱啊？最关键的是，五万元钱哪里去弄啊？

高鸣的几个"啊"将高雪弄得心灰意冷。高雪也觉得不靠谱，率先打起退堂鼓。

高雪不死心，又接连带高鸣去了几个地方，碧桂园工地、越乡园林公司、剡城隔热材料厂、双发电器、良工装饰……仿佛相亲一样。但人家显然看不上高鸣这个老货。高雪走投无路，给嫂子打电话。嫂子说，他又不断脚断手，为何要我供养？他没有钱，为什么要抽烟？为什么要打麻将？高雪又给在大城市里工作的侄子打电话，侄子一句话就将高雪闷死：自己的工资交按揭都不够。

四十四

高雪：这么大这么好的笋哪里挖来的？

林梅：我怎么会去挖，别人给我的，太多，叫你分担几根。

高雪：有好事让对方分享，这就是爱。（三枝玫瑰）

林梅：肉、笋、蛋、蘑菇、咸菜、大蒜、豆腐，炒年糕必需品。

高雪：我中午去买来，晚上你来炒？

林梅：我过不来的。

高雪：（窘）

林梅：单相思，你有过吗？

高雪：年少时有过。

林梅：但愿君心似我心，不负相思情。

高雪：但愿我心似君心，不负梅子意。

林梅：心有灵犀，不点也通。

高雪：这么冷晚上还要办公吗？

林梅：晚上七点半要开班主任会。

高雪：要不要来接送？

林梅：不用，走路挺好。

高雪：今夜有雪。

林梅：踏着琼花碎玉更好。

高雪：很有诗意。

林梅：雪下得正紧。

高雪：你看过拙作了？

林梅：当然。雪景写得非常精彩。

高雪：（开心）

林梅：最搞笑的是那段——文轩沿着哈达似的公路迎着漫天风雪向前行走。意识中出现林教头风雪山神庙的情景。中学读书时，老师反反复复让他们讨论林冲被逼上梁山的这一幕。其中，"那雪下得正紧"中的一个"紧"字让老师啧啧惊叹，不厌其烦地讲了半天。那时文轩丝毫体会不到雪紧的妙处，他只觉得自己的小便越憋越紧。

高雪：（笑脸）

林梅：只有你写得出。你的小说就是那么有趣。老师们都在传阅那本杂志。

高雪：谢谢鼓励！

林梅：太阳终于出来了。

高雪："梅"好一天开始了。

林梅：这个冬天比春天还春天。

高雪：冬天里的春天。

林梅：雨水多。

高雪：好雨知时节，当"冬"乃发生。随风潜入夜，润物细无声。

林梅："潜"字妙。

高雪："润物细无声"，也极妙。

林梅：我懂。

高雪：雾失楼台，月迷津渡，佳人芳心永驻。

林梅：不管是晴天、阴天，还是雨天，能看见你就是美好的一天。

高雪：（大拇指）

林梅：（图片：梅花）

高雪：含苞欲放，美！

林梅：明天来我校改卷？

高雪：是的。

林梅：欢迎光临。

高雪：看到梅感觉真好。

林梅：一样的感觉，发自内心的愉悦，一切变得有意义。

高雪：你又白又嫩，像新媳妇，吃了什么灵丹妙药?

林梅：你就是灵丹妙药。

高雪：（笑脸、玫瑰）你的容颜将越来越好。

林梅：您拭目以待。

高雪：（拥抱）

林梅：昨天段长看见我也说，越来越年轻了，不过白粉也擦得多。

高雪：后面一句多余。

林梅：BB霜的确擦过。

高雪：现在哪个女人不化妆。

林梅：是的，上了年纪，擦了气色好点。

高雪：女人应该化妆，让心情好点。

林梅：我不会化妆，也不买化妆品，BB霜就是最懒的女人用的。

高雪：淡妆好。

四十五

林梅致电高雪，说先生已经跟他的表妹说了，叫高雪赶紧带上高鸣到香溪小区。

香溪小区真不错啊，有许多别墅，有许多轿车，有许多名贵的花木，有许多穿着整齐制服的保安，连狗都迈着雍容华贵的步伐。钱谷的表妹住在小高层的十八楼。站在阳台上，远吞山光，近逮水色，白鹭在水面上翻飞。高鸣肯定想到了自己又低又矮又潮又湿的住处，感叹说，真是天壤之别啊。林梅做了介绍。表妹很客气，给了高鸣一包软壳中华，给高雪泡上西洋参茶。

表妹的兄长在省城做房地产，刚好完成了一个楼盘，正在铺设配套设施。林梅说，高鸣在外省做过暖通。表妹就打电话跟他哥联系。他哥在电话那头说，做暖通要有资格证书的。表妹就问高鸣。高鸣说，资格证书有的，百分之二百有的。高雪啜了一口西洋参茶，香味沁人心脾。高鸣的面庞发亮了，像一只五十瓦的灯泡在黑暗中点亮了。林梅欣慰地笑了。

高鸣满口答应下来。前些年他在外省做暖通，是负气回来的。朋友一天到晚只晓得请客拜菩萨，不知道好好经营，在产品质量上下功夫，结果产品滞销，利润还贷款利息都不够。作为管理厂长，高鸣一再进谏，他就是充耳不闻。一气之下，高鸣便辞职了。现在为了利益，他可以不计前嫌。果然，一打电话，暖通哥们就马不停蹄拿着资格证书赶来。

钱谷表妹亲自陪高鸣他们上了省城。老板很忙，许多人在他办公室里排着队。看着他一张精神饱满的脸，高鸣在心里感叹，果然有福相啊，天庭饱满地阁方圆。好不容易轮到高鸣。老板仔细看了资格证书，又问了一些公司的经营情况，就打电话叫来项目总监，叫他陪高鸣他们到工地看一看，先做出一个方案。

工地有好几幢高楼大厦。许多人在施工。在工地办公室，高鸣他们看到了许多图纸和标书。项目总监说，要做的人很多，对我们来说，首先是质量，其次是价格。暖通哥们说，我们肯定比别人价廉物美。项目总监拿过一张图纸说，你们先弄出一个方案吧。高鸣连忙点头哈腰，好的，好的，便带着图纸回来。

高鸣又有事可做了。高鸣有事可做的时候还是非常认真的。他和暖通哥们住进越厦酒店，订了一个房间。高鸣画图纸，计算，暖通哥们不断打电话跟厂里联系。整个房间被他们弄得烟雾弥漫。鼓捣了一个星期，终于弄出一个方案。这个方案预算两千万元，比别人的方案足足便宜两百万元。钱谷表妹又陪高鸣他们去省城。为了保证将工程拿下，表妹对他哥说，项目她也参与的。面谈很顺利，老板答应将工程让他们做，具体等待通知。高鸣很兴奋，回来时，透过车窗，看到太阳已经西斜，但光线似乎分外强烈，便说，落山日头晒潮谷。高鸣又说，牛粪堆也有发热的时候。

高鸣举办了庆功宴。高雪、林梅、啤总、李斯、英子、小草都来了。唯独最大的功臣钱谷和他表妹不肯来，打了几次电话都不肯来。林梅说，随他们，我先生不能喝酒，表妹也不喜欢吃喝的。

酒席气氛很热烈，觥筹交错。大家都为高鸣高兴。高鸣一杯又一杯地向林梅敬酒，说全靠林老师帮忙。又特别敬了高雪一杯酒，说这段时间让老二费心了。酒席散后，大家意犹未尽，到花溪歌厅狂吼。

"我爱你，我的家。我的家，我的天堂……"这是高鸣最喜欢唱的一首歌，腾格尔苍凉的嗓音很符合他的胃口，"蓝蓝的天空，清清的湖水哎耶，绿绿的草原，这是我的家哎耶"。眼前似乎展现出一片大草原。高鸣仿佛骑着骏马在草原上奔驰。英子上来给高鸣伴舞。她的舞姿优美极了，仿佛变成一个蒙古族少女。小草捧着一束鲜花递给高鸣，在忽明忽暗的灯光中，她的笑容真迷人。林梅则是默默欣赏。李斯拿着一个酒瓶向高鸣走去。"我爱你，我的家。我的家，我的天堂……"高鸣越唱越兴奋，连音箱都似乎承受不了他嗓音的巨大冲击力，发出吱吱的声响。掌声雷动。高雪说，真激动啊，我们都被你唱得飘了起来。大家哈哈大笑。啤总挺着大肚子，像企鹅一样一摆一摆上场了。他唱《故乡的云》，声情并茂。高鸣向他敬酒。英子唱《天上掉下个林妹妹》，迈着潇洒的台步，字正腔圆，唱腔酷似徐玉兰。几个男人抢着献花。林梅唱《一个真实的故事》，她仿佛变成一只受伤的丹顶鹤，嗓音凄切动人。高雪不由自主扶住她的腰。高鸣夸她唱得比原版还好。最后大家一起跳迪斯科，在霹雳似的灯光中，仿佛群魔乱舞。"我的心在等待，永远在等待。我的心在等待，永远在等待……"尽情地发泄吧，难得开心。

四十六

林梅：你哥真有趣。唱歌时屁股一蹾一蹾的。

高雪：这是他的标志性动作。

林梅：声音苍凉，比腾格尔还腾格尔。

高雪：是的，充满激情。

林梅：样子也帅。

高雪：他周岁时的照片被照相馆陈列，像洋娃娃。在丝厂的时候，大家觉得他可以去当电视剧的男一号。

林梅：的确可以做演员。不过，在我看来，还是雪哥帅，尤其是风度。

高雪：尽管不符合事实，但我还是很开心。（笑）

林梅：真的，你的风度无人可比。

高雪：梅夸我者，私我也。

高雪：真的谢谢你！

林梅：不用谢，应该的。但愿一切顺利。

高雪：但愿。

林梅：弘一法师说，因为爱，所以慈悲；放下你，非我薄情。

高雪：李叔同真是多才多艺，选择的人生道路也与众不同。

林梅：戏里戏外，红尘空门，悲欢离合，酸甜苦辣都经历了。

高雪：所以看破一切。

林梅：但是我看不破，要担忧的事情太多。

高雪：你先生病情稳定吧？

林梅：稳定的，就是血压不稳定。

高雪：血压不稳定，有时候就是心情不稳定。

林梅：是的，他也像你哥一样，总觉得壮志未酬。

高雪：事实上，他应该放下一切。皮之不存，毛将焉附。

林梅：凡夫俗子，没有几个放得下。

高雪：歌还在唱吗？唱歌是最好的养生。

林梅：唱的。他们唱得欢呢。有时候，我也参与。

高雪：（书法：白发三千丈，缘愁似个长。不知明镜里，何处得秋霜）

林梅：（大拇指）有感而书？

高雪：对，早生华发。

林梅：雪哥很年轻的，写书法养生。

高雪：有人牵挂思念是幸福快乐的事。

林梅：互相牵挂思念更是一件甜蜜的事。

高雪：说得好。

林梅：《等你等了那么久》很好听。

高雪：唱得好。

林梅：就这样默默想着你，就这样把你记心头。

高雪：天上的云懒散地在游走，你可知道我的忧愁。

林梅：多想为你解忧，可是现实不允许我这样做。

高雪：我愿意为你等待。

林梅：雪哥，我觉得你以前没有那么激动。

高雪：也许华发渐生，当知珍惜。

林梅：有童心，才能常乐。

高雪：快乐每一天！

四十七

上午开会，讨论学科带头人考评。考评细则已经起草好了，有必备条件五条、选备条件五条。早餐时，高雪听同事们议论纷纷，说有一条卡了许多优秀教师，就是课题必须得过一等奖。高雪也觉得不妥，就在会议中提出了这个问题。书记转动着签字笔，问高雪，你的意思是？高雪说，能搞课题研究当然最好，但学校毕竟不是科研单位，真正沉浸在教学中的好教师一般没时间搞课题研究。副主任说，不会搞课题，算什么学科带头人？高雪说，职评不是也淡化了课题论文吗？高雪常常听老师说起，论文发表靠交版面费，课题研究靠抄袭。副主任厉声说，你是以偏概全。有同事说，这是事实，这种情况非常严重。也有同事说，如果这样，大多数优秀教师就被这条咔嚓了。其他同事纷纷附和。副主任将文件一甩，说，这个条件我觉得不能拿掉。书记说，既然大家意见这么大，还是慎重一些，能否将必备条件改为选备条件？副主任气馁地说，好吧。

上次，高雪没有答应辅导，副主任觉得没了面子。这次，评比条件是副主任起草的，被推翻了一条，他更觉得没了面子。他认定是高雪带头挑的刺。

一天下班前，副主任和书记联合找高雪谈话。副主任的表情很严肃，书记的表情很凝重。高雪不知道发生了什么事，脑中闪过林梅，心里嘀咕，会不会我们之间的聊天被人发现了？副主任说，有人到局里告你，知道吗？高雪脑子嗡的一声，出现了林梅先生的身影。高雪强作镇定，说，不知道。你这学期公开课开了几次？高雪松了一口气，说，两次。为什么这么少？有人因为少了一堂公开课职评被"枪毙"了，你知不知道？高雪说，不知道。这时高雪完全放心了，他准备反击。别的学科至少有三次，你为什么这么少？副主任的态度咄咄逼人。高雪理直气壮地说，室里又没有规定一学期开几次公开课，而且，公开课不是人人能开的，要有推广价值！副主任拍了一下桌子说，你是只知道写小说。高雪说，写小说怎么了？在业余时间写点文章何罪之有？副主任又拍了一下桌子说，既然有人告状，就必须检讨，明天将书面检查交上来！高雪呼地站起来说，不写！你将刀架在我脖子上也不写！书记连忙站起来说，大家有话好好说。高雪说，谁告的？你说，我首先要审查这个人有没有上公开课的资格！副主任吼道，你想报复？高雪说，实事求是，如果这个人的确优秀，我会反思。副主任张口又闭口。这个细节让高雪认定告状者肯定是肚痛埋怨灶司。书记拍拍高雪的肩说，好了，以后多了解一下教师的情况，下班了，回去吧。

四十八

那天，高雪与高鸣他们一道吃饭。项目总监来电，说一千五百万元，同意就签合同。高鸣愣住了，如遇晴天霹雳，半天回不过神来。暖通哥们说，不会搞错吧？高雪说，你们面谈谈了什么？连价钱都没有说好？高鸣颓丧地说，老板没有说，总以为没问题了。暖通哥们说，会不会项目总监在搞鬼？高雪联系了林梅。大家火烧屁股似的赶到香溪。表妹拨通了项目总监的电话。项目总监说，价钱是老板定下的，你们考虑着办吧。林梅叫表妹打老板电话。电话打不通。又打项目总监电话。项目总监说，老板出国了，要一星期后才回来。高雪说，你们再算算。暖通哥们沉着脸说，再算也没有用，这个价格的话，要倒贴！表妹说，等老板回来再说吧。

过了一个星期，老板回来了，连一千五百万元都保不住了。项目总监说，生意被一个上市公司抢走了，人家只要一千四百万元。高鸣的脸木了，像挨了电击。暖通哥们说，这不是搞恶性竞争吗？大家又如丧考妣似的赶到香溪。表妹打电话，但电话一直响着忙音。表妹表情沉重地放下话筒说，估计没戏了。

林梅将事情说给钱谷听。钱谷说，怎么能这样做事呢，六亲不认？他亲自打电话，结果一样，忙碌中。林梅说，别打了，老板决定的事，谁也推翻不了。

高雪做梦也没有想到，事情会是这么一个结局。风声放出去了，庆功宴也开过了，高鸣的面子往哪里搁？暖通哥们千里迢迢地赶过来，花费了那么多时间和精力，到头来却是竹篮打水一场空。从来没有遇到过这么窝囊的事啊。

高鸣不甘心，迁怒于上市公司。他当着高雪的面跟啤总商量，要做掉上市公司的老板。高雪担心地看着他。高雪听说过他的故事。那次，高鸣跟啤总在打隧道。工程完工了，款却没有结到。他跟啤总去交涉，争着争着就动起手来。高鸣挥舞拳头将工程科科长打得头破血流，对方大声讨饶。款是讨来了，但高鸣头上也缝了六针。现在，高鸣挠着头，似乎头上的伤疤又开始发痒。啤总喝了一口酒，拍着桌子说，吃软豆腐啊。啤总发火了。高雪又想起那次抓小偷。啤总砍下了小偷两根手指。高鸣呢，光荣受伤，一只脚打了三个月的石膏，除了得到一面"见义勇为"的锦旗，什么好处也没有。高雪说，犯法的事可不能干。高鸣说，谁叫他虎口夺食？啤总说，他是不见棺材不掉泪。高雪正色说，千万不能那么做，那样做要牵连到许多人，尤其是林梅！人家本来就是出于好心帮忙的。

在高雪的劝说下，高鸣还是忍住了。他将自己闷在家里，不是抽烟，就是下棋。整个屋子被他弄得乌烟瘴气。妻子每次下班回家，都不停地抽鼻子。但她又不敢发火。高鸣的脸色很难看，一副要吃人的样子。高雪很担心他，有空就去陪他。高鸣说，因为心情恶劣，开始失眠。本来睡觉好好的，夜夜睡得像死猪。高鸣说，睡不着就胡思乱想。这一生真是太失败了，除了顶职进丝厂，有过短暂的辉煌，其余是失败的时候多。办过厂，开过店，做过生意，包过工程。偶尔也发过小财，但总是亏本的时候多。高鸣说，一切源于丝厂转制。几个厂长一天到晚只考虑自己的利益。职工不买账，消极怠工。他曾据理力争，要照顾工人的利益，但没有一个厂领导听他的。结果没几年丝厂就倒闭了，高鸣下岗了，变成落水的凤凰。落水的凤凰不如鸡。现在好不容易有了转机，又吃了个哑巴亏。郁闷啊。

高雪看着高鸣瘦了不少，皮肉松弛，眼窝像猿人一样凹进去，便说，你会不会生病了？去看看医生吧。高鸣说，看什么看，早点死掉好。高雪逼着他去看病。还好，没有大碍。医生说，主要是饮食起居没有规律，情志失调，气血不畅造成的。

林梅：大哥心情好吗？真的不好意思。

高雪：哪里的话，不好意思的是我，害你们费尽心思。

林梅：但是没有成功啊。

高雪：事情不是你们可以左右的。论心不论迹。

四十九

高雪：（歌曲：《情人》）

林梅：歌声代表你的心。

高雪：喜欢听吗？

林梅：喜欢。你说喜欢刀郎的歌，上次还唱了《驼铃》。

高雪：献给你！

林梅：期终考试的改卷在爱克斯，是你选的，还是定好的？

高雪：我要求的，因为我偏爱爱克斯。

林梅：爱克斯也偏爱你。

高雪：梅的回答就是机智。

林梅：你，足智多谋。

高雪：梅，有吃的吗？肚子饿了。

林梅：我有苹果，削好给你拿来。

高雪：谢谢，我们上午可以改好。

林梅：这么快。

高雪：这次统改，速度比较快，老师们想着过年了吧。（微笑）

林梅：下午可以好好休息。

高雪：你下午没事吧？

林梅：没事。

高雪：去游游山？

林梅：不游。

高雪：（难为情）

林梅：可望而不可即。

高雪：怕人看见？

林梅：是的，眼睛太多。

高雪：你们放假了吧？

林梅：是的。

高雪：在干啥，看电视？

林梅：没有，准备洗澡。

高雪：洗着澡，看着表，想着人。

林梅：（歌曲：《二泉映月》）

高雪：《二泉映月》百听不厌，腊月梅花百赏不烦。

林梅：相看两不厌，唯有敬亭山。

高雪：对句越来越艺术。

林梅：又哄我开心。

高雪：实打实的。

林梅：偏爱。

高雪：偏爱就是真爱。

林梅：真爱一定偏爱。

高雪：果珍李柰，菜重芥姜，海咸河淡，鳞潜羽翔。

林梅：吃这些东西好。你以前说过一荤一素一菇。

高雪：假期开心。

林梅：你也一样。

五十

期终考试成绩统计出来了，其他都正常，就是大勃留中学高三两个尖刀班的语文平均分相差了五分。这极不正常。平时只相差一二分。局里、学校、教师反响很大。副主任已经懒得跟高雪谈话，他暗暗启动了调查。高雪有点着急，跟几个参与命题的教师通话。他们信誓旦旦表示没有泄密。高雪又打印刷厂电话，他们的口气更加坚决，说纪律非常严格，关系到饭碗问题，不可能泄密的。高雪又悄悄赶赴大勃留中学了解尖刀班的学生。学生说平时没有做到过试卷中的题目。最后高雪分别与两个班的任课教师通话。成绩差的老师说是复习方向出现问题，并且保证认真反思，争取在最后一学期缩小差距。副主任大概也调查无果，但还是在全室会议上不点名地批评了高雪，说有的学科试卷质量不好，平行班之间的成绩差距很大。

高雪有点郁闷。工会组织的年终聚餐结束后，高雪同意音乐老师汪菲的邀请，跟她跳了慢三。以往，高雪对她是敬而远之的，因为她跟副主任讲得来。副主任似乎很不高兴。彩色的灯光不断地扫过他的脸。他的脸一会儿红一会儿绿。奇怪，汪菲邀请好几个同事跳舞，就是不邀请副主任。高雪在心中嘀咕，莫非他们闹别扭了？非但汪菲，其他同事好像也躲着副主任。副主任一个人坐在一角喝茶，成了孤家寡人。

有几个老师发微信给高雪，说要来看望。高雪知道看望只是借口，拜年是真。高雪一律委婉拒绝。以往，在职评或者各类业务评比时，总有老师要登门拜访，高雪总是以不在家里为借口。后来，老师干脆将礼品放在传达室，烟啊酒啊。高雪一不抽烟二不喝酒，一律送还。至于水果干果之类只有收下，反正意思很小，不算违纪。高雪是教师出身，深知教书育人的艰难，凡是业务优秀的，高雪只有提携，不会埋没，做到一碗水端平，以实绩论英雄。高雪也深知教师爱面子，在开会分析总结的时候，总是表扬对人，批评对事，没有让老师们下不了台。因此大家都尊敬高雪。这就够了，何以让老师送礼？

林梅说要来看高雪。高雪说，好，人来就好，千万不要带东西。但林梅还是拎来了大袋小袋。山羊肉、放养牛的肉、家养猪的肉、雷笋、边笋、芋艿、番薯……高雪非常感动，泡了蜂糖茶。林梅喝了两口，就动手搞卫生。高雪急忙阻止。林梅还是扫擦洗刷，里里外外忙了半天。高雪跟着一起搞。一种久违的温馨感在心中荡漾。临别时，高雪拥抱林梅，喃喃地说，谢谢你，亲人一般。林梅拍拍高雪的肩膀，说，别客气，有事叫我好了。

五十一

高雪又开始给高鸣找工作。高雪总觉得亏欠了他，特别是这次工程泡汤，高雪比他还难受。高雪想到一个学生，刚调到艺校当校长。一通电话闲聊后，学生说刚好要找一个员工，叫高鸣去面试。

高雪带高鸣去艺校。艺校坐落在城郊，前面是教堂，后面山上是火葬场。有人戏说，学堂、教堂、天堂，三堂会审。仔细想想，很有道理的。一个人出生，先要上学堂，接受启蒙，接受教育，然后走向社会，碰了一鼻子灰后，心灰意冷，走进教堂，走进教堂也只是暂时的心理安慰，最终还是要走向天堂。既然都要走向天堂，为何不想开一些呢？但想开要建立在丰衣足食衣食无忧的基础上啊。像高鸣这样，饭都吃不上了，怎么想开啊，喝西北风过日子啊。走过传达室，高鸣仔细地看了一眼保安，说，怎么，又让我来当保安？高雪没有吱声。高鸣说，做保安没意思的，不自由的。高雪还是不应声。艺校还没有放假，穿过校园，教室里书声琅琅。孩子真好，无忧无虑，可以有许多梦想。其实高鸣小时候很会读书的，老师经常拿他写的作文当范文，写字也好，毛边纸上圈满了老师朱批的鸭蛋。问题是出身不好啊。出身不好就不能读高中。假如让他读高中，说不定能考上重点大学。说来说去是运气不好啊。算命瞎子说得对，人犟不过命。

校长办公室在行政楼的三楼。校长看见高雪，态度很客气，点头哈腰的。学生毕竟是学生，当校长了还这么谦虚。高雪打量着校长室。巨大的书橱，写字台上堆满了书，连沙发和茶几上也放着书。看来这个学生很喜欢看书。难怪他的镜片那么厚，像啤酒瓶底似的。简单寒暄以后，校长陪着他们到操场后面培训楼的传达室。校长说，工作是轻松的，看看门，搞搞培训楼的卫生，就是时间比较长，没有双休日，也没有节假日，晚上也要睡在这里。高雪很满意，打量着大门、楼房、花园，说，好，很好。高鸣着急地向高雪使眼色。高雪视而不见。那么，校长握住高鸣的手说，就这么定下来了，工资三千元一个月，下星期就可以上班。

从学校出来后，高鸣冲高雪发火了。你怎么可以答应下来？这不是软禁吗？高雪打着方向盘，说，挺好的，可以修身养性。高鸣说，每天二十四小时，又没有休息日，这不是坐牢吗？要来你自己来，反正我不会来的。高雪踩了一下刹车。刹车发出"吱"的一声，像受惊的老鼠似的发出一声怪叫。高雪恶狠狠地看着高鸣说，好的，我立即打电话给校长，从今以后，你再也不要向我借钱，我一分钱也不会给你的。高鸣立即气馁了，他知道高雪是说得出做得出的，断了高雪这条财路，日子怎么过？高鸣避开高雪的目光，叹一口气说，那让我再考虑考虑。远处，残阳如血，猩红的晚霞铺满了天空。

五十二

林梅：（照片：竹园）

高雪：在老家？

林梅：是的。

高雪：快乐老家。

林梅：菜烧了一天。

高雪：跟亲人叙叙旧，备备年货。

林梅：边烧边吃，嘴巴没停过。

高雪：我都闻到菜香了。

林梅：我妈烧的。我主要负责尝、吃。灶膛里煨了番薯、年糕、糯米果。

高雪：赞！小时候的味道。

林梅：我妈烧的牛肉炖芋艿、肉骨头炖边笋真的好吃。

高雪：这是让我馋吗？

林梅：我知道你最喜欢这两道菜，以后我烧给你吃。

高雪：（笑脸）我等着。

高雪：寒气渐消，每日艳阳，眠花睡草，潜滋暗长。

林梅：冬去春来又一年，开心过好每一天。

高雪：在家干吗？

林梅：在想你。

高雪：（玫瑰）庄生晓梦迷蝴蝶，望帝春心托杜鹃。

林梅：沧海月明珠有泪，蓝田日暖玉生烟。

高雪：下午方便不，江边走走？

林梅：今天他哥哥、妹妹两家人来我家吃中午饭。

高雪：招待客人，辛苦了。

林梅：今天江边风大？

高雪：对，风很大。马上去车站接女儿。

林梅：回家过年。对了，对象有了吗？

高雪：还没，眼看又大了一岁。心病！

林梅：别急，总有一个合适的人在合适的时间等着她。

高雪：但愿。

高雪：（红包）今天腊月二十九，拜个早年，请笑纳。

林梅：花头透。

高雪：除夕了，听谭维维高歌一曲，荡气回肠。

林梅：最好的音乐不如你的痴心，最美的风景不及你的深情。

高雪：梅的话就是入心。

林梅：谢谢你，给我获得感、幸福感、安全感！

高雪：更要谢谢你，使我越活越有劲。

林梅：2020，继续保持你的童心、真心。

高雪：说好来冬还相许，为君折下一枝梅。

林梅：祝君除夕开心！（玫瑰）

高雪：声声爆竹送去最美的祝福。

林梅：句句祝福捎来最美的心情。

高雪：火树银花不夜天，众神即将下凡，品尝人间美酒。

林梅：正在品尝。（笑脸）

五十三

高雪新年的第一件事就是给林梅发信息：我的祝福化作新年的第一束阳光穿云破雾抵达你的心房。

没有回音。

也许还睡着呢。看完春晚就是子夜了。高雪煮了一碗汤圆吃下，又给女儿煮了一碗，送进女儿房间。女儿给了高雪一个灿烂的笑容，说，谢谢老爸。

高雪到江边散步。时间还早，没有一个行人。朝阳红得像一个灯笼。江面有薄雾。手机在口袋里振动了一下。他急忙掏出来，是林梅的信息：多么想说，你就是阳光，带给我一天的快乐。可是，可是……（哭泣、哭泣、哭泣）

高雪的心一沉，立即拨了语音电话。铃声响了好一会儿，才传来林梅低沉的声音。高雪着急地说，梅，你怎么了？

我在医院。林梅哭泣道。

高雪的心一紧，发生了什么事？

飞来横祸。林梅泣不成声。

慢慢说，梅。

昨晚高兴，让他多喝了一点酒。放烟花的时候，他到院子里去看，下台阶一脚踏空，栽倒在地。

江边残留着烟花的碎屑，五颜六色的、星星点点的。

后来呢？高雪说。

后来送到医院。脑溢血。

高雪脑子嗡的一声。现在情况如何？

人抢救过来了。可是，可是，下半身瘫痪了。林梅又哭了。

芦苇摇曳，江面结冰。一只白鹭在哀鸣。

在哪个医院哪个房间？

不要来，不要来。

快告诉我，我一定要来。

人民医院，417 病房。

高雪赶到医院。病房里围满了人。林梅的母亲也在。林梅面容憔悴，两眼红肿。林梅的先生挂着盐水，双目紧闭。一个上了年纪的男人不断地用双手捏着他的双腿。

这是他哥，林梅说，大腿一点感觉都没有了。

高雪放下礼品，走到外面。医生怎么说？

非常严重。林梅说，医生说保住命已算不错，至于瘫痪，很难康复。

高雪说，也不一定，你一定要坚强。

苦头吃煞哉。林梅的母亲也走出来说，病人苦头吃煞，家人也苦头吃煞。

护工还在吗？高雪对林梅说，不然，你吃不消的。

她回家过年了。简直比癌症还可怕。林梅的泪水又下来了。

高雪握住她的手，你千万多保重。

从医院出来，高雪的心非常沉重。除夕，本来是辞旧迎新，万家团圆的高兴日子，林梅家却发生了这样的灾难。这对林梅来说，可以说是毁灭性的打击。本来，先生的癌症在好转，林梅的心情日益好起来。谁想旧病未祛，又添新伤。活着，是多么沉重。

高雪驱车来到艺校。大年初一，人家可以欢天喜地，走亲访友。高鸣却要独守校园。真够孤单的。

传达室里的设施很齐全，有电话，有监控，有登记册，有电棍，有盾牌，有警服。里边就是卧室。窗、门、围墙，到处是铁栅栏。高鸣就被包围在铁栅栏里边，正像啤总唱的《铁窗泪》。

高雪递给高鸣一支烟，说，还好吗？高鸣点燃烟，狠狠抽了一口说，好什么好，每天像傻子一样坐着。高雪看看铁窗，看看那亮晶晶像蜈蚣一样趴着的铝合金移动门，看看在地上啄食的鸟儿，说，像八哥是吧。高鸣苦笑一下。小时候在水田里种田，常常看见一只黑色羽毛的八哥停在桑树枝条上，呆呆地看着水田。八哥望水田，上名堂的。现在高鸣变成了八哥，呆呆地看着大门。学校放假，校园里空荡荡的，不见一个人影。放假前还好，高鸣说，有人来了，揿一下按钮，门就自动移开。车进去，再揿一下按钮，门就自动关上。偶尔，有穿着校服的学生成群结队地拥来。少年不知愁滋味。他们兴高采烈地打量着我。我就拿着一串钥匙去培训楼开门。每天傍晚，一个搞卫生的大妈会拿着扫帚奋斗过来。一开始她就叫我帅哥，还嘀咕，这么帅的人怎么看传达室。好像看传达室的人都很难看似的。高雪看了一眼高鸣，如果没有皱纹，他的确够帅的。浓眉大眼，鼻直口方，穿上保安服，甚至有点英俊。高雪说，像个校级军官。别取笑了，高鸣说，保安癞子，烂脚兵。高雪说，下盘棋吧。高鸣的围棋水平还是不错的，相当于业余三段，不到一个小时，高雪就输了。高雪说，真的没事做，可以下下棋。高鸣说，跟谁下？电脑只有监控，不能上网。高雪说，手机啊。高鸣说，手机太小，累。看来得想一个打发时间的办法。高雪想到了书法。在丝厂时，高鸣的书法就小有名气。

第二天，高雪给高鸣送去几本书法字帖、几支毛笔、一瓶墨水、一沓旧报纸。高鸣叹了口气，从教室里搬来一张长桌子，放在传达室的角落里。他将墨水倒在一只破碗里，用热水泡开毛笔，摊开旧报纸，像小学生一样开始临帖。

五十四

林梅的情绪一直很低落，她一直没有从丈夫瘫痪的事中走出来。她发给高雪的表情除了哭泣还是哭泣。高雪不知道怎么安慰她。高雪知道，在这种时刻，什么安慰都是苍白的。但又不能不安慰。

高雪：事情既然发生了，只有接受，然后面对。

林梅：叫我怎么接受，怎么面对？

高雪：时间会冲淡一切。

林梅：冲淡不了，他老是叫医生让他死。他说生不如死，除了吃喝拉撒，什么都不会，连说话都不会。

高雪：只有慢慢熬。护工回来了吗？

林梅：回来了。

高雪：什么时候可以出院？

林梅：医生说，再过半个月。

高雪：出院后可以考虑去康复医院。

林梅：没有想过。

高雪：也许会出现奇迹。

林梅：医生说不大可能。

林梅：你在干吗？

高雪：陪女儿逛温泉湖。

林梅：女儿可以休息几天？

高雪：一个星期。对了，我叫女儿去国外打听如何康复。

林梅：谢谢，但不用麻烦了。

高雪：（照片：梅花）梅多美。

林梅：白梅，少见。

高雪：（照片：水上杉林）密集美。

林梅：沉稳、正直、伟岸。

高雪：（特写照片：一朵红梅）

林梅：你对梅没有抵抗力。

高雪：在我眼中，白梅、红梅，都是林梅。

林梅：梅痴。

高雪：愿意为你分忧。

林梅：如果没有你，我真的会崩溃。

高雪：愿意做你的精神支柱。

林梅：感动。

高雪：今天去戴村。

林梅：戴逵隐居地？

高雪：是的，也是我的第二故乡，我在那儿度过十年青春岁月。

林梅：好的，不忘故乡。

高雪：除了拜访戴逵故居，还要去陈庙烧香。

林梅：期待新年好运气。

高雪：一为女儿祷告，二为你家祈福。

林梅：真的谢谢。你不是不迷信吗？

高雪：主要尽点心意。

高雪：我做了一个梦，梦见我们进入一片瓜地。我摘下一个白白胖胖的香瓜，拎起时发现只有半截。你取了两个香瓜，竟是方形的，褐黄色。你递给我一个。忽然一群拿着铁锹的人追来。我们拔腿就跑。穿街过巷，拐弯抹角。拿铁锹的人穷追不舍。眼看就要被追上，梦醒。

林梅：偷瓜，心虚。

高雪：这是梦的寓意？你是弗洛伊德！

林梅：你和我谁跑得快？危险时刻你有没有把我丢下？

高雪：我和你手拉着手跑。

林梅：（三枝玫瑰）

高雪：这梦真神奇。

林梅：因为你喜欢香瓜。

高雪：半截香瓜是否隐喻乳房？

林梅：方形香瓜？

高雪：是，奇怪。

林梅：你的小说里好几次写到香瓜。

高雪：为什么是方形？象征什么？

林梅：方形的肉实，你最爱。

高雪：我一定在哪里看到过。梦是组合大师。

林梅：哪里看到过？老实交代。（捂嘴笑）

高雪：想起来了。奉化藤头村！

林梅：高公解梦。

高雪：那里有方形的南瓜。

林梅：紧紧抓住我的手，没有丢下我，感动！

高雪：怎么会丢下？同甘共苦。

五十五

林梅发来一篇文章，让高雪批评指正。

偷

偷，登不上大雅之堂，从最严重的层面看，该做"窃取，趁人不知据为己有"之意解释，这一类行为是令人痛恨、不齿的。如前几天，我的电瓶车被偷，不仅丢了好几张钱，还被撬了锁，割了座位，车子严重破相。偷，小偷，可恨，十足可恨！

从广义看，偷，也可以是"瞒着人的私下行为"。

很糟糕，我曾有过此类动作，而且不止一次。

小时候过年，家里的五香瓜子是自己做的，煮熟后得拿到外面用大的竹笠晒干。"我们看鸟去，看鸟去！"这时，我和妹妹总是自告奋勇地请求任务。看来，妈妈真是担心冬天的时候鸟雀因难觅食会来啄食瓜子，很爽快地答应了。自然，我们姐妹俩来到那里，鸟雀确实赶得勤，但嘴巴偷吃瓜子更勤。在那个物资匮乏的年代，五香瓜子是难得的珍贵美味，何况半干的瓜子在太阳底下一晒，那香味，把鼻子都熏晕了。那个馋呀，嗑了一颗又一颗，抓了一把又一把。"吃完这把谁也不准偷了。"好几回姐妹俩互相发誓监督，但最终，还是抵挡不住瓜子的美味。偷多了，瓜子少了，竹笠露出白白的地方越来越多，面积越来越大。我们就赶快把瓜子重新抹均匀。最好笑的是，几年后，家里买来了小核桃。我更馋，更偷。晚上偷了一把，但不敢吃，怕发出"咯吱咯吱"的咬嚼声，于是，躲在被窝里，极慢地，一下一下地咬着吃。

偷花，是我偷得次数最多的。读小学时，在学校的花坛里，我见到了从没见过的漂亮的鲜花：月季、含笑、紫薇、芍药等。我就和其他女孩子趁老师回家的时候躲在花丛里，偷偷摸进花坛里偷花：掐了含笑夹在书本里做"香书"；剪了月季藏在袖子里"添香"；沾着紫薇花来涂指甲"臭美"。记得有一次，我们偷来了一朵硕大的牡丹，几个小女孩忽然害怕了：这么大，这么艳，该怎么拿回家呢？最后，为了保险起见，大家狠着心把花瓣撕了。那一次后，我们就不再去偷花了。

前几天，十来个人一起去爬山。山里碧绿的豆荚、蚕豆，紫红的桑葚，钉子似的山笋，还有清香的嫩茶，满眼满鼻满心地一路诱惑着我们。更要命的是，山路寂静极了，几乎没有行人。终于，有人停下车，奔向竹林。似乎不约而同地，我们几个内眷从汽车里奔出来，偷摘豆的、偷采茶的、偷拔笋的，个个动作极其麻利。只一会儿，大家捧的捧、攥的攥、抓的抓，双手已收获不少。大家嘻嘻哈哈着跳上车，说好多年没这么过"偷瘾"了。这种快乐延续到了中午煮食，大家分享着"窃取"的成果，笑着说"这偷来的为何格外鲜美"。

我一边有滋有味地咬嚼着山笋，一边告诫自己："下不为例，下不为例！"

哈哈，看来，这"偷"之心众生多少都有。忽而想起男女之间的偷情也是此种心理吧。唉，说暧昧，扯远了。

高雪：大作拜读。忍俊不禁。（笑）

林梅：班门弄斧。

高雪：哪里，有趣有味，写出了人的天性。

林梅：因你的梦才想着发给你的。

高雪：梦也是展现人的天性。

林梅：食色，性也？

高雪：对。

林梅：你如何看待偷？

高雪：看是怎样的偷，你写的偷完全可以理解。连孔乙己不也说"窃书不能算偷"？

林梅：（笑）那么，偷情呢？

高雪：因人而异，有的也可以理解。

林梅：可是法律道德不允许。

高雪：存在的就是合理的。说得夸张一点，古今中外的文学史大半就是爱情史偷情史。

林梅：所有的歌都是情歌？

高雪：对。唱歌本来就是为了抒情。

林梅：多想跟你们高歌几曲，可是哪有这种心情。

高雪：你即将面对的是持久战，更加需要放松。

林梅：好的，等出院回家安顿好以后。

五十六

高雪看着高鸣在报纸上练字。高雪跟他约定，一道练书法，高雪练孙过庭，高鸣练赵孟頫。高雪想磨高鸣的性子，因为他太闲。其实，高鸣的字写得可以的。读小学时，老师常常给他的描红纸圈上许多红蛋。在丝厂时，高鸣就是靠一手漂亮的黑板字发迹的。当然他的文章也写得不错，在报刊上发表过几篇散文。以前，高鸣没事也写字，并且通过微信传给高雪。高雪一再说他的字太野，要临帖，他就是不放在心上。高鸣说，我这是消磨时间，又不是要当书法家。高雪说，你先练楷书，楷书基础不打好，写行草很难的，你的字跟赵体有点像，先练《胆巴碑》吧。高鸣说，赵孟頫的字是很漂亮的，上下五百年，冠绝古今，可惜是个贰臣。高鸣看着字帖临，可是临的字一点也不像，写字的速度也很快。高雪说，慢一点，认真揣摩每一笔每一画。高鸣说，我是意临。高雪说，意临不到时候，先入帖，再出帖。

没有几天，高鸣就喜欢上了《胆巴碑》，他说，《胆巴碑》的字端庄秀丽，赏心悦目。他有点原谅赵孟頫的不忠行为了。他说，人归人，字归字，何况在大势所趋的情况下，几个人能顶得住，识时务者为俊杰。练过的报纸他没有扔掉，叠起来，放在一张凳子上。高雪一张张地翻看，像老师检查学生的作业，赞叹说，进步很大，就这么练，一直练下去。表扬完后，高雪自己拿起笔在报纸上写。高雪写的是孙体，龙飞凤舞的。高鸣说，舒服啊。高雪摇摇头说，还差得远呢，将报纸揉成一团，丢进垃圾桶里。

啤总来看高鸣了。他深深理解高鸣的寂寞。除了带来两条烟，他还买来锅碗瓢盆。他发现传达室旁边的杂物间里有个煤饼炉，说，正好可以烧东西。啤总最大的爱好就是吃。英子也来了。每次，她总拎来一袋水果，她觉得高鸣太可怜了，失去了自由。她感叹说，本来常常可以跟大哥打麻将，现在不可能了。英子还替高鸣洗衣服，弄得高鸣很不好意思，连忙阻止。英子不解，怎么，怕别人说啊？高鸣说，怕是不怕的，主要是不好意思。李斯和小草爱好打乒乓球，隔三岔五来打。培训楼一楼大厅里摆放了许多乒乓球桌。

可是朋友们不能经常来，高鸣依旧闲得发慌。他常常呆呆地看着阳光从窗外射进来，光影慢慢地移动。阳光里灰尘飞舞。为什么有那么多的灰尘啊？平时看不见的啊。佛说，一粒微尘，见三千大千世界，我怎么看不到啊？说明我是个凡夫，一双俗眼怎么看得到三千大千世界。许多苍蝇飞来飞去，嗡嗡嗡的，像许多飞机飞过。它们真灵活啊，可以无极转向，直线，斜线，忽上，忽下，九十度、一百八十度、三百六十度，简直无所不能，飞机有这么灵活多好啊。高鸣一拿起拍子，它们就四下逃离了，无影无踪。高鸣一放下拍子，它们又成群结队地出现了。

真是佛系啊。高鸣想去学校小卖部里买苍蝇胶，但想到那么多黑乎乎的尸体粘在胶水上，就感到恶心，算了，和平共处吧。

有一天，高雪看到高鸣在传达室后面转悠。那里有块小空地，还有一个小竹园。搞卫生的大妈在空地上种了葱韭大蒜，种了瓜果藤茄。因为从来不喷农药，菜茎上有许多虫子。高鸣用一双竹筷子去夹。虫子没有苍蝇那样灵活，慢慢地在那里蠕动。高鸣夹了一条又一条，然后踩在地上。它们被高鸣的脚碾得粉碎，流出绿色的血液。高鸣自言自语，它们的血为什么是绿色的，不像人那样是红色的呢？对了，它们吃的是绿色蔬菜。竹园里种了许多湘妃竹，斑斑点点的，高鸣问高雪，真是湘妃的泪？于是高鸣在门玻璃上写王维的诗："独坐幽篁里，弹琴复长啸。"这就是高鸣胜过啤总他们的地方，他们只知道吃喝，不可能知道王维的诗。难怪英子感叹，想不到你这个蛮人，还能写出那么文绉绉的话。高鸣还叫高雪在他的卧室门上用草书题了"卧榻之侧"四个草字，意思是不容他人在一旁酣睡，也是有趣。

五十七

林梅打电话给高雪，说她先生出院了，下肢还是麻木，勉强能够坐一会儿，依旧不会说话，只能打手势表达意思。医生说只能这样维持了。高雪说，能够维持就好。林梅说，除了护工，我将母亲请了来，这样才能安心上班。高雪说这样也好。

女儿的假期很快结束了，高雪叮嘱她个人问题一定要抓紧。她说好的。她也劝高雪另找一个，一个人太寂寞。高雪笑笑，不置可否。

现在，高雪有更多的理由跟林梅联系了。寂静的晚上成了他们在微信上聊天的最好时光。

林梅：昨晚梦见剪头发。你说，千万别剪。还说，我给你洗。

高雪：也许这是我心中的想法。（笑）

林梅：可是你自己的头发都不会洗。

高雪：自己的头要别人洗。

林梅：说过就是洗过了，我开心。

高雪：但愿有一天，真能洗你的秀发。

高雪：出得来吗？

林梅：你在值班？

高雪：对。

林梅：好好值班，不要脱岗。

高雪：中午出得来吗？要不，共进午餐？

林梅：不方便，有客人来。

高雪：好的。

林梅：你会不高兴吗？

高雪：不会，深深地理解。

林梅：理解万岁。

高雪：忘不了将你搂在怀里的感觉。

林梅：我今天喉咙不舒服，像有痰。

高雪：就是上火了。如果你不怕苦，将穿心莲嚼碎咽下，咽喉会舒服一些。

林梅：穿心莲是莲子心吧？

高雪：不是。要不，我去给你买两盒？

林梅：不麻烦。我自己去买。

高雪：值班有值班的好处。静下心来读了《人民文学》两篇新潮小说。

林梅：（微笑）好的。

高雪：内心涌起强烈的创作冲动。

高雪：我准备探索以梦境方式写小说，呈现人的潜意识。

高雪：因为潜意识是人最本质的真实。

林梅：不会写偷瓜的梦吧？（偷笑）

高雪：（神秘）不告诉你。

林梅：好的，你高兴就好。梦是最好的观察潜意识活动的通道。

林梅：嚼服穿心莲，喉咙真的好多了。

高雪：（三枝玫瑰）

林梅：你什么都懂，还有这种发明。

高雪：谢梅夸奖。（作揖）

林梅：不夸也不奖，只是迷恋。

高雪：（拥抱）在写梦小说。

林梅：说干就干。

高雪：抓住假期的尾巴。

林梅：写小说伤脑筋吧，累不累？

高雪：还行。

林梅：准备夜饭菜，今天又有人来探望。明天要上班了。

高雪：好的。你家人气旺。

高雪：（视频：雁阵）今天早上广州机场飞机停飞，为北归的大雁让路。壮观的生命景象让人感动流泪！为敬畏自然的举动点赞！

林梅：大雁北归，好壮观！

高雪：我们这里多年不见大雁了。

林梅：是的。

高雪：好像在进行飞行表演。

林梅：心存敬畏，行有所止。

高雪：今天上班了。

林梅：梦里和你一起在开会。

高雪：谢谢梅。

林梅：梦里梦外都是雪哥。

高雪：朱弦已为佳人绝，青眼聊因美酒横。

林梅：万里归船弄长笛，此心吾与白鸥盟。

高雪：遇到障碍了，梦境写一段可以，写一篇，难！

林梅：担心你太累。先放下，以后有感觉再写。

高雪：的确，写人最隐匿的内心世界是最难的。

高雪：听你的话。暂时放下。

高雪：不写，也可好好生活。

林梅：是啊。

高雪：为何要自讨苦吃？

林梅：真的担心你伤脑筋。

高雪：好像不写点东西就对不起这个假期。

高雪：写作冲动是个魔鬼。

林梅：文章本天成，妙手偶得之。

林梅：鲁迅说，写不出，不硬写。

高雪：对。

五十八

新年的第一次会议，副主任表情很严肃。他说，我县高考选考的首考成绩很不理想，形势非常严峻，这样下去将对不起全县人民。他说，各位学科教研员是直接责任人，在最后一学期要想方设法将成绩搞上去，如果最后哪门学科拖后腿，后果你懂的。他强调说，学校已经搞了县管校聘，接下来轮到我们，我们高考后搞。

看来只知道搞课题的副主任也着急了，并且要动真格了。尽管中央三令五申不能搞高考排名，但社会上还是以高考成绩论英雄，因为这关系到千家万户的切身利益。单位的气氛骤然紧张起来，有点人人自危的味道。高雪是不担心的，他对学科成绩充满了信心。因为在刚刚揭晓的学考结果中，语文学科的成绩遥遥领先于其他学科。尽管学考是学业水平考试，比高考简单，但也反映了基础。并且这么多年下来，高三一轮复习、二轮复习、冲刺复习，高雪早就形成了一套行之有效的策略。

制订计划，召开备课组会议，期初调研，组织高三教师外出取经，高雪很快就进入了状态。

每天下班，高雪就跟林梅在微信上聊天，主要还是关心她先生的情况。林梅说，先生的情绪稳定，护工照顾得很好，加上母亲帮忙，家里安定了许多。林梅说，星期天想去看看你哥。高雪说，好的。

林梅专门从书店买来赵孟𫖯的《闲居赋》，还有几支兼毫，跟高雪一道到艺校。高鸣看到林梅，连忙让座，泡茶，很是恭敬。林梅翻看高鸣写的字，赞不绝口道，好，很好。高鸣说，献丑，献丑。林梅说，哪里，形神兼备。林梅提笔在报纸上写《兰亭序》。高鸣击节赞叹，几乎可以乱真。林梅放下笔说，我也还在临摹阶段。高鸣翻看《闲居赋》，感叹说，赵孟𫖯的行书真是潇洒俊逸，风姿绰约。高雪说，写行草也要有规矩，不能乱涂，图真不悟，习草将迷。高鸣手痒，提笔临摹。高雪说，慢一点，写得慢一点。高鸣说，难道写行书也跟写楷书一样？高雪说，刚才林老师是怎么写的？高鸣不响。高雪接过笔自己临写。字写得很像，但速度很慢。高鸣说，画花似的，像小学生临帖。高雪说，只有入帖，才能出帖，只有慢，才能快。高鸣不服气，说，学我者生，似我者死，书法大家说的。林梅说，大哥说的也有道理。

　　林梅：让大哥练书法，你这办法真好。

　　高雪：磨他的性子，让他安静下来。

　　林梅：（文章：《他四十三岁归隐深山，开了家没有菜单的饭馆，一个月只接待三十人》）

　　高雪：世外桃源。

　　林梅：真正的宁静不是远离车马喧嚣，而是在内心修篱种菊。

　　高雪：对。直到他去一个朋友家喝茶时，才突然顿悟，每天压力巨大是活着，看淡一切慢慢停下也是活着，何不让自己放松一点，给自己一个喘息的空间。

　　林梅：是的，这句我也有感触。

　　高雪：我要转发给兄长。

林梅：你对什么人都那么好，无论亲戚还是友人还是下属。

高雪：佛门弟子，慈悲为本。（微笑）

五十九

高雪：（六枝玫瑰）在这个特殊的日子多想送真花给你又怕给你带来麻烦。

林梅：花是假的，心是真的。

高雪：今将小说主人公的名字改为梅，灵感勃发。你在暗中助我？

林梅：不要急，慢慢写。

高雪：你在办公？

林梅：对。又开始这种周而复始的生活。

高雪：是的，假期匆匆。

林梅：白雪飘飞的季节怎么会有飞来飞去的蝴蝶？

高雪：写美女的。（微笑）

林梅：据说现在帅哥美女改叫小哥哥小姐姐了。（笑）

高雪：世界变化真快。

高雪：今天去乡下路过你的老家。

林梅：可是我不在老家。你去干吗？

高雪：去给一个老人做寿。

高雪：满脑子都是梅花。

林梅：相思病，病入膏肓。

高雪：怕就怕没有可以相思的人。

林梅：最幸福的是你惦记的人同样也在惦记你。

最好的感觉是我朝你看过去的时候你已经在注视我。

高雪：说得多好啊。

林梅：CGMM。

高雪：？

林梅：自己猜。

高雪：痴哥迷妹？

林梅：（笑而不语）

高雪：正月里来闹元宵，人约黄昏后，月上柳梢头。

林梅：频道相同。

高雪：几个好友想邀你共进晚餐。

林梅：不方便的，多谢。

高雪：餐后即送你回家。

林梅：相貌欠好，你带出去没面子。

高雪：你怎么了？身体不舒服？

林梅：没有不舒服，让你扫兴我也不高兴。

高雪：哪里啊，家人要紧。

林梅：理解万岁。

林梅：你的好，我都懂。

高雪：（微笑）

高雪：昨夜幽梦忽还乡，小轩窗，正梳妆。

林梅：相顾无言，唯有泪千行。

高雪：伤怀。

林梅：元宵闹得开心吗？

高雪：没有你，怎么开心？

林梅：元宵是中国古代的情人节，肯定有许多小姐姐吧？

高雪：有等于没有。

高雪：遍插茱萸少一人。

林梅：蛾儿雪柳黄金缕，笑语盈盈暗香去。

高雪：来相召、香车宝马，谢他酒朋诗侣。

林梅：以后方便时我请你们吃饭。

高雪：好的，谢谢。

林梅：（链接：《情感测试：四对情侣拥抱，你和他是哪一种？》）

高雪：第一感觉是热恋阶段。

林梅：不好意思，我其实发错了。

高雪：（吃惊）不是发给我的？

林梅：发给我自己的。

林梅：结果发到你那里。

林梅：你我不分了。

高雪：高境界。（大拇指）

林梅：还好是发给你，错发给别人就尴尬了。

高雪：（微笑）

林梅：潜意识中有你。

高雪：我何尝不是这样。

六十

单位蹊跷的事情一件接一件。副主任带着汪菲出差的频率突然高了起来，不是去开会就是去取经，尽管办公室主任随同，大家还是议论纷纷。不久，大家传言副主任跟局长闹翻了。因为高考成绩不好，作为分管高中的副主任难辞其咎。局长的心情可以理解。可是副主任似乎不怎么当回事，局长就无法理解。据说他们狠狠地吵了一次。副主任就有点自暴自弃，开始过上逍遥的日子。名义上还非常好听，为了高考四处奔走。既然为了高考，就应该带高中文化课教头，怎么带一个音乐老师？音乐老师还不断地在朋友圈上晒在外地的照片。高雪预感要出事。

果然，有一天网上突然传开一件事，就是副主任公车私用。照片上那辆单位的小车停在副主任住的小区，时间还是夜里。副主任非常恼火，目光似乎要吃人。尤其看高雪的时候，像刀子一样。同事们看高雪的目光也有点异样。难道他和他们怀疑我了？高雪真想大声宣告，明人不做暗事，但又觉得没有必要，清者自清，浊者自浊。

然而林梅着急了。

林梅：你有没有拍过副主任的车子？

高雪：子虚乌有。

林梅：大家都在说呢。

高雪：身正不怕影子斜。

林梅：你还是要小心。你们本来就不对付。

高雪：知道的。骑驴看唱本。

后来，据说副主任被纪委叫去诫勉谈话。尽管没有被处分，但是副主任觉得没了面子，脸上一直乌云压顶，随时可能来一场暴风骤雨。单位的人小心翼翼，不敢大声说话，连走路都蹑手蹑脚地。高雪觉得有点滑稽，依旧大大咧咧，昂首挺胸。副主任更加认准了高雪，终于在一次作文竞赛中发作了。

按照惯例，全县高中学生作文竞赛评卷时高雪用了三个评委。就是一篇作文由三个人打分，取平均分。分数打好了，获奖名单拟好了，去审批时，副主任突然拍桌子说高雪操纵比赛。高雪说，依据？副主任说，为什么只有三个评委？高雪说，要几个？副主任说，至少五个。高雪说，连高考也只有三个。副主任，这又不是高考，重评！高雪说，你在审批方案时为什么不说？评都评好了，文件都弄好了，却要重评，不是故意刁难吗？我不干！

后来，高雪找书记。他对书记说，我没有错，何况获奖名单几个评委都知道，如果翻来覆去的，学校会怎么看？老师会怎么看？书记觉得高雪说的有道理，就又去做副主任工作。最后，副主任非常不情愿地在获奖文件上签了字。

高雪这一炮打出了声威。有的同事悄悄向高雪竖大拇指。但林梅还是非常担忧。

林梅：他以后会不会给你穿小鞋？

高雪：我的脚大。（笑）

林梅：你们不是也要搞县管校聘？

高雪：不怕。人间自有公道在。

林梅：尽量谨慎，不要被他抓住尾巴。

高雪：好的。

六十一

高雪：今天跟女儿在微信上吵架了。

高雪：很好的一个小伙子，博士，可她又不中意。

林梅：哪方面？

高雪：说那人不会说话，无法沟通。

高雪：说博士不博，除了研究的专业外，其他简直无知，情商低。

林梅：有可能。但也有可能是刚刚交往的缘故。

高雪：给她介绍情商高的，说太活络，要研究型的。给她介绍研究型的，又说人家情商低。

高雪：难弄！只见了三次面就下了结论。

高雪：个人问题不管了，让她自己找。

林梅：刚交往，往往小心翼翼，不敢多讲。

高雪：是啊，她不懂这个。

林梅：情商高有情商高的好处，讨人喜欢。情商低有情商低的好处，实实在在。

高雪：是啊，过日子是要实实在在的。

高雪：她说见面一分钟就无话可说，气氛非常尴尬。

林梅：女儿不喜欢，你说好也没用；女儿自己喜欢，你拦也拦不住。

高雪：是啊，真的没办法。

高雪：追求完美，肯定失败。

林梅：你太优秀，智商情商恰到好处，女儿可能要找像你一样的。（笑）

高雪：哪里，在她眼里，我是老封建。主要外国优秀男孩看得太多。

林梅：有关系。外国男孩远看优秀，但走近了，长期相处也不一定好。

高雪：是啊，特别是文化差异短时间内无法改变。

林梅：女儿三十来岁了吧？

高雪：三十一岁。我总觉得过了这个村没这个店了。

林梅：姻缘来了也快的。

高雪：亲朋好友已介绍多人。我有点心灰意冷，感觉亲情也产生了裂痕。

林梅：让她自己找。有合适的你再介绍。

高雪：算了，女大不由爹，还是自己活得开心些。

林梅：总有一个人在等她的。

高雪：她说找不到好的宁可独身。

林梅：女人有折旧率，不能捂盘惜售。

高雪：是啊，道理已经给她讲很多遍了。

林梅：可现在年轻人只相信眼缘和感觉。

高雪：如果只凭眼缘和感觉，往往结也匆匆离也匆匆。

林梅：你也不要过分担心，也有可能最终真能找到她称心如意的。

高雪：但愿如此吧。她说在错误的池塘里找不到对的鱼。女儿太固执了，既是好事也是坏事。

林梅：对。

高雪：实际上大道如水。

林梅：在大城市里工作的女性结婚都晚。

高雪：是的，她说平均三十四岁。

林梅：尤其是优秀的女性。女儿是海归精英。

高雪：实际上女强人恰恰需要安稳男。

林梅：（大拇指）婚姻是一辈子的事情。女儿慎重选择，你肯定也能理解。女儿同样也肯定理解父亲的忧心，也不想让长辈失望。

高雪：谢谢安慰。

林梅：给她介绍，她肯去相亲已经算好的了，有的根本不去。

林梅：命有没有算过？可能婚姻迟。

高雪：算命的前年说去年有，去年说今年有，瞎说。

林梅：耐心等待。

六十二

高鸣拿着警棍在校园里逡巡，煞有介事的。校长叮嘱过他，他的地盘有机房，有女生宿舍，一定要看紧。有道理，女高中生，本来就如花如玉，艺校的学生，更是花枝招展，社会上的坏人难免眼红。校长说过，前几年，曾有流氓夜里翻墙进来，闯进女生宿舍。高鸣在心里说，你们来吧，我叫你们有来无回。他正窝着一肚子火呢。

高鸣也有忙的时候，就是中午。一些学生好端端的食堂饭不吃，偏要叫外卖。那些不良商家就是通过围墙或者栅栏将垃圾食品递进来的。顾得了门，顾不了围墙；顾得了围墙，顾不了门。高鸣气喘吁吁地在两头奔跑。还是难免有漏网之鱼。政教主任看到有学生捧着盒饭大快朵颐，勃然大怒，责问高鸣，怎么搞的？你在干什么？高鸣也发怒了，你嚷什么嚷？我有分身术？高鸣攥起了拳头。政教主任看看他青筋暴绽的手，又看看站在门口的高雪，口气软了下来，托了托眼镜说，中午的时候先管住围墙。

高雪怕高鸣按捺不住性子，下班后常常来陪他，反正高雪也是一个人。高鸣一看见高雪就两眼放光，仿佛坐牢的人看见了亲人。他亲自下厨做饭。尽管比较简单，花生米、饭焐肉、油焖笋、菠菜汤。他们还是吃喝得有滋有味。半斤绍兴花雕酒下去，就书写几笔，或者下几盘围棋，打发时间。

周末，高雪常常约林梅一道来，主要交流书法。看见林梅，高鸣就谦逊得像个孩子。高鸣说，林老师人好，看着很入眼。要高鸣夸奖一个女人是很罕见的。高雪心里很高兴。谈书论法后高雪和林梅就去学校的花园里散步。花园很别致，小桥流水，亭台楼阁，假山怪石，花香鸟语，颇似苏州园林。他们边赏景边谈心，总觉得时光过得很快。

　　　　林梅：我见园林多妩媚，料园林见我应如是。

　　　　高雪：应如是！

　　　　林梅：如果哥能静下来，那里挺好。

　　　　高雪：宁静致远。但愿。

　　　　林梅：既有物质，又有精神。

　　　　高雪：他嫌物质少。

　　　　林梅：工资多少？

　　　　高雪：三千块。

　　　　林梅：生活费是够了。

　　　　高雪：他还想发财，经常问啤总项目怎么样了。

　　　　林梅：即使有项目，也是人家的。

　　　　高雪：是啊，而且能赢利多少，很难说。

　　　　林梅：这把年纪了，安稳一点好。

　　　　高雪：是的，要认命。

　　　　林梅：跟女儿和好了吗？

　　　　高雪：（文章：《××把父母放在人生排序的最后，

是这个时代出问题了吗？》）女儿发我的。

林梅：也对。过自己想要的生活。

高雪：但里面对父母的看法有失偏颇。

林梅：现在孩子自私的多，只考虑自己的感受，不考虑父母的良苦用心。成家之后，父母更是靠边站了。

高雪：他们一方面不断地向父母索取，不断地啃老，另一方面奢谈独立、自由、权利。

林梅：有些孩子觉得啃老理所当然。甚至还嫌少，跟别人比。

林梅：孩子把父母放在第四位，把自己放在第一位。你也要把自己放在第一位。

高雪：是的。

林梅：如果总是把孩子放在第一位，处处为他们着急，你反而成了孩子心头的负担。

高雪：有道理。

林梅：女儿也不是不想结婚，只是没有碰到让她心动的人。

高雪：也许吧。

高雪：太阳公公还是不肯出来。

林梅：太阳公公失联了。心情也发霉。

高雪：阳光总在风雨后。

林梅：风风雨雨都接受。

高雪：去花园走走？

林梅：没有心情。

高雪：家人不好？

林梅：他还好，护工照顾得很好。母亲有肺炎，一直咳嗽，挂了十多天水，不见好，明天要住院。

高雪：雪上加霜。这段时间气候恶劣，要当心。

林梅：是的，很严重。

高雪：照顾病人很累。你自己也要注意身体。

林梅：我会注意的。

高雪：如果可以，我愿意来。

林梅：谢谢好意。千万不要来，她接受不了的。

六十三

单位又爆出一条新闻，副主任的私家车轮胎被人扎了，而且不止一次。副主任忍无可忍，在小区停车的地方装了探头。结果扎胎的人，尽管穿着雨衣，还是被识别了，竟是汪菲的先生。据说汪菲向副主任求情。副主任说，其他事情可以原谅，生命攸关的事，不能原谅。汪菲的先生被拘留了。

林梅：汪菲的先生为何扎胎啊？

高雪：可能怀疑吧？

林梅：即使怀疑也不能扎胎啊。

高雪：失去理智，做出来的事便会愚蠢。

林梅：副主任也做得绝。

高雪：是的，照理，不看僧面看佛面。

林梅：凶狠。

高雪：过犹不及。

林梅：会有后遗症。

高雪：令堂身体好些了吗？

林梅：好了。

高雪：（三枝玫瑰）

林梅：你什么时候来教研？

高雪：下星期。

林梅：期待。

高雪：见到你很高兴。

林梅：外表平静内心激动。

林梅：好久不见了，今年第一次见你。

高雪：是的，相见难。

高雪：卡夫卡的小说喜欢不？

林梅：想给我看？

高雪：我是说喜欢他的风格不？

林梅：喜欢。象征的手法、荒诞的情节，表现生活
的真实。

高雪：是的。

林梅：我只记得《城堡》和《变形记》。

高雪：都很好。

林梅：你的小说也有卡夫卡的味道。

林梅：写生活底层的小人物，在充满矛盾、扭曲
变形的世界里惶恐不安，孤独迷惘，遭受压迫却无力
反抗，向往明天又看不到出路。

高雪：（拱手）知我者，梅也。

高雪：现在高二的班上听课。这节课讲《荷花淀》。

高雪：老师问"水生嫂说，你为什么回来得这么
晚？"表现了什么？

高雪：你猜学生怎么回答？

林梅：？

高雪：学生说，他是不是到别的女人那里去了？

林梅：（捂嘴）

高雪：学生哄堂大笑，我也忍俊不禁。

林梅：学生怎么会这么想？

高雪：学生是以现在去解读抗战时期的人物了。

高雪：所以，要真正理解作品的含义，了解时代背景很重要。

林梅：诚哉斯言！

高雪：周末去放松一下好不？

林梅：好的。

高雪：听梅唱歌是一种享受。

林梅：我为什么唱《我只在乎你》？

高雪：我懂的，大家也懂的。（笑）

林梅：你说的唱的都好，尤其《情人》，简直就是刀郎。

高雪：献丑。（傻笑）

林梅：雪哥像武侠小说中的男人，侠骨柔情，剑胆琴心。（玫瑰）

高雪：我的心都飞起来了，梅。

高雪：你是从大唐走来的侠女。

林梅：（害羞）

高雪：梅子，憨憨的梅子；梅子，皎皎的梅子，梅子，秀秀的梅子，我为你豪歌狂舞，我为你接杯举筋，我为你心醉，我为你心碎……

林梅：你有时是一条汉子，霸气侧漏；有时是一个才子，诗意大发；有时是一个孩子，真实可爱。

高雪：概括得好！（作揖）

林梅：你忽悠人，面不改色，煞有介事。最主要的是会哄人，每天让我开心。（笑脸）

高雪：我忽悠李斯吗？

林梅：李斯沉稳，深藏不露。

高雪：（视频：《上海长风公园的白鲸即将离开，去冰岛回归自然。它和训练小哥的告别太美了，太可爱了》）

林梅：白鲸真聪明啊，它怎么知道马上要离开上海了？

林梅：动物有时比人更有感情。

高雪：白鲸聪明而美丽。

六十四

高鸣差点又跟人打架了。培训楼是对外开放的，双休日的时候，常常有外单位的人来考试。计算机考试、廉政知识考试……名目很多。那次是机关公务员考试，一个人开着宝马车来了，喇叭按得震天响。高鸣自己立了个规矩，到他的地盘，如果不下车说明来意，他是不会开门的。那人将车窗摇了下来，露出一张蒲瓜脸，吼叫，你的耳朵聋了啊。高鸣不睬。那人气势汹汹地下车，冲到高鸣面前，听见了没有，你他×的是菩萨啊。高鸣拿着电棍，开门走了出去，你说谁？那人说，就说你，保安狗。高鸣举起了电棍。那人吓得抱头鼠窜。远远地站着骂高鸣，一边掏出手机打电话。校长急匆匆赶来了。校长将高鸣拉进传达室，说，这是局长的儿子，得罪不得的。高鸣说，就是天皇老子我也不管，有理走遍天下，无理寸步难行。

校长挡着高鸣，放那人进去。那人钻进车子，一溜烟将车开到操场上。

高雪正好来了，他对高鸣说，耐着点性子，这里可不是工地。高鸣说，怂什么啊，想到老子头上动土。高雪说，他老子一个电话就可以将你开除。高鸣说，开除就开除，谁怕谁啊。高雪说，你还是那么急躁。校长说，高师傅工作是很认真的，然后笑着跟高雪握了握手。

学校里教书法的王老师走了进来，他好奇地看着高鸣的书法说，你也在学赵孟頫？高鸣说，是的。他说，我也学赵体，学了二十年。高鸣瞪大眼睛，二十年？王老师点点头。高鸣将毛笔递给他，请教，请教。王老师谦虚地笑笑，拿起笔写下四个字：天道酬勤。王老师走后，高鸣对高雪说，看了王老师的字，似乎还是我的漂亮，他的笔画一扭一扭的，不干脆。高雪说，你为何大声叫好。高鸣说，他是老师啊，老师一定要给他面子啊。高雪将王老师的字拍照传给林梅。手机的好处就在这里，可以快速将作品传给对方，哪怕相隔千里万里，也能瞬间到达，真是天涯若比邻。王羲之要是活在今天，他的作品就能瞬间传遍天下，不用担心真迹难觅。林梅发过来一个吃惊的表情，是你哥写的？士别三日，当刮目相看。高雪没有回音。林梅说，力透纸背啊。高雪又将高鸣写的发过去。林梅说，前面那幅好，前面那幅功力深厚。高雪将林梅的评价给高鸣看。高鸣心里还是不服气，功力深厚，我怎么看不出呢？高雪说，林老师的评价很客观很中肯，王老师的书龄比你长、文化水平比你高，要向他学习。高鸣不情愿地点点头。

汪菲的先生被关了半个月，副主任还是不松口。据说汪菲动用了各种关系向副主任求情，副主任就是不答应撤诉。汪菲一怒之下举报副主任。副主任被"请"进了纪委。结果一查，经济问题、生活问题一大堆。很快，副主任被"双开"。单位里的人大大松了一口气，仿佛压在头上的一座大山被搬走了。

汪菲受到牵连，被调离单位。其实她是真正的受害者，两头不讨好。而且事关她的新闻越传越离谱。不几日在街上碰到，高雪发现她像霜打的茄子，憔悴了不少。本来她像翩翩飞舞的蝴蝶，多么活泼啊。高雪安慰她，人生难免有坎，要坚强。她感激地看了高雪一眼，依旧直着眼睛走路。

林梅：汪菲可怜。

高雪：是的。

林梅：副主任可恨。

高雪：是的。

林梅：雪哥可敬。

高雪：（开心）

林梅：做人不能肆无忌惮。

高雪：报应。

林梅：我们交往也要小心。

高雪：我们没有什么啊。

林梅：到处是探头，到处是眼睛。

高雪：天罗地网。

林梅：微信也要注意。

高雪：我们只是说说心里话。

林梅：是的。

高雪：驱车过校园，雨中思梅子。

林梅：人生自是有情痴，此恨不关风与月。

高雪：（笑脸）

林梅：其实我每次过马路，眼睛也不自觉地在寻你的白车。

高雪：高科技让信息的距离缩短了。过去鸿雁往来，不知要费多少时日。

林梅：古代一封书信费时费力，就更珍贵。

高雪：所以古人情感特别深沉。

林梅：是的，极致的深情在古诗词里。

高雪：你就是古代才女，你的眼神就是李白的桃花潭水。

林梅：三八节学校要搞活动——插花。

高雪：插一朵美丽的花送给一个人。

林梅：最美的送给你。

高雪：三八节，转发一曲温馨贴心的歌给你。

林梅：好听，梅朵的歌。

高雪：爱惜自己，也爱惜心仪的人。

林梅：珍惜爱我的人和我爱的人。

高雪：再转发一张图片给你。你瞧，五名印度小孩假装在自拍，他们举起的"手机"竟然是一只拖鞋。

林梅：所以要主动寻找快乐。

高雪：热恋持续几十年的爱情被称为"天鹅式的热恋"。科研人员对天鹅的脑部进行的扫描显示，天鹅每次见到自己钟爱的情侣，都可以像第一次发生关系时那样激动不已。

　　林梅：你在研究什么？

　　高雪：我觉得人世间有天鹅式的爱情。

　　林梅：我觉得是愉快的聊天和恰当的距离让爱情保鲜。

　　高雪：很对。

　　林梅：爱有几分能说清楚，还有几分是糊里又糊涂。

　　高雪：高见！

　　林梅：有雪哥，天天心花怒放。

　　高雪：（拥抱）

六十五

　　高雪早起写作了两个小时，累了，去花园散步。天尽管阴着，但花园里春意盎然，鸟在调情，蜂在鸣叫，各种花儿在竞相开放。两只小狗在花丛中嬉戏。黄的是贵宾犬，一条腿有点瘸，花的是哈巴狗，摇头晃脑很活跃。手机响了，传来林梅的哭泣声。高雪的心一紧。怎么了梅？林梅依旧泣不成声。高雪预感到她家里发生了大事，不然林梅不会如此悲伤。高雪静静地等待，脑子里想着安慰的话。终于，林梅开腔了，那个护工，跟他睡在一起了。啊？跟你的先生？

　　贵宾犬蹲下了，哈巴狗将两条前腿架在它身上。是的，前天睡午觉时我母亲发现的。林梅说。

　　有这种事？不可能吧？

　　千真万确，母亲去房间拿东西时看到的。他们像夫妻俩一样熟睡着。她本来想不告诉我。林梅又哭了。

荒唐！

肯定是在我妈住院时勾搭上的。

不过，高雪说，从人性上说，也可以理解，他们本来就有感情。

有感情也不能乱来啊。

高雪向狗走去。狗熟视无睹。

梅，我问你一个问题，医生说，你先生的生命能够维持多久？

医生说一般情况不会超过一年，除非出现奇迹。

既然这样，何不让你先生安静快乐地逝去？

说说容易，换得你，能够容忍吗？

能够，如果换位思考。

我要跟他离婚。林梅说。

可以吗？合法吗？跟一个没有自主能力的人？高雪说。

我看他能力很强的，瘫痪了还……

你现在需要冷静。我觉得护工只是安慰他温暖他。你等一下，我过来，我们去山庄。

天空下起了小雨。从后视镜里看过去，林梅的脸上也梨花带雨。高雪揿了音响。车里响起刘欢的歌：生活就像爬大山，生活就像趟大河……

两人默默听着刘欢充满激情的演唱，一路无言。到达山庄后，高雪回头看着林梅，下去走走？

林梅不动，也没有说话。高雪下车，走向后座。

林梅紧紧地抱住了高雪。高雪也紧紧地抱住了她。他们没有说话。

车外，春雨绵绵。

高雪：抚过你的脸颊／拥你入怀／紧紧贴着我的肩膀／呼出的气息／吹痛我的心扉／只想这样紧紧搂着你／寂寞的夜晚／突然又想起／把你搂在怀里的感觉／没有月色的天空下／望着窗外斑驳的灯光／想起把你搂在怀里的感觉／温馨幸福。

林梅：紧紧地抱住你，把脸埋在你宽厚的肩膀里，瞬间一股暖流在我的心田涌动。抚摸着你魁梧的身体，一句话也说不出口，只听到你急促的呼唤。我的心已经融化，怨恨在消散；原谅，在心中潜滋暗长。

六十六

高雪：世界那么大，能遇见不容易。

林梅：你的影子始终在眼前，你的声音始终在耳边，你的温度始终在心里。

高雪：谁能与我同醉。

林梅：我已经醉了。

高雪：雨霁艳阳出，雾散澄江水。佳人应早起，对镜画新眉。

林梅：晨起懒梳妆，对镜思峰雪。

高雪：一边在江堤走一边不断遥望远郊。

林梅：想着你对我的安慰。

林梅：也想着雪对梅的撒娇。

高雪：在美人怀里撒娇。

林梅：对喜欢的人撒娇是一种天性吧。

高雪：是的。（难为情）

林梅：挺可爱。（微笑）

高雪：（拥抱）

林梅：所以我说你有霸气有才气也有孩子气。

高雪：男人在女人面前永远是孩子。

林梅：在干什么？

高雪：在看《旅行到宇宙边缘》，太震撼了！

林梅：好，我有空看看。你星期几来校？

高雪：现在就想来。

高雪：潜伏到紫藤树下。

林梅：不能来，爱要藏在心里。

高雪：梦因为美好而甜蜜，向往因为憧憬而浪漫，情感因你而起了如莲般的浪花。

林梅：情感因你而澎湃。

高雪：无论岸在哪里、梦归何处，你永远是我心的向往、情的归宿。

林梅：被人需要是一种幸福。

高雪：《潜伏》喜欢吗？

林梅：喜欢。孙红雷和姚晨演的。

高雪：记性真好。

林梅：《悬崖》也好，张嘉益、宋佳主演。张是我最喜欢的男演员。

高雪：我喜欢张艺谋。

林梅：《红高粱》？

高雪：还有陈宝国。

林梅：演过《大宅门》。你相貌很像他。（笑）

高雪：你很像汤唯。（笑）

林梅：哪有她那么好。

高雪：张国立我也比较喜欢。那部《大生活》非常有趣。

高雪：过去演刘罗锅的那个也不错。

林梅：都是实力派大叔。

高雪：还有陈道明、王志文。

林梅：《手机》啊。

高雪：梅什么都知道。

林梅：你比我知道的多得多。

高雪：我喜欢有内涵有厚度的影视剧。

林梅：现在热播的《正阳门下小女人》就是如此。

高雪：蒋雯丽演得好。

林梅：老戏骨。雪哥也是老戏骨。（笑）

高雪：没有戏，只有真。

林梅：情真意切。

高雪：（三枝玫瑰）

林梅：大作《迷洞》拜读。

高雪：请批评。

林梅：比《自留地》沉重。

高雪：在你看来，迷洞象征什么？

林梅：象征子宫，也象征神秘、满足、自由。

高雪：（三个大拇指）

高雪：这篇属于思索型小说，父亲代表一代人价值观的坍陷、人性的迷失。

林梅：视频事件为何对父亲打击这么大？

林梅：这么在乎干什么？保姆辞掉、《金瓶梅》也烧掉……

高雪：老一辈就这样，死爱面子，何况是个得到过很多荣誉的校长。

林梅：死要面子活受罪。

高雪：诚如你所说，迷洞还象征女人。

林梅：女人可以给遭受精神磨难的男人带来安慰。

林梅：父亲就是性压抑，有一个心爱的人就快活。

高雪：说到点子上了。（大拇指）

林梅：退休和离婚让父亲心理及生理都失常了。

高雪：有原型，是一个好胜心非常强的校长，退休后患上了抑郁症。

林梅：我想到了家人，他何尝不是这样？你的描写真切入骨。

高雪：性不是年轻人的专利。

林梅：爱美也不是年轻人的专利，恋爱同样不是年轻人的专利。

高雪：说得太好了，梅。

林梅：这篇小说中的父亲形象直击人心。

林梅：军人出身的校长毕竟也是人，而且是男人。压抑久了的内心更渴望心灵的陪伴和生理的释放。所以梦里梦外他一次又一次地寻找释放的出口。

高雪：挖掘得多么深刻。

林梅：他从子宫出来，最后又将"子宫"当作归宿。

高雪：佩服佩服。（拱手）

林梅：现在我理解了先生，也原谅了护工，本来我要将她赶走。

高雪：宽容万岁。

六十七

高鸣觉得，艺校毕竟是艺校。慢慢地，他越来越体会到一种艺术的氛围。正像漫漫雾气，弥漫在每个角落。一间间的练功房里，有的在拉二胡，有的在敲檀板，有的在吹洞箫。每天晚上，他都能听到动人的歌声从楼上飘下来。他好奇地走上五楼，教室门透出一方亮光。李老师在弹钢琴，她的背影真是优雅，长发飘飘。高鸣对高雪说，李老师是全校最漂亮的老师，她第一次出现在实训楼，简直似一道耀眼的闪电划过，我的眼睛都直了。高鸣又说，李老师的漂亮在于她的艺术气质，超凡脱俗的艺术气质。高雪说，你该不是喜欢上她了吧？高鸣说，瞎扯，癞蛤蟆想吃天鹅肉？我常常想，这样的人该去做演员啊，为什么做教师呢？高雪说，做教师也很好啊，桃李满天下。高鸣说，她没有看不起我，每次碰到，都笑脸相迎。通常，美人是比较高傲的。高雪被高鸣说得产生了好奇心。一天夜里，高雪带着林梅爬上培训楼。一排女学生站在李老师面前，齐唱：世上有朵美丽的花，那是青春吐芳华。琴声悠扬，嗓音清亮悦耳。看着那一张张充满生气的脸，高雪心中潜伏已久的情弦被拨动了，他仿佛看到一朵朵美丽的花苞在渐次开放，花和人叠在一起。高雪情不自禁地鼓掌。林梅也热烈地鼓掌。李老师转过头，笑盈盈地跟他们打招呼。然后是独唱，一个女孩站在台上，清水出芙蓉似的，亭亭玉立。高雪甚至可以看见她唇边淡淡的茸毛。她的声音很像童丽，似潺潺清泉，听着真是一种享受。年轻真好，芳华岁月。高雪和林梅相视而笑，他们觉得似乎回到了青葱岁月。

　　然后他们到花园里散步。他们手挽手走着，像一对情侣。湖边，一棵树上的花开得猛烈，花枝向水面倾斜。高雪说，又见黄花照水向阳开。林梅说，暗香浮动月黄昏。他们走过九曲十八桥，走过亭台楼阁，最后，站在一座假山边拥吻。他们的吻像彩虹一样漫长。蟋蟀为他们弹琴，蝈蝈为他们歌唱。他们的心都醉了。

　　高雪：我想，你读高中时肯定像那个唱歌的女孩。

　　林梅：也许吧。那时，我是班里的宣传委员。

　　高雪：难怪你看上去那么有艺术气质。

　　林梅：一般般。（微笑）

　　高雪：我要听你唱歌。

　　林梅：将最美的歌献给你。

　　高雪：就唱《最美》。

　　林梅：好，也唱《最美的花》。

　　高雪：（鼓掌）

　　林梅：一切都那么浪漫，恍如在梦中。

　　高雪：像少男少女。

　　林梅：可是，我有负罪感。

　　高雪：和有情人，做快乐事，别问是劫是缘。

　　林梅：我们精神为主，好吗？

　　高雪：顺其自然。

　　高雪：一树寒梅白玉条，迥临村路傍溪桥。不知近水花先发，疑是经冬雪未销。

林梅：张谓的《早梅》，有梅有雪，好！

高雪：在听课。老师要学生讨论诗人是如何借梅展示自我形象的。

林梅：比较难，因为学生还没有这个人生阅历。

高雪：可是学生的回答出乎意料。一个男生说，本诗展现了早梅耐寒而立、迎风而发的形象。

林梅：（大拇指）回答得好。

高雪：一个女生说，"寒"字点明早梅生存条件的恶劣；"迥"字表现早梅的孤单；"白玉条"是比喻，疑梅为雪之错觉，鲜明地表现出早梅在困境中冰清玉洁之质。作者以梅自喻，展示了一个孤寂傲世、坚韧刚强、超凡脱俗的自我形象。

林梅：（鼓掌）太好了！现在的学生真不简单。

高雪：其实，在我看来，早梅就是你！

林梅：不敢当。不过，我喜欢唱《谁说梅花没有泪》。

高雪：谁说梅花没有泪，只是不让蜂蝶吻花蕊。躲开三季痴心为了谁，红泪落处抱着雪花醉。

林梅：对，心声。

高雪：（激动）你一定要唱给我听。

林梅：我学的所有的歌都是为了唱给你听。

高雪：不知道说什么好。（拥抱）

林梅：拥抱是最美的肢体语言。

高雪：说得太好了！（玫瑰）

高雪：梅，又下雨了。

林梅：为什么总在那些飘雨的日子，深深地把你想起？

高雪：天是阴的，心是晴的。春夜喜雨。

林梅：小楼一夜听春雨。

高雪：梅的回答总是让人心旷神怡。

林梅：钱穆说"人类在谋生之上应该有一种爱美的生活，否则只算是他生命之夭折"。

高雪：我们正在追求美的生活。

林梅：林清玄说"虽然在尘网中生活，但永远不要失去想飞的心，不要忘记飞翔的姿势"。

高雪：有哲理。燕雀都没有忘记飞翔，何况鸿鹄。

林梅：生活不只是眼前的苟且，还有诗与远方。

高雪：对对对，要诗意地生活！

林梅：美妙的音乐、美妙的情感、美景、美酒、美食，美给人一种精神上的愉悦。

高雪：这就是我一而再，再而三地邀你周末放松的理由。

高雪：陌上花开缓缓归。

林梅：不负春光不负卿。

高雪：妙极！连空气都充满了花的香味，一切因你而美好。

林梅：那是因为雪哥诗意浪漫。

六十八

局里发了通知，对校外培训突击检查。高雪觉得世道变化真快，记得自己考大学时，哪有什么培训班，全凭自己考上大学的。考不上的，就在校内读复习班。现在可好，校外培训班像雨后春笋般遍地开花。后进生要培训，尖子生也要培训，谁也不敢落后。办班的都是退休的老校长，任教的都是一线骨干教师。因为待遇丰厚，这些老师在校外生龙活虎，在校内有气无力。小学培训、初中培训、高中培训……学生的镜片越来越厚，近视率越来越高，到高中教室的讲台上望下去，一张张课桌上是小山似的作业本练习册，藏在书山后面的是一副副眼镜，闪烁着迷茫的光芒。尽管局里三令五申，学校任课教师不得到校外培训，一旦发现，一票否决，但还是屡禁不止。本来美好的假期可以旅游，可以参加社会实践活动，现在几乎都被培训取代。学生不堪重负，家长不堪重负。在高雪看来，与其在假期让学生补课，还不如让学生去种田割稻，这样至少可以培养学生吃苦耐劳的精神，不至于四体不勤五谷不分。

这次局里动了真格，发动全局人员搞突然袭击，要求每个人至少发现一处目标上报。照理，这个任务不难，都是一个系统的，谁在办班，在哪里办，心中早已有数。问题是大家都是老熟人，怎么下得了手？彼此的关系错综复杂，大家低头不见抬头见，何况是砸饭碗的事。

对高雪来说，目标是有的，小区里就有一个，在地下车库，光线黑暗，空气很差。看着那些小学生在休息日吞食汽车尾气，真让人痛心疾首，但谁敢得罪？据说办班的人在县里有靠山，于是大家都是睁只眼闭只眼。高雪打定主意，劝阻，但不举报。

高雪向地下车库走去。一个保安打着手电在巡逻。高雪左转右拐，走向自己家的车库。那个班就办在自家车库的隔壁。课间休息的时候，那些小朋友像蝙蝠一样在过道里飞来飞去，有次高雪开车差点撞上，心狂跳了半天。然而现在，那道铝合金门紧闭，不见一个人影。看来这个老师事先得到了消息，躲避风头了。

怎么办？高雪一筹莫展，请教林梅。

林梅：我们住处附近就有个"七选三"。

高雪：不能的，会怀疑你的。

林梅：要实名举报吗？

高雪：是的。

林梅：那也会影响你啊。

高雪：没办法。

林梅：我认为你还是等等看。何况这不是你的本职工作，不是有个督查室吗？

高雪：是的，估计办班的都会在这段时间销声匿迹。

林梅：这不是达到效果了吗？

高雪：风头过去了，可能又会死灰复燃。

林梅：来时紧，去时松，过去一阵风。

高雪：是的。

林梅：那还是三十六计，等为上计，估计其他人也完成不了。

高雪：好的，谢谢提醒。

经过检查，发现了三处，一处是在任校长办的，一处是在任督学办的，一处是在任教师办的。三人一律被撤职。这产生了很大的震慑力，死灰在很长一段时间里没有复燃。幸好，举报的大概暗中得到了奖励，高雪他们这些没有举报的，也没有被追究责任，法不责众。大家都松了一口气。

然而，树欲静而风不止。局里一些人接二连三出了问题，有的是经济问题，有的是作风问题，有的是生活问题。据说被举报者怀恨在心，进行了反举报。一时间又人心惶惶，生怕达摩克利斯之剑什么时候落到自己头上。

高雪：幸亏听了你的忠告。

林梅：有时候清醒点好，有时候糊涂点好。

高雪：难怪郑板桥的座右铭是"难得糊涂"。

林梅：屈原"举世皆浊我独清，众人皆醉我独醒"，结果怎样？

高雪：投了汨罗江。

林梅：所以要学会保护自己，做好本职工作就行。

高雪：不过，总要有几个先行者，大家都明哲保身，那么，这个社会……

林梅：天照样不会塌下来。

高雪：沧浪之水清兮，可以濯吾缨；沧浪之水浊兮，可以濯吾足。

林梅：对。仗剑济苍生的事就让侠客去做吧。

高雪：（拱手）

六十九

高鸣说，他有点喜欢上艺校了。白天，范老师会带着一班女生来学习地方戏。三楼有一个很大的排练厅。据说范老师是范瑞娟的亲戚，短发，眼睛很大，她唱的越剧激越高亢，很有穿透力。坐在传达室里都能听到她酷似范瑞娟的嗓音。高雪放下茶杯，走上楼去。女生们在大厅里走台步，舞水袖，习唱腔，有时候还翻跟头，舞枪弄棒。有时候一个动作就要练上几十遍。看着一张张小小的脸红扑扑的，汗水直冒，高雪心里感叹，真苦真累啊，难怪有人说台上一分钟，台下十年功。有时候也有男生。他们主要是敲笃鼓，拉二胡，学后场。有个男生看着似乎不着调，穿着有许多破洞的牛仔裤，一顶鸭舌帽反戴着，拉起二胡却行云流水。千日胡琴百日箫，他肯定练了许多年。学生敲的笃鼓很像和尚敲的木鱼，声音非常清亮，唱越剧全靠它把握节奏。笃鼓敲起来了，二胡拉起来了，小旦和小生上场了，迈着方正的台步，舞着潇洒的水袖，樱桃小口便唱起温婉柔美的越剧："路遇大姐得音信，九里桑园访兰英。行过三里桃花渡，走过六里杏花村，七宝凉亭来穿过，九里桑园面前呈……"虽然稚气未脱，但看上去有板有眼，分外可爱。

此外，书法班、美术班、工艺班、影视班、动漫班、播音主持班、时装模特班……各式各样的班，整幢大楼活跃着艺术的细胞。难怪高鸣的心情慢慢愉悦了。王老师教的是书法班。王老师在黑板上示范，一点一横、一撇一捺，学生在毛边纸上的田字格里依样画葫芦。看着他们正襟危坐的样子，高雪仿佛看到了自己的童年。

高雪：兄长终于安静下来了。

林梅：你的功劳。无论对亲人对友人都那么用心。

高雪：对恋人更用心。（微笑）

林梅：（害羞）

高雪：艺校真好。我特别喜欢这种氛围。

林梅：艺术的氛围？

高雪：是的。所有艺术都是相通的。

林梅：你骨子里是个文人。

高雪：石髓苔痕青入骨，残阳长浸廊桥曲。

林梅：有点悲。《廊桥遗梦》里爱得那么刻骨铭心，最后两个人还是不得不挥手告别。

高雪：我们不会这样的。

林梅：现实太强大了。

高雪：人能够改变现实，也能创造现实。

林梅：有时候，看到那个护工轻佻地在花园采花，真想将她驱逐。

高雪：驱逐是容易的，谁来替代她呢？谁能够替代她呢？那样的话，你会累得找不着北。

林梅：我也是这么想的，母亲身体也不好，我工作忙得要命。

高雪：量大福大。宽容是福。

林梅：只有这样了。何况我自己……

高雪：这样一想就心平气和了吧？

林梅：都是你太坏。

高雪：（傻笑）我承认。

林梅：现在真是春光明媚啊。

高雪：对了，啤总说周末到椒江去吃海鲜，让老大也去放松一下。

林梅：好的，我尽量参加。

周末，天气晴朗。两辆越野车出发了。啤总一帮人一辆，高雪这帮人一辆。椒总很客气，将他们安排在一家私人会所。上的菜很稀奇。林梅、英子、小草吃得面若桃花。男人们一杯又一杯地喝着茅台酒，个个喝得红光满面。椒总又吹起萨克斯为他们助兴。萨克斯闪着金光，发出的声音像牛叫。

下午，大家去了海滩。海滩上人不多。天蓝得不见一丝云。太阳很艳，海浪懒洋洋地爬上海滩，又懒洋洋地退回去。远处白帆点点。海鸥在自由地飞翔。高雪大声朗诵着周太玄的诗："圆天盖着大海，黑水托着孤舟。远看不见山，那天边只有云头；也看不见树，那水上只有海鸥……"林梅带头鼓掌。其他人也大声叫好。女人们兴高采烈地在海滩上捡贝壳。男人们站着抽烟看风景。高雪忍不住牵住林梅的手在沙滩上走。沙子真细，细得像粉。沙滩上留下他们一行逶迤的脚印。

七十

林梅：（文章：《嫁给比自己大五十岁的人，××是否幸福》）

高雪：很幸福。

高雪：晚上早点去唱歌。

林梅：六点半够早吗？

高雪：够了。

林梅：好。

高雪：叶塞尼亚，平淡的生活是不是有了激情？

（笑脸）

林梅：《叶塞尼亚》是电影，她是一个吉卜赛女郎。

高雪：对，他们叫你吉卜赛女郎。

高雪：年轻，美丽，纯洁。

林梅：还有一点野性。

高雪：是啊，昨晚你从背后偷袭我的肩膀，就有一点野性。

林梅：第一次主动袭击。

高雪：十分喜欢，十分激动。

高雪：今天开五年一次的文代会，县里四套班子的领导均出席。

林梅：带我去见见世面。

高雪：飞过来。（笑）

林梅：开玩笑的。（捂嘴）

高雪：我高票当选新一届县文联委员。

林梅：（大拇指）雪哥好棒！（红包）

高雪：梅的心意领了，非常感谢！

林梅：（图片：你总是这么优秀）

高雪：你总是那么体贴。

林梅：因为雪哥疼爱。

高雪：永远。

林梅：今晚有暴风雨。

高雪：早点回家。

林梅：好的。

高雪：多想毕恭毕敬坐在你面前听课。

林梅：你坐在那里我肯定会慌。

高雪：久经沙场了。

高雪：雨那么大。我想啊想，学校食堂一楼有把伞。果然有一把。

林梅：心想事成。

林梅：吃饭前叫你带一把，你不带。

高雪：天无绝人之路。

林梅：天有不测风云。

高雪：以后一定听你的，未雨绸缪。

林梅：（文章：《一百首描写春天的古诗》）

高雪：收藏了。

高雪：胜日寻梅泗水滨，无边光景一时新。

林梅：（拥抱）

高雪：一树樱花一地红，春风冷风相交融。

林梅：（三个大拇指）

林梅：繁花落尽又何况，心中自有花盛开。

高雪：（六个大拇指）才女啊！

林梅：别说才女。

高雪：就是才女！

高雪：刚看到一篇小说里说相差十五岁，这是处情人的最佳年龄，男女都一样。年龄相仿或相差太大就没有味道了。

林梅：我们相差十五岁，刚刚好。（笑脸）

高雪：神奇！

林梅：大神。

林梅：（歌曲：《有多少爱可以重来》）

高雪：可以重来，可以等待。将"天鹅"进行到底。

林梅：陌上花开缓缓归，不负春光不负妹。雪哥之意不在春，心中自有梅花开。

高雪：（鼓掌）太贴切了！

林梅：心悦广场有越剧团在演出。英子也在。

高雪：我还在兄长处喝酒。

林梅：楼上的官人醉了吗？（笑）

高雪：谁能与我同醉。

林梅：我来。

高雪：敢来？

林梅：怎么不敢？

高雪：你是越剧迷啊。

林梅：那么你来。

高雪：好的，我和啤总一道来，为英子鼓掌。

高雪：桃山风景真好。

林梅：春风得意马蹄疾，一日看尽桃山花。

高雪：在那桃花盛开的地方，有位好姑娘，人们经过她的身旁，都要回头留恋地张望。

林梅：春花秋月她最美丽，雪哥的情怀是最真心。

高雪：人面桃花相映红。

林梅：吃中午饭时你甜蜜地撒狗粮。

高雪："天赐梅也"？

林梅：是的。每次都是你领衔主演，真是服了。

高雪：因为梅在，才能兴奋。因为兴奋，才能文采飞扬。

林梅：人好酒好风景好。

高雪：下周二去市里参加备考研讨会，你们学科去吗？

林梅：去的，是瓜镇吗？

高雪：是的。

林梅：真巧，一起去。

高雪：好。

七十一

高考之前，各地都要举行一些备考研讨会。一些所谓的高考研究专家满天飞，忙得不亦乐乎。其实，高考是一场游戏。高考命题要回避的恰恰是各地的模拟试卷。如果请高考命题人来讲，一是不敢讲。即使敢讲，也是顾左右而言他。高考毕竟是严肃的事情，关系到千家万户。一旦出事，就不仅仅是砸饭碗的事。不过话说回来，兄弟县市的一些备考经验还是有参考价值的，所谓"他山之石，可以攻玉"。关键是来真的。事实上，因为竞争激烈，真正的撒手锏也不会讲给你听。大家所讲的，都是放之四海而皆准的"真理"，至于这"真理"的含金量，就要看讲的人的坦率程度。在高雪看来，语文靠长期积累，临时抱佛脚收效甚微。但从工作角度来讲，这种会不得不参加。不然，人家会说，你在干什么？

上午讲的是基础知识备考，下午讲的是阅读和作文备考。应该说，讲课的专家是认真准备了的，课件也做得很精致，与学生之间的互动也很好。听讲的老师笔记做得十分认真。问题是面对高考，技巧的作用十分有限。比如基础知识，就考平时积累的多寡。如果你肚子中存货很少，靠技巧有什么用？面对题目还是一片茫然。有一年考了"俨然"，明明来自鲁迅的《祝福》，但许多考生不知所云。又有一年考了"灯红酒绿"，许多考生将它当成贬义，但在语境中，它恰恰是中性的。比如阅读，所谓一千个读者有一千个哈姆雷特。即使让老师来考，也很难保证答案一模一样。古诗文鉴赏更是如此，如果读不懂诗歌，一切答题技巧都是白搭。至于作文，完全凭阅卷老师的感觉，究竟值多少分，没有完全标准的尺度。这正如体操比赛，全凭裁判的感觉，不像数理化题目，可以像百米赛跑一样，用秒表掐。如果作文字迹不清，甚至会被"秒杀"。

高雪尽管认真地听，认真地记，但身在曹营心在汉，时不时走神，眼前老是出现林梅的影子。尽管他们的会场相隔不远，但对高雪来说却是咫尺天涯，又不能用手机，毕竟带了一批老师来，要做好榜样。好不容易挨到会议结束，主持的教师又非常客气，非要留下高雪陪同专家吃饭。于是跟林梅约好的共进晚餐便泡汤了。

天一直下雨。上午开房间时，服务员说，最美的风景是瓜湖。高雪和林梅对视一眼，兴奋从脸上溢出。为了方便约会，高雪和林梅避开了各自通知上推荐的酒店，预订了一家名字看上去很浪漫的酒店：白鹭金丝。

主持人带高雪去的是银泰酒店。做东的是老同学，很客气，每人面前一瓶加饭酒。菜也充满地方特色，有烤鱼、霉干菜、臭豆腐……高雪打开微信，对林梅说，我们正大快朵颐。林梅说，我们也吃得很开心。高雪说，你们在哪里？林梅说，在鱼沧米缸。高雪说，他乡遇故知，两眼泪汪汪。林梅说，是的，都是大学闺密。高雪很兴奋，一杯接着一杯喝。酒后，同学提出去足浴。高雪婉拒，说想去瓜湖看看。瓜湖最好的风景在哪里？高雪问。桥上。同学说。

高雪一个人在街上行走。同学说，走过去也就几里路。雨依旧淅淅沥沥下着，两旁店铺的霓虹灯分外耀眼，人行道上都是梧桐叶。梧桐叶落秋将暮，潜意识中跳出这么一句。现在明明是春天，怎么会有落叶呢？也许是冷空气到来的缘故？行客归程去如云，高雪想，去如云是对的，但不是归程，而是相见。在这春雨潇潇的异乡之夜，高雪没有孤单寂寞之感，有的只是兴奋——人生如若初见的兴奋。高雪大步流星地走着，在旁人看来，是个匆匆赶路的夜行人。

瓜湖很大，一眼望不到尽头，夜色中，湖水像黑色的绸缎起伏着。高雪问路人，瓜湖的桥在哪里。路人指着前方说，那边，不远。高雪通过微信发出位置，叫林梅共享。林梅说，好的，马上打的过来。

果然有一座桥。夜色中整座桥流光溢彩，如长虹卧波。变幻莫测的灯光营造出一种扑朔迷离的氛围。高雪走上七彩桥，烟波浩渺的瓜湖尽收眼底。"快来，"高雪发出信息，"彩虹桥。"

高雪打开位置共享。屏幕上一条绿色的线路将高雪和林梅连接起来，但距离一直是三公里。莫非前面还有一座桥？高雪开着地图快步往前走。雨像鼓点一样打在伞上。风也很大。雨伞几次被吹得翻转伞面，裤腿被打湿了。然而地图上的位置始终是三公里，没有接近。见鬼了，莫非导航出现了问题？高雪跟林梅通话，你到了吗？林梅说，早就到了呀，你在哪里？高雪说，是彩虹桥吗？林梅说，哪里有彩虹，黑咕隆咚的一座桥。

高雪怔住了，莫非湖上有好几座桥？高雪着急地拉住一个路人打听，果然有好几座桥。高雪蒙了，赶紧拨打语音电话问，你在哪座桥？林梅说，我哪里知道啊，又带着哭腔说，我怕，我回酒店了。

几天以后，林梅将当时的情景描绘了出来，看着林梅娟秀的字迹，高雪的心再次隐隐作痛。

　　在雪哥一次又一次的电话催促声中，我兴奋地走出鱼沧米缸。外面雨下得正紧。秀姐说："林梅，瓜湖，送你去。""不用，我打的过去方便。"我非常感激热情的同学。

　　好不容易乘上一辆出租车，司机说："瓜湖很大，东南西北都有入口，你想去哪面？""送我到有一座桥的那一面，白鹭金丝附近。"

　　下了车，雨还是下个不停。一阵风吹起我的裙子。我斜撑着雨伞，四下张望，寻找雪哥。没有人影。我一次又一次地打电话。雪哥叫我站在桥上别动，打开手机定位，他很快就到。

　　我无奈地看着远处的霓虹灯一惊一乍地闪烁，四下里除了在风中摆动的黑黢黢的树林，除了越来越大的雨声，什么也没有。

　　五分钟过去了，七分钟过去了，十分钟、十五分钟……熟悉的面孔一直没有出现。我开始紧张，我想象着他急促的步履、焦急的心情，期待他突然出现在我的背后……

　　又五分钟过去，一阵凄凉失落的感觉渐渐涌上心头，看来今天碰不上了。我站在原地不断寻找，不知望了几圈，可是他始终没有出现。既然已经到了瓜湖，就走进去看看吧。顺着湿漉漉的石板路往里走，恰好瞧见一对情侣紧紧地拥吻在一起，一把花伞歪在一边。我赶紧扭过头，心跳不由得加速。再往前走了一百来米，豁然开朗，一座蜿蜒的石拱桥绵延在苍茫的瓜湖上，橘红色的灯光在浩渺无际的湖水上摇荡起伏，煞是壮观。桥上没有人，静得可怕。我斗胆踏上石桥，桥面不宽，一看左边和右边的湖水，感觉人快要动荡摇晃起来。我幻想着雪哥会不会在桥的那边焦急地寻我，会不会就在这座桥上惊喜地相会。桥上风大，雨伞差点被刮走。我又斜着身子侧撑着雨伞走了一段，走上了桥的最高处。那里风更大，感觉有连人带伞被卷到湖里的危险。不能再往前走了，估计碰不上这位冤家了。

在这个分不清东西南北的瓜湖，在这样一个又黑又冷风雨交加的夜晚，在这么一座毫无人迹的拱桥上，我不禁感到十分无助、十二分凄凉。"你到底隐藏在哪里啊？为什么不先到酒店会合，再一起夜游呢？"我悻悻地往回走，边走边希望能撞见雪哥。如果撞见，我一定狠狠地把他抱住……嗔怪……

走出瓜湖，我拨通雪哥的电话。"你别找了，我回酒店了。"雨还在淅淅沥沥地飘洒，裙子已湿了一大片，心情也越来越潮湿……

高雪急匆匆赶到酒店，敲林梅房间的门，轻轻地敲了几下，没有回音，又重重地敲了几下，还是没有回音。掏出手机打电话。林梅说，我已经睡了，你也早点休息。可是房间里分明有电视的声音。

高雪怅然地回到自己房间，洗了一个澡，郁闷地躺在床上。迷糊中，一个男人走进了女人的房间。女人正在看电视。电视里正在播放"嫦娥五号"奔月。女人的头发湿漉漉的，很长很长。男人喃喃地说，我给你洗头发。

男人开始脱女人的裙子，可就是找不到拉链。一只笨拙的熊猫跑了出来。女人自己拉开了拉链。素色的胸罩像白鸽在飞翔。蕾丝内裤闪闪发亮，巴掌一样大。女人的声音很模糊，似乎在说傻子。男人打量着女人姣好的身子，说，简直比雪还白！女人的笑声像樱花落地。一双玉手摩挲着男人的身子。好结实，叹息一样的声音。镜子前出现一片一片的肌肉，很发达，像一个拳击手，肤色闪闪发亮，呈现一种古铜色。

男人开始替女人洗头发，抚着长长的秀发，一行闪闪发光的字在黑色的天幕上出现：月照青丝闪光华。月光弥漫的花园，两个大人孩子一样相拥在一起。洗发液散发出蜂蜜一样的香味。沐浴露有薄荷香。男人似乎在擦拭一件弥足珍贵的瓷器。有叹息声传来，尤物，人间尤物！

长发湿漉漉的，皮肤泛着白色的光芒。乌溜溜的眼睛看着镜子。镜子里出现男人的脸，笑容可掬。男人紧紧搂住女人的腰，女人抚住男人的肩，两人朝镜子行注目礼。欲望的河水在暴涨。男人像一只白鹭在河水上飞翔……

高雪从梦中醒来，更加惆怅。他拿起床头柜上的电话，准备拨林梅房间的电话，然而只拨了一个号码便停住了。他摇摇头放下话筒。

七十二

林梅：欢娱在今夕，嬿婉及良时。

高雪：？

林梅：梦中。

高雪：你也做梦？

林梅：是的，梦很美好。

高雪：我也做了一个美梦。

林梅：做做梦好了。

高雪：努力爱春华，莫忘欢乐时，生当复来归，死当长相思。

林梅：我要你带我去重温昨晚的桥。

高雪：蓝桥还是廊桥？（笑）

林梅：都不是。

高雪：起床了吗？共进早餐。

林梅：好的。

瓜湖就在酒店旁边，步行十分钟就到了。尽管天阴着，春寒料峭，但此刻的心境与昨晚有天壤之别，林梅脸上竟有红晕。湖、柳、长桥，看到眼前景象，高雪诗兴大发，吟道，烟雨霏霏，杨柳青青，水波淼淼，长桥依依。林梅鼓掌说，太好了。林梅又说，树皮很老，像奶奶脸上的皱纹；柳条很嫩，像姑娘的秀发，烫过似的。高雪击掌说，妙喻。高雪又说，老树新枝又着鲜。林梅说，一言中的。高雪牵着林梅的手走上金棱桥。长桥卧波，真像一个棱子。走到桥拱顶上，整个湖面一览无余，简直比西湖还大，岸边桃红柳绿，十分养眼。高雪说，是风景决定心情，还是心情决定风景？林梅说，当然是心情决定风景，像昨天晚上，再好的风景也视而不见。高雪说，高见！

桥的尽头是樱花大道。树上地上到处是樱花，像燃烧的云，美不胜收，令人眼花缭乱。高雪一边用手机拍照，一边感叹，一树樱花一地红，春风冷雨相交融。林梅用手机在背后拍高雪，说，最是人间留不住，朱颜辞镜花辞树。高雪说，太美了！林梅说，"醉"美的春天！高雪看着林梅拍的照片，赞叹说，拍得太好了，红衣男子在拍风景。林梅笑着说，你站在路上看樱花，看樱花的人在后面看你。高雪说，头发似乎还黑还茂盛？林梅说，头发茂盛就是精力旺盛！高雪说，湖美花美人更美。林梅说，最美是咱心仪人。

兴尽而返，他们意犹未尽，隔空对聊。

林梅：昨夜梦醒何处，杨柳岸，凄风冷雨。众里寻你千百度，可你不在灯火阑珊处。

高雪：（六个大拇指）

高雪：刻骨白鹭，情系瓜湖。

林梅：（九个大拇指）

林梅：你梦中身子骨可好？

高雪：如少时斫柴，然精神之兴奋犹稚儿也。

林梅：少时斫柴。（笑）

林梅：粉身碎骨都不怕？拼命三郎。（捂嘴）

高雪：美人怀中醉，做鬼也风流。（笑）

林梅：坏。

高雪：梦唤醒了我沉睡已久的激情。没梅的话，兴趣萧然赛野僧。

林梅：有雪哥，幸福感爆棚。

林梅：越来越喜欢你是真的。

高雪：不但喜欢，而且喜欢。（笑）

高雪：梅的笑靥，绕梁三日！

林梅：以前是苦笑，现在是真笑。

高雪：想必以后更加美好。

林梅：风景和心情都会越来越好。

高雪：雪哥是性情中人，梅是风华绝代。

林梅：喜欢你的大智慧。

高雪：老在想梦。

林梅：（动态图片：大人打小孩）

高雪：好疼。

林梅：打是亲，骂是爱。

高雪：（傻笑）

七十三

周末，高雪又去艺校。啤总也来了。高鸣说，他几乎三天两头来，串门似的。啤总看着高鸣写字，说，只要你练掉一百斤报纸，字就值钱了。高鸣说，主要是消磨时间，还没考虑值不值钱。高雪跟啤总下象棋。其实，高雪喜欢下围棋，高鸣有空，就跟高雪下围棋。啤总只会下象棋，他下的象棋刚好比高雪棋高一着。棋高一着，束手缚脚。啤总的防守很好，四平八稳的，很难找到漏洞。高雪性子急，耐不住，就进攻，车马炮都上去了，后防空虚。啤总总能及时发现高雪的漏洞，给予致命一击。他还很擅长用小兵。过河的卒子胜过车。好几次，高雪都败在他的小卒上。胜了，啤总就抚抚大肚子，递给高雪一支烟，他自己也点上一支。高雪不服气，再战，还是输。高鸣来续战，连输三盘。高鸣有点生气，掐灭烟蒂，问他工程的事怎样了。啤总说，哪有这么快，早着呢。啤总又说，这里不是挺好。高鸣说，好什么好，坐牢似的。啤总看一眼高雪说，做人要有良心。高雪隐隐觉得啤总的态度在改变，本来信誓旦旦表示让高鸣做工程的。

高鸣有点郁闷，在报纸上写下几行行草："关山难越，谁悲失路之人；萍水相逢，尽是他乡之客。"高雪说，锋芒太露，几乎笔笔露锋。高鸣没有吱声。高雪说，要含蓄，任何艺术以含蓄为贵。高鸣说，臭屎，我的书法就是臭屎一堆。

高雪翻看《闲居赋》。《闲居赋》主要写西晋潘岳厌倦官场的隐逸情怀。赵孟頫这么认真地写它肯定也寄托了自己的情怀。高雪叫高鸣临写别有用意，一是叫他学书，二是叫他学会闲居。高雪不止一次跟他讲，苏东坡如果不被贬到黄冈，就不会有诗书文三绝，千古流传。高鸣说，我怎么能跟苏东坡比呢？高雪说，大志没有，小目标总要有的。其实，高鸣对赵孟頫的书法崇拜得五体投地，说他的笔法出自"二王"，又有自己独特的风格，其结体之俊美、笔画之精到，真是无人能及。高鸣一遍又一遍地反复临写，已经临了数十次。有时候即使不写，他也用手指在掌心上描画，默忆赵孟頫的笔法。

林梅来了，送来赵书的《洛神赋》，还带了几支兼毫。对于林梅，高鸣还是很尊敬的，又是让座又是泡茶。林梅向高雪使了一个眼色。高雪说，我们去花园走走。高鸣说，中午饭在这里吃。高雪说，好的。

春天的花园真是让人陶醉。各种花在竞相开放，蝴蝶翩飞，蜜蜂嗡嗡，白鹭嬉戏。一树桃花开得猛烈，高雪给林梅在树下拍照，说，人面桃花相映红。林梅说，桃花依旧笑春风。走在幽径上，高雪说，小径曲折通幽处。林梅说，深巷明朝卖杏花。他们看看四下无人，停下，拥抱。高雪说，这几天感觉怎样？林梅说，晕晕乎乎的。高雪说，梦中一样？林梅说，是的。高雪说，但愿长梦不复醒。林梅说，我担忧被别人发现。高雪说，不会的，即使发现，大家都能理解。林梅说，怕被家人知道。高雪说，不会吧？林梅说，病人是最敏感的。高雪说，他也不是自得其乐吗？林梅说，爱情是自私的。高雪说，注意你的手机，即聊即删。林梅说，我不舍得，每天在抄。高雪说，我也一样，我觉得我们的聊天是最美的诗。林梅牵住高雪的手，继续走路。高雪的脑子里忽然蹦出一句唱词：私订终身后花园，落难公子中状元。

中午饭十分简单。菜肴以笋为主，有油焖笋、醃肉蒸笋、肉骨头炖笋。因为所有笋都是从旁边竹园里现挖的，十分鲜洁。外加一碟花生米、一盘牛肉干、一碗酸菜鱼，几个人吃得不亦乐乎。高鸣说，桃李春风一杯酒。林梅说，江湖夜雨十年灯。啤总说，酒逢知己千杯少。高雪说，话不投机半句多。他们喝着啤总带来的十年陈酿，聊书聊棋聊人生，十分畅快。

林梅：艺校真好。

高雪：是的。

林梅：这样的环境适宜修身养性。

高雪：可是哥还是静不下来。他还想发财。

林梅：其实钱够用就好。

高雪：是的。钱太多不一定是好事。

林梅：啤总还在包工程？

高雪：是的。他说还要赚钱娶儿媳。

林梅：他跟英子怎样？

高雪：挺好的。他一直在帮助英子。但他的妻子似乎有所察觉。一次突然打电话给我，说现在年轻人找对象不喜欢单亲家庭。

林梅：这是对啤总的暗示吗？

高雪：是的。但是我也没有办法，只能委婉提醒啤总，要注意分寸，后院不能起火。

林梅：你是有口说别人，无嘴说自身。（笑）

高雪：碰到梅一点办法也没有。

林梅：我也一样，看见你就没了章法。

高雪：你在干吗？

林梅：看《都挺好》。

高雪："作"老人的典型。

林梅：苏大强应该叫苏大作。

高雪：（哑笑）妙语。

高雪：老的许多要变老饭桶。

林梅：不让子女安生。

高雪：幸福的家庭太少了。

林梅：孩子多，赡养反而成问题。

高雪：三个和尚没水吃。

林梅：现在独生子女没有这个问题。

高雪：但独生子女可能很难照顾你。

林梅：不要指望子女照顾，以后自觉去养老院。

高雪：据说养老院也有虐待老人的。

林梅：所以要活得健康，不健康的话在哪里都被嫌弃。

高雪：所以你先生算好的，有这么体贴的人照顾他。

林梅：体贴是为了钱吧？我看到他经常给她发红包。

高雪：有时候花了钱也未必体贴。

林梅：我也想通了，反正是他自己的钱。

高雪：他身体有好转吗？

林梅：似乎越来越精神，胃口也越来越好。

高雪：这样也好。

林梅：只能这样。

高雪：思念像樱花一样猛烈。

林梅：哥，才两天不见。

高雪：一日不见，如隔三秋。

林梅：这个春天最美丽，遇见了世外桃源。

高雪：关键是遇见了梅。

林梅：像《刚好遇见你》唱的那样："因为刚好遇见你。留下足迹才美丽。风吹花落泪如雨，因为不想分离。"

高雪：非常贴切的歌词。

林梅：是的。

高雪：有了梅，一切都变得格外美好。

林梅：我有点担心你身心疲惫。

高雪：很好，心情好等于身体好。

林梅：如果令爱知道。

高雪：她一直鼓励我找个伴。

林梅：为何不找单身女人？

高雪：因为没有爱。

林梅：（拥抱）

高雪：想起把你搂在怀里的感觉。

林梅：被你搂着踏实满足。

高雪：（拥抱）

林梅：雪哥不容易，各式各样的人要摆平，这么多女人要哄，还有人要疼要宠，是不是？

高雪：雪哥很单纯，很执着。没有那么多的顾虑。有梅足矣！

高雪：其他早已视而不见，所以活得轻松自在。

林梅：（玫瑰）

高雪：有梅足矣！有梅足矣！有梅足矣！重要的话说三次。

高雪：文章也懒得写了。雪中之梅是最好的文章。

林梅：我感觉雪哥"发烧"了，脑子不能烧坏哦。

高雪：人生难得发烧。

高雪：据说发烧可以杀死癌细胞。

林梅：（笑脸）

高雪：你说我是冬天里的一把火。我愿意擎着这把火伴你前行。

林梅：你也是我灿烂的黎明。

高雪：我们在许多方面情投意合。

林梅：也有许多方面互补。

高雪：生当长守望，死当长相思。

林梅：你有趣我无趣，你开心我抑郁。

高雪：哪里，梅有情有义、有趣有味。

高雪：即使忧伤也感同身受。

高雪：因为你的忧伤我都经历过。

高雪：我要用我的爱减轻你的忧伤。

林梅：（流泪）哭了，控制不住。

高雪：通话方便吗？

林梅：不要通话。

高雪：可是梅别哭啊。

林梅：好了，被你感动的。

高雪：您想想，春光多么明媚，枯枝绽出新芽，一切都会好起来。

林梅：谢谢！

七十四

为了备考，各学科都要组织高三年级二轮复习策略研讨会。高雪邀请了一个有名的高考研究专家来做讲座。专家到的时候，春雨绵绵。高雪叫林梅陪同专家共进晚餐。林梅说，无名小卒，可以来吗？高雪说，小规模的，有何不可？席间，林梅不停地向专家敬酒。专家很兴奋，喝了一杯又一杯。酒后，高雪与林梅又撑着雨伞陪专家到江边散步，看看城市的夜景。高雪一边介绍城市历史，一边恭维专家的论文，可谓煞费苦心。高雪的目的只有一个：在明天的会议中，专家尽量能够讲出一点真东西。所谓尽人事看天命。临别时，高雪送了专家一本自己写的长篇小说，又将自己的一篇获奖短篇小说通过微信推送给他。专家很认真，当晚就读了高雪的短篇小说，并且在朋友圈发表了一篇热情洋溢的读后感：

一个完全处于生活底层的人，在权力和财富的重压下，精神被虐和自虐的故事。"自留地"是一个隐喻，是祖传田产，是老婆小瓜，更是底层人心中最后的尊严。这个发生在小山村的故事，其实是中国大地的缩影。这篇小说首发于《上海文学》，后被《小说选刊》转载，入选中国年度短篇小说，最后获得文化杯全国小说大奖。作者高雪是1978年考进大学而后从事中学语文教学的，他也许是我省第一个作为中国作家协会会员能获纯文学小说大奖的教师，他偏安于李白曾梦游的天姥山之畔，继续着1981年开始的文学梦想。而我们曾经有过的梦，都早被坚硬的环境碰成一地鸡毛了……

专家是全国著名的，他这么一发，教育界的许多人都知道了，高雪看到一些熟悉的朋友点赞，便有点兴奋，将消息转发林梅。林梅说，高度评价十分中肯。高雪说，惭愧。林梅说，专家也是性情中人。

第二天，高雪陪专家到学校。林梅主动当服务员，替专家泡茶。高雪坐在第一排，认真聆听，认真做笔记。会场很安静。专家的确讲得好，从宏观到微观地讲了二轮复习策略，很实用。结束后，老师们报以热烈掌声。大型活动顺利完成，高雪很轻松，跟林梅闲聊。

林梅：雪哥形象好气质佳，西装笔挺高档。

高雪：谢谢领导肯定。（微笑）

林梅：（图片：全省你最骚）

高雪：借问出处？

林梅：别人群里转发的。

高雪：嗯，有趣。今天辛苦你了，休息一下。

林梅：应该的。能帮雪哥忙，是我最大的乐趣。

高雪：（玫瑰）

林梅：（文章：《男人的理想型情人》）

高雪：写得好。刘索拉，实力作家。

高雪：小说具有讽刺意味。

林梅：是的。不留凡间的虚幻的佳人，不能完全占有的神秘，合适的空间和自由。有了这些才美丽动人。

高雪：分析十分到位。

高雪：刘索拉二十世纪八十年代有几篇小说写得挺好，像《你别无选择》。

林梅：描写得很好，感觉许多句子像你。

高雪：真的吗？（笑）

林梅：看时真有这种感觉，所以发给你。（笑）

高雪：谢谢梅！（拥抱）

林梅：雪哥，如果哪一天不联系，我会像丢了魂一样。

高雪：我也一样。梅，不可能不联系，除非我被软禁。

林梅：不会的。雪哥这么好的人。

高雪：梅，纯粹的爱情是真正的极乐，没有柴米油盐的纠缠，没有诸姑叔伯的干扰，没有日常生活的摩擦。这是刘索拉小说的另一层含义，也是……

林梅：也是雪哥心中爱情的最好模样。

高雪：聪明。也是我们目前的状态。（笑脸）

林梅：（笑脸）进入婚姻肯定或多或少有这些纠缠、干扰和摩擦。

高雪：对大多数人来说，婚姻就是爱情的坟墓。只有少数有天鹅式恋情的人才能相濡以沫，白头到老。

林梅：白头到老还是多的。

高雪：但相濡以沫少。

林梅：婚姻是现实的，爱情是浪漫的。

高雪：对。

林梅：自古爱情就是山盟海誓，彼此缠缠绵绵。婚姻需要彼此包容，经历平平淡淡。

高雪：很对。

七十五

有一天，高雪收到高鸣发错对象的长信。

老二和林梅又送来了赵书《赤壁赋》。报纸墨水也源源不断地送来。莫非，他们真的要将我改造成一个书法家？池水尽墨、秃笔成冢的故事我也知道。老二先是不断地夸奖我的书法有进步，在我得意忘形的时候又不断地指责我的书法太露太直。有一次，啤总、英子也在场，老二又一次地指责我写得太快太浮，陋习难改。一怒之下我将毛笔扔出窗外，吼道，不写了，不写了，我是烂泥扶不上墙。老二气得拂袖而去，说，不写就不写，谁稀罕你！啤总急忙跑到窗外捡了毛笔，说，脾气这么大干什么？老二也是为了你好，忠言逆耳。英子也说，是啊，我还没有看到过这么好的兄弟。但我还是不写。

不写，时间又窜了出来，特别是周末。本来它是隐匿的，它悄悄地在我练书的时候流过，在我开门关门的时候流过，在我聆听学生热闹的声音中流过，在我打扫教室卫生中流过。现在，周末的晚上，学生、老师都走了，校园里一点动静都没有，空气似乎停止了流动，只有路灯呆呆地照着花圃。花草似乎很活跃，似乎听得到它们生长的声音。我在校园里徘徊，一弯冷月发出凄凉的光。惩罚一个人最好的方法是让他孤独。假如将一个囚犯关到月亮上会怎么样呢？生不如死？肯定的！那种无边的孤独会慢慢将他吞噬。现在，我就处在无边的孤独中。无边的孤独流水一样包围了我。我忍不住朝北边的山上遥望，黑乎乎的，那是通向天堂的地方啊，我似乎看到许多不甘的灵魂在熊熊烈火中挣扎，但不管怎么挣扎，最后都化作了一缕轻烟。老婆曾经给我代过几个小时的班，那天我参加啤总的喜宴，他的儿子结婚了。喜酒喝得兴高采烈，但回来的时候，我看到老婆满眼泪水。我不解。老婆说，这里冷清得会出鬼，太吓人了。是的，冷清得会出鬼。许多人禁得起热闹，但禁不起冷清。人，是群居动物啊。老二怎么给我找了这么一个地方？他知道我喜欢自由喜欢热闹的啊，这是对我的惩罚吗？我又失眠了。

高雪想不到高鸣内心这么苦闷，更想不到他的文笔这么好，就将此信转发林梅。

林梅：哇，大哥很有文学才华啊。

高雪：我也惊奇。我只知道在丝厂时他发表过几篇散文，有点文学底子。

林梅：像你。

高雪：（开心）

林梅：大哥孤独啊，你多去陪陪他。

高雪：好心办坏事。看来是帮倒忙。

林梅：一时不适应是难免的。

高雪：他是鸟居笼中，恨关羽不能张飞。

林梅：对哥的书法还是应该鼓励为主。

高雪：是的，能够消磨时间就好。

林梅：我有空也会去看大哥。

高雪：谢谢。BBWA。

林梅：？

高雪：宝宝晚安。

林梅："宝宝"好亲，当小公主疼爱呵护。

高雪：（微笑）

高雪：（书法：别梦依依到"梅"家，小廊回合曲栏斜。多情只有春庭月，犹为离人照落花。）

林梅：挥毫泼墨，下笔有神，笔下有意。

高雪：（拱手）

林梅：谢谢分享给我。

高雪：非洲有个人有二十八个老婆，照样和谐相处，生了一百一十个孩子。

林梅：（惊呆）真的？这个厉害了。

高雪：真的！

林梅：全世界他最骚。

高雪：（大笑）妙语啊！

林梅：能让这么多老婆和谐相处，历史上哪个皇帝做得到？

高雪：是啊，主要他公平对待每一个女人，所以没有人"造反"。

林梅：做得公平公正很难。有时候自以为很公平了，别人觉得还不公平。

高雪：是的，特别是在一个屋檐下。

林梅：（歌曲：《我是真的爱你》）

高雪：唱出了我们的心声。

林梅：爱一个人不需要理由。爱一个人全都是理由。

高雪：绝对真理！

林梅：（照片：红烧肉）

高雪：你烧的？

林梅：是的，给你们兄弟吃。

高雪：好香啊！（开心）

高雪：心灵手巧。

林梅：一般般。

高雪：吃了红烧肉，喝了花雕酒，独坐书房思佳人。

林梅：不在身边，却在心间。

高雪：懂你。

林梅：《懂你》里唱道："多想靠近你，依偎在你温暖寂寞的怀里。"

高雪：多想搂住你，呼吸你的心香。

高雪：弟子东土唐三藏，一瓣心香礼女王。

林梅：女王？（害羞）你是唐僧。

高雪：唐三藏可以抵抗一切妖怪，但对女王是怦然心动，不可把持。

林梅：（歌曲：《女儿情》）

高雪：听了，陶醉，及时雨，点点滴滴，流进了我的心里。

七十六

女儿在微信上发来信息说要去法国。高雪问，去干什么？女儿说，谈项目，顺便考察一个人？

高雪：什么人？

女儿：一个小伙儿，他已经追了我两年。

高雪：（晴天霹雳）不是跟你说好的，不能找外国人？

女儿：现在国内人将我当草，当大龄剩女。外国人将我当宝，好几个人追我。

高雪：可是你考虑到跨国婚姻的困难了吗？

女儿：考虑过的。

高雪：你考虑过我吗？

女儿：我会孝敬你的。

高雪：怎么孝敬？远在天涯海角，有事怎么叫得应？

女儿：现在是地球村，飞机很快的。

高雪：古人父母亡，要守墓三年，现在当然不可能这样，但人最可悲的是"子欲养而亲不待"。高中时你也学过《陈情表》，那个李密，为了侍亲，不惜辞去宰相。我老来不求别的，就是希望能常常看到你。

女儿：我又不是常居法国。两头跑。我会常常回家看您。

高雪：说着容易做着难。你一定要慎重！

女儿：知道的。如果不好，我不会答应的。

高雪：异国他乡，短时间怎么能了解一个人？大西洋的水有多深，你怎么可能知道？

女儿：我们在微信上已经聊了两年，大致有数。

高雪：知人知面难知心。

女儿：所以要去当面考察。

高雪：（悲哀）

当晚，高雪将上述消息告诉林梅，林梅也觉得很吃惊。

高雪：心乱如麻，欲哭无泪。

林梅：跨国婚姻的确会面临许多问题。

高雪：心中突然感觉被掏空一样。

林梅：也不要太难过，不是还没有定局吗？

高雪：觉得女儿百分之九十是要嫁给外国人了。昭君出塞。

林梅：即使成真，也未必不好。毕竟是发达国家，可能素质比较高。

高雪：可是会幸福吗？性格爱好、风俗习惯，尤其是文化传统，差异实在太大。我听一个在外国多年的学生说过，要融入西方文化很难，尤其是长期漂泊在外，有一种无根的感觉。

林梅：幸福一靠天意，二靠经营。即使嫁本国人，也不一定幸福。

高雪：你能否劝劝她？

林梅：我会劝的。但婚姻的事很难说。孩子不喜欢，你再劝也没用；孩子喜欢，你想挡也挡不住。

高雪：天要下雨，女要嫁人。呜呼哀哉！

七十七

高雪也将这个消息跟高鸣说了。高鸣说，有什么关系？嫁什么人都是嫁，只要冰冰喜欢就好。高鸣又说，即使在国内，我也感到无根无底，一生漂泊，一事无成！

高雪很担心高鸣的状态，周末又去陪他。一只黄狗不知什么时候出现了。高鸣说，每到黄昏，它就站在不锈钢移门外面，眼巴巴地看着我。它已经很老了，黄毛上有了白毛，一副愁眉苦脸的样子。它是家狗还是流浪狗？它为什么那么忧郁？我丢给它一根鸡骨头。它嗅了嗅，没有吃。它为什么不吃？不吃嗟来之食吗？怕骨头卡住喉咙吗？高鸣说，天黑下来的时候，它就走了。第二天黄昏它又来了，眼巴巴地看着我。第三天又来了，风雨无阻。高鸣说，难道它是怕我寂寞，来陪伴我？或者它是我的前世？因为我也属狗啊。高雪笑笑说，也许吧。

高鸣给高雪讲了一件事。有一天上午，是星期日，它很早守在门口，似有心事。我开了门，它就在前面慢慢走，一边走一边回头看，似乎在招呼我。我的好奇心大发，关了门，跟上它。它转了一个弯，消失不见了。我紧走几步，转弯的时候看见它停在那里等我。又走了一些路，我看见了教堂。教堂外面停着很多车。它竟然沿着教堂的台阶上去了。我着了迷，跟上去。教堂的门大开着，里面黑压压的都是人头。一班儿童正在台上唱赞美诗。童音真好听啊，像清澈的山泉流进我的心里。信徒们跟着齐唱。气氛太庄严肃穆了，我悄悄退了出来。我不是信徒，我不够虔诚，我不配在这里。真奇怪，那只狗不见了。

有这种事？高雪说。

是的，从那以后，那只狗再也没有来过。今天你来，它又出现了。真是奇怪。高鸣说。

也许它来看我吧。高雪开玩笑。

一个道士在门口张望。高鸣说，你干什么？这里不是道观。道士说，我刚从山上下来，路过这里。原来他是刚为死人做过道场下来的。高鸣觉得不吉利，叫他赶紧走，不要待在这里。道士明亮的眼睛盯住高鸣，说，你的相貌非凡啊。道士又看看高雪，说，你有桃花运。高鸣看了看印着太极图的道服，又看了看诸葛亮式的帽子，心想，骗钱来了，就说，走走走，我们没有那么多的闲钱。道士捋了捋雪白的长髯，说，不得了，卧龙之相啊。道士感叹着转身离去。高鸣叫住了他，高鸣的好奇心被他彻底撩拨起来了。你说谁？道士说，说你们兄弟。高鸣替他泡上一杯茶。道士拿起高鸣的书法，一张张审视，神情十分专注。怎么，难道他也懂书法？看了良久，道士叹了一口气。高鸣疑惑地看着他。

太露，道士对高鸣说，你的字锋芒太露。说法跟高雪一模一样。高雪看着道士的指甲。道士的指甲很长，像老鹰的嘴巴。老鹰的嘴巴啄着高鸣的字，你看，你的字每一笔都露锋，起笔也好，收笔也好，锋芒毕露，你的命运就坏在锋芒太露。高鸣脸上露出吃惊的表情。这个老头真有点名堂啊，我一生坎坷，就因为性格太直太露。道士说，直易折，因为直，就容易得罪人，因为直，受不得半点委屈。高鸣被击中了要害，但表面上还是不服气，他有点恼怒地盯着道士的指甲，说，依你看，应该怎么办？道士捋捋长髯，说，要学会藏锋。说罢，道士喝了几口茶，起身告辞。高鸣急忙掏钱。道士摆手，不要的。道士又打量了一下培训楼，说，龙凤之象啊。高雪看了一下培训楼。在强烈的阳光照射下，培训楼还是培训楼，看不出异常之处。难道他真有神通？道士说，大象无形，大音希声。说完他就走了。

这个道士有点水平啊，莫非是来开示我？高鸣说。

高雪点点头说，的确非同寻常。

高雪：道士说我有桃花运。

林梅：过去一个算命的也说我面带桃花。

高雪：去年今日此门中。

林梅：人面桃花相映红。

高雪：人面不知何处去。

林梅：桃花依旧笑春风。

高雪：我们会这样吗？

林梅：难说。世事难料。

高雪：不会的，只要我们努力。

林梅：前提是安全。没有安全就没有一切。

高雪：梅情绪似乎不佳。

林梅：我情绪不佳是因为他情绪不佳。

高雪：为何？

林梅：因为这几天护工不在。

高雪：那么谁照顾他？

林梅：母亲和我。

高雪：辛苦了。

林梅：他睡着时我看了他的手机，发现他经常给护工发红包。

高雪：正常的，不然护工没有这么好。

林梅：反正是他自己的钱，随他。

高雪：对，量大福大。

林梅：现在我巴望护工早点回来。她不在，大家都累。

高雪：生活有太多的无奈。

林梅：爱情是风花雪月，浪漫甜蜜。婚姻是柴米油盐，现实平淡。

高雪：将自己分身，一个肉身，一个灵身；一个现实，一个浪漫。

林梅：说起来容易做起来难。

林梅：世界那么大，能遇见不容易，早上好。

高雪：在沙村。

林梅：干吗？

高雪：（照片：戏台）参加文化走亲。越音袅袅唱离情，烛光幽幽现佳人。

林梅：你像莫言一样，是一个讲故事的人。

高雪：家父就是一个说书人。

林梅：有基因，难怪你这么能说。

216

高雪：我一直沉默寡言，是你唤醒了我。

林梅：不鸣则已，一鸣惊人。

高雪：（开心）

林梅：昨晚在花园里我有没有把你抱起来？

高雪：抱起来了。（笑）

林梅：所以奇怪了，一个九十斤的人抱起一个一百四十斤的人。

高雪：特定场合，力量倍增。

林梅：结实健壮。

高雪：梅腰纤细掌上轻。

林梅：假如有一个漂亮的女人坐在你的大腿上，你会心动吗？

高雪：不会。

林梅：会也是正常的。

高雪：心动很难的，除非是梅。

林梅：神回复。

高雪：梅好。

林梅：（文章：《喜欢上一个人的三种感觉：怦然心动，久久都是如此；发疯似的想，非常想念那个人；会因为那个人感受到心痛》）

高雪：说得很对。

高雪：骄阳如火，问玉臂热否？

林梅：想枕着你的手午睡。

高雪：好，BB（宝宝）来吧。

林梅：不敢来，你们小区眼睛很多。

高雪：开车来接你。

林梅：不要，安稳些。给你听首歌,《今生的唯一》。

高雪：每一句都击中心窝。

林梅：所以总想和你分享。

高雪：听得流泪。

林梅：情到痴时方始真。

高雪：的的确确。

林梅：你比我痴，就喜欢你的痴。

高雪：人生难得痴一场。

林梅：痴就是可爱。

高雪：梅子好。

林梅：呆子好。

高雪：弟子东土唐三藏。

林梅：我要吃唐僧肉。

高雪：吃了唐僧肉长生不老怎么办?

林梅：你说多想再活五百年，我想陪你活下去。

高雪：天鹅式。

林梅：天鹅也像人一样恋爱、结婚，它们也是一夫一妻制。但与人不同的是它们从一而终，坚贞不渝。

高雪：天鹅从一而终? 我才知道。

林梅：是的，它们没有小三，不会出轨，不会离婚。

高雪：天鹅式的爱情是长久的热恋。

林梅：一方死亡，另一方不食不眠，一意殉情。天鹅是忠贞爱情的象征。

高雪：真的吗?

林梅：到底怎样只有天鹅自己知道。

高雪：那么情人从一而终算不算天鹅式？

林梅：你说算就算。（笑脸）

高雪：（愉悦）

七十八

全市高三的"一模"结束了。为了备战，正式高考前通常有三次模拟考试。其中一次是全市统考，各县自评。在评卷过程中，阅卷老师发现了许多"伪文化作文"。现在的学生不知怎么了，作文似乎都有一个套子。什么都会写，就是不会写真话。表面看着似乎有许多旁征博引，但都是别人的，自己的见解少得可怜。这是学生的责任还是老师的责任？真正有趣的文章似乎只能在小学生的作文里才能见到。有一个老师发现一篇写真话的作文，举手叫高雪去看。看完以后高雪的头大了，那竟是一篇告别人生的作文，写得情真意切，字字血，声声泪。高雪赶紧打电话给阅卷后台，根据密号查到了该名考生的信息，然后立即打电话给爱克斯中学校长，将紧急情况报告给他。还好还好，考试结束后，那个女生还一个人坐在教室里。校方立即通知家长来校，一起做女生的工作。

林梅：现在学生心理问题很多的。

高雪：是吗？

林梅：我班上有一个很漂亮的女生，情绪就很悲观。

高雪：为何？

林梅：她读小学时就这样了。

高雪：为何？

林梅：大概缺少亲情吧，她的父母长年在外地做馒头。

高雪：触目惊心。

林梅：到了高中，她又早恋，经常在课上画一个男生的像。

高雪：呵。

林梅：可是男生不喜欢她。

高雪：单相思，痛苦了。

林梅：是的。我做过她好几次工作，收效甚微。

林梅：我也求助过心理辅导老师，但效果只维持了几天。

高雪：那你一定要注意她的情绪。

林梅：我很担心，报告政教处，一起家访。可是家长似乎对她也没有办法。

高雪：心病还须心药医。

林梅：我总不能做男生工作，叫他跟女生恋爱吧？

高雪：当然不能。

林梅：那怎么办？我真想辞掉班主任。（忧郁）

高雪：耐心，耐心，再耐心，用你的爱唤醒女生。春风化雨。

林梅：试试吧。

林梅：（歌曲：《谁说梅花没有泪》）

高雪：感人。红泪落处抱着雪花醉。

林梅：我是梅，你是雪。

高雪：是的，非常真切。

高雪：有部电影说，俄罗斯的雪也是暖的。

林梅：心暖。假如没有你，我也会出现心理问题。

高雪：我愿意用我的爱温暖你的心。

林梅：《爱你一生终相伴》，歌声代表我的心。

高雪：红尘岁月携手同行，一起见证爱的永恒！

高雪：越国曾闻子规鸟，山城又见杜鹃花。一叫
一回肠一断，三春三月忆三瓜。

林梅：三看瓜湖。

高雪：绝对聪明，我的梅。

林梅：考验我。

高雪：只有梅读得懂。

林梅：化用得恰到好处。

高雪：古诗鉴赏的难处就在这里。

高雪：你不知道作者的写作背景和心情，就很难
真正读懂。

林梅：是的。

林梅：去前精心安排。夜游焦急不安。白鹭美梦
入睡。早赏樱花雨。红色背影一个……

林梅：傻傻地回忆瓜湖情之深长。

高雪：情真意切。

林梅：之前犹豫不决，之后不虚此行。

高雪：瓜湖之行是自由飞翔，一生的回忆。

高雪：你那时的音容笑貌仍真真切切。

高雪：一颦一笑、一举一动，揪人心肺。

林梅：我还哭了，哭得你心慌。

高雪：真是情系瓜湖，刻骨白鹭。

林梅：八个字高度概括。

高雪：己亥忆，最忆是仲春。桃源芬芳，瓜湖樱红，春梦一刻醉千秋。

林梅：纵豆蔻词工，青楼梦好，难赋深情。

高雪：（玫瑰）

林梅：和心动的人在一起，哪里都是风景。

高雪：和心仪的人在一起，最苦最累也心甘情愿。

七十九

现在高鸣落笔的时候，迟疑了，耳边一直响着道士的话：不要太露，不要太露。不由自主地，他开始逆锋起笔，回锋收笔。他仔细琢磨赵孟頫的字，除了一撇一捺，其余笔画出锋的很少。再通过手机搜索古代一些大家的书法，除了米芾出锋较多，其他似乎都是藏锋的多。高雪说，你开悟了，这就是东方文化，含蓄、典雅、耐嚼。高鸣的书写速度在慢下来，笔画越来越精致。高雪说，很好，快慢有致，能靠手腕带动使转。高鸣说，王老师一直鼓励我，从来没有说我的字不好，也许，他早就看出我的写法有问题，只是为了不打击我的积极性，才没有点穿。高雪说，是的。

高鸣的书法日新月异，突飞猛进。林梅在朋友圈击节点赞，评论说，风姿绰约，深得赵氏神韵。高鸣来了信心，将《闲居赋》一张接一张写在报纸上，摊在十张乒乓球桌上接起来，形成蔚为壮观的长幅。李老师看到后吃了一惊，说，赏心悦目。范老师向他伸出大拇指。王老师更是啧啧称羡，说超过他了。啤总大概看到了林梅的评论，买了一大沓宣纸过来，说，可以写在宣纸上了。高鸣说，早着呢，但还是忍不住在宣纸上写了一幅。奇怪的是，宣纸阻力很大，笔墨很不顺，写出的字很难看，蚯蚓似的，完全失去了赵字风采。高鸣有点灰心。高雪说，这是不习惯的缘故。高鸣不敢再在宣纸上写，说，不好的字写在雪白的宣纸上，不是浪费吗？高雪给他买来一大刀毛边纸，说，先做过渡吧。高鸣说，赵体已经练了半年，有点厌倦了。高雪说，王老师不是练了二十年都还在练吗？高鸣没有吱声。林梅说，也好，反正大哥的楷书功底不错了，调节一下。高雪便送去孙过庭的书谱，说，我已经临了上百次。高鸣有点惊讶，难怪你的字跟孙体逼肖，原来临了上百次啊。高雪说，孙草的最大特点是草书楷写，既自由潇洒，又点画精到，非常耐嚼。你临的时候一定要分析结体，是上松下紧，还是下紧上松，是欹还是正，是扁还是长，是顺三角还是倒三角，还要注意笔墨，哪些重、哪些轻、哪些快、哪些慢、哪些连笔、哪些使转……总之，变化很多，只有分析透了，才能临得像。

林梅：你像个家庭教师，循循善诱。（笑）

高雪：谁叫他是我兄弟。

林梅：你对别人也很好。

高雪：与人为善，善有善报。（笑）

林梅：（文章：《一百零六岁的×××的长寿秘诀》）

高雪：菠菜、西芹、按摩、晒太阳、按时作息、心态好。的确是长寿的六大要素。

林梅：给你看张照片。你猜地上白色的是什么？

高雪：白色粉状，猜不着。（难为情）

林梅：柳絮，柳绵。学校江边到处都是。

高雪：啊？

林梅：枝上柳绵吹又少，天涯何处无芳草。

高雪：纵然芳草碧连天，不及傲霜一枝梅。

林梅：（六个大拇指）你心中只有梅花香。

高雪：春日载阳，有鸣仓庚。

林梅：色不迷人人自迷。

高雪：（红包：赠给冰雪聪明的佳人）

林梅：谢谢雪哥。

林梅：今天他去做 CT 检查，肝部肿瘤几乎不见。

高雪：太好了。

林梅：莫非爱情真会产生奇迹？

高雪：有可能。

林梅：我也想通了，只要身体好，随他们浪。

高雪：高境界。（大拇指）

林梅：下载了一个"全民 K 歌"软件。

高雪：好好唱，以后让我欣赏。

林梅：拿着手机唱情歌。

高雪：我听到了。（笑）

林梅：月上柳梢头。

高雪：人约黄昏后。

林梅：雪哥穿西装超级帅。

高雪：月光下梅仿佛罩着白纱。

林梅：日光下就不美了。

高雪：一样的，最美。

高雪：（书法：云想衣裳花想容）

林梅：勤快，每天做作业。

高雪：乐在其中。

林梅：自学成才，悟性好高。

高雪：艺术是人生的支点。

林梅：艺术也让你年轻快乐。

高雪：梅是最好的艺术。

林梅：艺术是人生最好的修养。

高雪：在冰天雪地里，唯有梅花清香。

林梅：躲开三季痴心为了谁，红泪落处抱着雪花醉。

高雪：真实写照。

高雪：（照片：婚车）一个四十岁的表弟终于结婚了。

林梅：新娘漂亮，新郎也帅。

高雪：人是没数的，一直以为老后生找不到对象了，却抱得一个美人归。

林梅：是不是太老实？

高雪：有情有义，但容易中美人计。好几次都被美人骗了。

林梅：宁可美人负我，我绝不负美人。

高雪：妙语！

林梅：（笑脸）

高雪：肚子都笑疼了。

高雪：人的悲剧性实质，还不完全在于总想到达目的地，而在于走向前方、到处流浪时，又时时刻刻地惦念着正在远去和久已不见的家、家园和家乡。但人无法还家，那个发出"日暮乡关何处是"的崔颢即使还了家，恐怕依然还有无家的感觉。

林梅：走向前方又惦念家乡。

林梅：在家时想去远方，在远方时又想回家。

高雪：是的。

林梅：得不到的永远在骚动。

高雪：梅是我精神的故乡。

林梅：从明天开始断联三天。

高雪：为何？

林梅：不联系试试，看熬不熬得住？

高雪：一刻都熬不住，还三天？

林梅：（笑）在听课？

高雪：是的。刚才这段是《前方》中的句子。

林梅：想起那次听课，你一直在看手机。

高雪：表象，其实一直在悄悄看你。

林梅：为什么要悄悄看。

高雪：怕影响你上课啊。

林梅：（微笑）

高雪：后天准备活动，盼抛忙参加。

林梅：不来为好。

高雪：时不时会一会更好。

高雪：喜欢独乐，还是众乐？

林梅：众乐。

高雪：我联系一下。召得起来，众乐。召不起来，双乐。

林梅：召不起来你独乐。

高雪：（哭脸）

林梅：他们也忙，自己有安排，你别勉强。

高雪：知道。

高雪：我喜欢的雨又来了。

林梅：我的雪宝宝又想我了。

高雪：（开心地笑）

林梅：（图片：珍惜那个每天坚持和你说早安的人，因为不是所有人醒来第一个就想到你，问候是一种甜蜜的牵挂）

高雪：舒服！

林梅：是美女舒服还是文字舒服。

高雪：文字。

林梅：打动我的也是文字。

高雪：邀好了，明天上午九点带你。

林梅：去哪里？

高雪：古镇。

林梅：好的。

八十

　　古镇是一个老板花巨资建造的，喊出的口号是超过乌镇。高雪心存疑问：外形也许可以模仿，可是文化内涵呢？人家可有千百年的历史。不过，节假日来休闲还是可以的，何况是春光明媚，何况还有林梅。仿古建筑比较养眼，游人也比较多。

特产一条街，美食一条街，杂耍一条街。高雪他们喜欢的是自然风光。古镇有一个巨大的花园，郁金香、虞美人、梦天娇、薰衣草、杜鹃花，大片大片的，像五颜六色的火焰在燃烧。徜徉在花海中，心情十分舒畅。花园中间有一条用一个个花藤编成的爱心长廊，大概专供情侣留影用的。大家笑看高雪和林梅，说，敢不敢走？林梅看了一眼高雪，不吭声。大家又起哄说，手挽手走一下。高雪大方地拉住林梅的手，说，走就走，但不能拍照。在众目睽睽之下，他们走过了爱心长廊。其实，高雪多次梦见这样的情景，但理想和现实是有距离的。林梅毕竟不自由。"戏仿"结束，他们又晃荡晃荡走过拉索桥，去对面梅园。梅园很大，一片翠绿。林梅看见梅园，仿佛回到故乡，欢呼雀跃。有印度艺人在那儿弹唱《拉兹之歌》。乍一看到异国风情，格外新鲜。尤其在梅园中表演，有一种特别的味道。英子和小草眼睛放光，不停地鼓掌。啤总和李斯在拍照。的确，弹得好，唱得好，几个露肚脐的美女也舞得好。缓缓向前走上数百步，又有几个穿古装的少女在梅园中弹古筝。古筝声非常清脆悦耳，似泉水叮咚，又似大珠小珠落玉盘。女人们不停地录视频。再往前走，他们听到了悠扬的笛声。又是女人们最先发现，叫他们快到江边。一条条竹排上站着一个个高髻绿装的窈窕少女，一律纤手执长笛，启动樱桃小口吹奏着。太美了，林梅吟诵："青山不墨千秋画，绿水无弦万古琴。"高雪也情不自禁吟道："万里归船弄长笛，此心吾与白鸥盟。"掌声响起。他们意犹未尽，荡秋千，过独木桥，玩跷跷板，童心尽现。一个细节意味深长。途中，高雪因为赤脚穿着一双崭新的旅游鞋，后足跟被鞋帮磨得又红又疼。林梅竟脱下自己的袜子给高雪穿。这又成为众人的笑谈。

游玩完毕，大家又围坐江边，边烧烤边赏景，饮酒谈笑，不亦乐乎。

高雪：看着你下车远去的背影，眼一热鼻一酸。

林梅：鼻子一酸就是疼爱。

高雪：朱弦已为佳人绝。

林梅：青眼聊因美酒横。

高雪：古镇不错吧？

林梅：真有诗情画意。

高雪：意犹未尽。

林梅：流连忘返。

高雪：永远的雨。

林梅：家里也在下雨。

高雪：啊？

林梅：他的脸色很难看，问我一整天哪里去了。

高雪：护工不在？

林梅：在的。

高雪：管得这么紧？

林梅：回到家就心塞。

林梅：冰火两重天。

高雪：他为何那么想不通？

林梅：感情都是自私的。

高雪：到这个份上什么都应该放下。

林梅：有几个人放得下？

高雪：其实我们见面很少。

林梅：少一点好。

高雪：手机要小心。

林梅：好的。

林梅：我班一名美术生在专业成绩上过了清华的线了。

高雪：名师出高徒！恭喜梅宝！贺喜梅宝！

林梅：校长叫我请她的家长来一起细谈。

高雪：谈什么？

林梅：如何再接再厉，争取文化课上线。

高雪：她的文化课不好？

林梅：不上不下。

高雪：那真的要努力，机会千载难逢。

林梅：是的，我校已多年没有考上"清北"的了。

高雪：但愿好运。

林梅：但愿。

高雪：有个吹笛的女孩很像你。（特写照片）

林梅：有点像。

高雪：梅边吹笛千山碧。

林梅：林下论禅一枕眠。

高雪：奇怪，怎么什么美人都像你？

林梅：痴哥哥，要看我小时候的照片吗？

高雪：求之不得。

林梅：（小学、中学、大学、工作时的照片）

高雪：小学时稚嫩懵懂，中学时青葱可爱，大学时风姿绰约。

林梅：没有的，过奖。

高雪："华山论剑"时认识我了吗？

林梅：早就认识你了。

高雪：多美，打扮很得体。

林梅：一去不复返了。

高雪：我心中你永远年轻。

林梅：看过就删了吧。

高雪：留下大学照可以吗？

林梅：好的。

高雪：谢谢，永远珍藏。

林梅：不是在最好的时光遇见了你，而是遇见你后有了最好的时光。

高雪：说得太好了。非常感动。既是肺腑之言，又是名言警句。佩服！佩服！

林梅：空气中都是甜蜜的味道。

高雪：当多巴胺风起云涌时，我们狂热地爱与被爱着，尽情享受爱的甜蜜；当多巴胺风平浪静时，我们坦然处之，仍然为爱奉献与努力，不离不弃。

林梅：（歌曲：《我的快乐就是想你》）

高雪：句句击中心坎。

高雪：我的快乐就是想梅。

林梅：歌词贴心，歌曲也好听，尤其是"我的快乐就是想你，生命为你跳动为了你呼吸。我的快乐就是想你，生命为你跳动等待再相聚"。

高雪：同感！

林梅：李斯这么循规蹈矩，老婆还要无理取闹，不依不饶。

高雪：是啊，他老婆难弄。

林梅：他跟小草发展到什么地步了？

高雪：没什么，就是帮助家教。

林梅：他以前不是身体不好吗？他可以适当装病，这样老婆就唯恐照顾不周了。

高雪：她说他病是为了养精蓄锐。

林梅：真是蛮不讲理。

高雪：而且假如你走进她家里，那个邋遢样子真是无法想象。简直没地方落脚。

林梅：家也不打理啊！

高雪：娶到这种女人，只能为李斯一声长叹。

林梅：难怪李斯万念俱灰。

八十一

高鸣很快对《书谱》入了迷。他说，临了书谱，才知赵书太严谨了。高雪说，孙书似龙跃天门，虎卧凤阁；又似丹崖绝壑，非常险劲。高鸣说，而且他的书论非常生动形象，精妙之极，不愧为千古经典。高雪说，这样生动形象如诗一般的论述，今人写得出吗？写不出的。高鸣说，孙过庭不是夸夸其谈者，他自己身体力行，更加使我佩服。高鸣陶醉在《书谱》上，清晨临，晚上摹。工作轻松，这给了他得天独厚的练书条件。高鸣内心里竟有点感谢高雪了。高鸣说，过去一直认为自己在坐牢，一直眼巴巴地盼望亲朋好友来探望，现在却希望他们少来，以免打扰我的书法。一次兴起在宣纸上创作，只写了八个字，蓦地响起喇叭声，有人来了。待到提笔续写，再无灵气。高雪说，八字好。高鸣说，你是在调侃我吧？过去写字一直虎头蛇尾，前面几个比较好，写到后来就慢慢不行了。高雪说，正常的。高鸣临啊临啊临临啊，练啊练啊练啊。一沓报纸写完了，高雪又送去一沓。一沓沓报纸丢在垃圾桶里。搞卫生的大妈认为丢掉可惜，又一张张将报纸从垃圾桶里捡出来。这么好的字丢掉多可惜啊。她其实不懂书法，可是她认为高鸣的书法将来会很值钱，她要收藏，跟啤总看法一模一样。大妈人很朴实，每次路过，总要在高鸣的桌子上放一把时鲜水果，樱桃啊，枇杷啊，荔枝啊，杨梅啊。高鸣很不好意思。她说，客气什么啊，我从来没有看到过像你这么好、这么用功的人。啤总开玩笑说，她该不会看上你了吧？高鸣说，你不要将人家的好心当作了驴肝肺。

有一天，天朗气清，心手双畅，高鸣提笔在宣纸上写下王之涣的诗句："白日依山尽，黄河入海流。欲穷千里目，更上一层楼。"写完后觉得非常满意，便落款并盖了章。高雪说，飞跃，飞跃，既有赵底，又有孙味，俊秀飘逸，灵台透顶。高鸣说，这幅字可以送给椒总了吗？高雪说，完全可以。高鸣将书法发了朋友圈。点赞者蜂拥而至。椒总也看到了，他说，这幅字我要，谁也别跟我抢。

林梅：大哥的书法越来越好了。

高雪：是的，上道了。

林梅：有你这个导师，一定会成功。

高雪：本来是帮他消磨时间。

林梅：无心插柳柳成荫。

高雪：你呢？好久没看到你的墨宝了。

林梅：一直忙，没有你们那样勤快。

林梅：（国画：大鹏展翅）

高雪：鲲鹏展翅九万里，有气魄！

林梅：画不好。

高雪：很好，可以去参加展览。

林梅：谢谢鼓励。

高雪：我又要远行了。

林梅：去哪里？

高雪：现在还不知道，"走马兰台类转蓬"。

林梅：故弄玄虚。

高雪：有点神秘，到了告诉你，你飞过来。

林梅：飞过来，多浪漫。

高雪：还在行进中。

林梅：今天被你搞得心神不定了。

高雪：到了一个山清水秀的地方。

林梅：干什么？

高雪：磨题。领导说要保密。

林梅：你没保密。

高雪：不能说的自然不说。

林梅：几天？

高雪：三天。

林梅：有美女同行吧？

高雪：有，但我视而不见。

林梅：我不相信。

高雪：不相信，吃酱饼。（笑）

高雪：脑细胞被杀死不少。

林梅：心疼，这么起劲干吗？

高雪：没办法。要对得起自己的工作。

林梅：你们绞尽脑汁，学生更得死许多脑细胞。

高雪：也是的。

林梅：简单点。你们没有时间限制，还几个人商量，学生可是限时的，很紧张的。

高雪：是的，我也这么想，"一模"难点，难难学生；"二模"简单点，给学生信心。

林梅：悠着点。"脑残"就不理你了。

高雪：（捧腹大笑）梅的话就是出乎意外！有趣，有趣。

林梅：有这么好笑吗？

高雪：假嗔中充满了爱。

林梅：欠揍。

高雪：谁想得到"脑残"？机智！幽默！

林梅：你被软禁我不知道什么滋味。

高雪：能在微信上聊天还不算软禁。

林梅：你早上突然说要远行，我紧张极了。

高雪：抱歉。单位也弄过头了。上车都不告知去向。

林梅：没关系。以前你说几天不联系会感到不安、不踏实。现在我的心情一模一样。

高雪：幸亏没有失联。

林梅：早点休息。你说陌生地方睡不好的。

林梅：晚安。

高雪：今天你课多，讲得少一点，让学生练习多一点。保护好嗓子。

林梅：你是爱，是暖，是希望，是人间四月天。

高雪：你用火的嘴唇，抚平我多情的伤痕。

林梅：有雪哥每天不无聊。

高雪：下午回。

林梅：好好休息。

林梅：（文章：《××爱情三角形理论》）

高雪：激情、亲密、身体力行。

林梅：看到写我们的歌、诗、视频都想和你分享。

高雪：谢谢分享。

林梅：骚扰你。（笑）

高雪：欢迎骚扰。

林梅：快乐着你的快乐，幸福着你的幸福。

高雪：想实践三角形。

林梅：一定要今天吗？

高雪：是的。

林梅：去哪里？

高雪：暂时保密。（笑）

八十二

好不容易等到天黑，高雪开车去接林梅。天下着小雨，在灯光中看去像在下雪。高雪喜欢雨天，雨天能给人安全感。高雪将车停在学校围墙边。林梅撑着一把伞出来了，穿着石榴裙。她一眼就看见了高雪的车，快步走过来。你的眼睛真亮，高雪说。平时有白色的车开过，我就留心看，心想是不是你的，她

236

说。高雪说，感动。林梅说，对不起。高雪说，什么？林梅说，他打来电话，说家里有事。高雪说，啊？林梅说，我怀疑他有第六感。高雪不说话。林梅语调哽咽道，真的对不起。高雪说，没事，那你抓紧回去。

高雪怅然回家。他看了一会儿书，但看不进去；又练了一会儿书法，但字很难看。兴味索然，他在沙发上躺下来，迷迷糊糊睡着了……

一辆车开进小区，驶入地下车库。黑暗中一个男人和一个女人下了车。电梯门开了，灯光扑出来，像火在燃烧。男人抓住女人的手。风声起来了，像十二级台风。电梯像火箭发射一样，呼啸着上升。两人十分害怕，紧紧拥在一起。风声终于停住了。这时眼前出现一把锁，有许多五颜六色的数字。男人揿了几个数字。动听的音乐像鸟鸣一样。黑暗中，男人和女人的嘴、手在相互摸索。两双手变成了绳子，一圈一圈缠在对方的身体上。绳子越缠越紧，越缠越紧，像绞索一样。男人搂住女人的腰，抱起来，两片嘴唇像磁铁一样贴在一起。两人向阳台移动。视野一片开阔，河边的灯光像一圈金项链。月亮好圆好大，仿佛变成巨大的磁铁。两人开始飘动，仿佛嫦娥奔月。月亮上出现林梅的油画《荒原之吻》，原始、热烈、野蛮。月亮之上，吴刚捧出桂花酒。两人喝得酩酊大醉，奔向伊甸园……

高雪：好神奇的梦。

林梅：我也做了一个神奇的梦。

高雪：是到月宫吗？

林梅：是的，吴刚捧出桂花酒。

高雪：（惊讶）莫非梦也会同步？

林梅：完全有可能，因为心心相印。

高雪：常记伊甸日暮，沉醉不知归路。兴尽晚回舟，进入梅花深处。争渡，争渡，惊起一滩鸥鹭。

林梅：搂着你，看着你迷醉的眼睛，幸福感像潮水一样漫遍全身……

高雪：每一个动情的眼神，都让我融化在你无边的温存里。

林梅：波涛汹涌，一浪高过一浪。

林梅：春梦一刻值千金。

高雪：但愿长醉不复醒。

林梅：委屈你了，只是让你做梦。

高雪：有梦总比无梦好。

林梅：心中总有遗憾吧？

高雪：说没有是假的。

林梅：要耐心等待。

高雪：我愿意等待。

林梅：等得海枯石烂？

高雪：愿意地老天荒。

高雪：一生的回味。

林梅：雪哥把爱全给了我。

高雪：我们要活到一百岁。

林梅：但愿。

高雪：你说有可能吗？

林梅：完全可能。

高雪：因为你貌美如花、温情如水。

林梅：如果哪一天不美了呢？

高雪：在我心中你永远美丽。

林梅：痴哥哥。

高雪：亲你，亲你，亲你。

林梅：枕着痴哥哥睡了。

高雪：好，好，好。

林梅：也许前世的情注定今生相拥，谢谢雪哥厚爱。

高雪：因为你是我的宝贝。

林梅：在干什么？

高雪：看《老中医》，你呢？

林梅：我吗？当然在想你。

高雪：听了非常开心。

林梅：你像陈宝国。

高雪：更加开心，"汤唯"。（笑）

林梅：两个活宝。（笑）

高雪：我在想象你的样子。

林梅：还需要想象？我的样子已印在你的脑中了。

高雪：刻骨铭心。

林梅：有雪哥想想也快乐。

高雪：一静下来脑中就是梅了。

林梅：我根本静不下来。

高雪：我偏向吃素。

林梅：我荤素都吃。

高雪：你忙我闲。

林梅：我是忙里偷闲，你是闲里偷忙。

高雪：妙句，晚安！

林梅：想着你入睡。

高雪：（文章：《不同对象的通话时长》。男孩打给男孩，59秒；男孩打给母亲，50秒；男孩打给父亲，30秒；男孩打给女孩，1小时23分59秒；女孩打给女孩，5小时29分59秒；女孩打给男孩，1分20秒；已婚男士打给女性朋友，6小时43分59秒；已婚男士打给男性朋友，10分59秒；丈夫打给妻子，3秒；妻子打给丈夫，14个未接电话。）

林梅：精彩！虽然夸张，但很现实！

高雪：谁跟谁时间最长？

林梅：已婚男士打给女性朋友。

高雪：雪是这样吗？（笑）

林梅：有过之无不及，除了想就是聊。（笑）

高雪：感情是聊出来的。

林梅：恋爱是谈出来的。

高雪：每次想到你，心中就会产生特别柔软的感觉。

林梅：我柔软，你坚硬。

高雪：好的女人能够创造男人。

林梅：相互的，好的男人也会使女人更滋润。

高雪：感天动地雪梅恋。

林梅：（三枝玫瑰）

八十三

啤总来电，问能不能帮一个忙。高雪说，什么忙？啤总说，英子的女儿要考美校，想请林梅指导一下。高雪说，应该没问题。啤总说，另外，文化课也麻烦你指点一下。高雪说，好的，什么时候？啤总问，五月二号行吗？高雪说，先征求林梅意见。

> 高雪：梅，五月二号出得来吗？
>
> 林梅：准备搞什么活动？（微笑）
>
> 高雪：啤总说，想请你辅导一下英子的女儿。
>
> 林梅：好的。
>
> 高雪：爽快。
>
> 林梅：都是哥们。
>
> 林梅：如果家里没有特殊情况。
>
> 高雪：恨不得发明一种特效药。
>
> 林梅：你是我的特效药。
>
> 高雪：（开心）
>
> 林梅：（照片：长寿花）
>
> 高雪：献给我吗？
>
> 林梅：是。
>
> 高雪：谢谢BB（宝宝）。
>
> 林梅：刚才别人剪好给我。我也刚认识这种花。

我去种起来，种好给你。

> 林梅：（照片：多肉、绿萝）
>
> 高雪：梅真是园丁，花种得这么好。

此情无计可消除

241

林梅：喜欢一个人，始于颜值，陷于才华，忠于人品。

林梅：一个人的气质藏着他读过的书、行过的路、爱过的人。

林梅：喜欢这两句话。

高雪：我也喜欢。

高雪：满脑子都是你！

林梅：在干吗？

高雪：在单位开会。

高雪：大家对今年的高考形势比较乐观。

高雪：你也创造了一个清华种子选手。

林梅：八字还没一撇。

高雪：有了一撇，再加一捺就成功了。

林梅：看运气。

高雪：如果成功，学校应该重奖你。

林梅：你想多了。（笑）

高雪：想入非非。

林梅：我去问一下，到底奖多少，好让老师们动力足点。

高雪：重奖之下必有勇夫。

林梅：英子女儿成绩好吗？

高雪：具体我也不大清楚。（难为情）

啤总开车来接。高雪问，去哪里？啤总说，风情山庄。高雪说，这名字好。林梅说，便纵有千种风情，更与何人说。啤总打着方向盘说，这话跟高雪说。林梅说，你呢？啤总说，我吗？当然跟英子说。林梅说，怎么说的？啤总说，开始是写诗，写了五首以后，英子就喜欢我了。高雪说，高手，对了，英子她们呢？啤总说，她们叫李斯带。高雪说，其实我们可以自己开车的。啤总说，哪里，今天你们是先生。

风情山庄风景不错，四周群山环抱，层峦叠翠。山庄的建筑古色古香。庄前有一个小湖。湖里全是雪白的鹅，嘎嘎嘎地叫着。林梅忍不住用玉米喂了几把。鹅们争先恐后往林梅跟前凑。英子的孩子说，鹅鹅鹅，曲项向天歌，白毛浮绿水，红掌拨清波。大家鼓掌。

英子孩子的悟性还是比较高的。林梅在评点她的画作时，她不断地点头，并且提问。林梅亲手示范几次，她很快就学会了。高雪翻看了她的作文，发现字迹娟秀，内容也清新活泼。问题是缺少深刻的议论。高雪告诉她辩证分析的方法、引证联结的方法，并且用微信发给她一篇高考满分作文，叫她模仿着写三篇。高雪还指点了语言运用、古诗鉴赏、现代文阅读、文言文阅读的冲刺策略。她很兴奋，连声道谢。

午餐很丰盛，山肴野蔌杂然相陈，自酿的糯米酒鲜中带甜。大家喝了一杯又一杯。林梅脱了外套，身材更显美好。英子说，我不敢坐在林老师身边了。李斯说，楚腰纤细掌上轻。林梅说，唯觉樽前笑不成。啤总说，有高雪应该高兴。林梅说，雪哥一直以来对我很照顾。高雪说，林梅从来不提要求的。林梅说，许多事情雪哥早就给我想到了。林梅又说，我只在乎你。大家大声叫好，要高雪为这句话喝酒。高雪满满干了一大杯，酒兴上来了，说要作诗。大家热烈鼓掌。高雪痴情地看着林梅，吟诵道，酒酣人似月，香腮凝笑靥。莫道识君迟，芳菲人共赏。掌声热烈。大家争着向高雪敬酒，连英子的孩子也敬了一杯。

酒后，孩子拿着画夹写生去了。啤总开了一个房间叫高雪休息。他们四人打麻将。高雪和林梅先喝牌汤。啤总即使打牌也开玩笑。他使劲摸了一张牌，还没亮牌，就失望地摇摇头说，我想摸个一筒，却摸了一条三角裤衩。哈哈哈。大家都笑了。连林梅也忍俊不禁。小草也不失时机地说，我想要麻雀，却摸了一个胸罩。又是笑声一片。林梅悄悄牵着高雪的手。高雪以为她要休息，便说，你们玩，我们去外边走走。李斯意味深长地说，慢慢走，最好到馒头山走一趟。

青山绿水，丹崖绝壑，都非常养眼。但在高雪眼中，最养眼的是林梅。他牵牵她的手，说，我们去休息一下好吗？林梅迟疑一下说，不行，眼睛太多了。她又看了看远处作画的学生，说，你醉了，去休息一下，我去指点一下英子的孩子。

高雪蹒跚地走进房间。他晕乎乎地躺在床上，看到林梅走了进来。林梅紧紧抱住他，舌头伸进他嘴里搅拌。晕眩感像湖水一样袭来。借着酒劲，他们做了一次又一次。在销魂摄魄的喊叫声中，高雪的心在融化。后来，喊叫声变成了敲门声。高雪惊醒，连忙起床开门。门外放着一把水壶。走廊上空无一人。

林梅：你没有怨我吧？

高雪：不怨。

林梅：我多么希望和你在一起，但总觉得不安全。

高雪：安全第一。

林梅：晚上补偿你。

高雪：真的吗？

林梅：真的。

高雪：真的谢谢梅。

林梅：你确定全部弄在外面了吗？

高雪：确定，但不能保证没有漏网之鱼。

林梅：啊？

高雪：也许杞人忧天。

林梅：说得我不安了。

高雪：也许过分谨慎。

林梅：我不大相信。

高雪：问了微信医生，说可能性微乎其微。

林梅：无论什么时候，任何一次，都有可能的，没有百分之百的安全，只能安分守己。

高雪：（难为情）BB。

林梅：真是大坏蛋。

林梅：打，扭，拷。

高雪：随你怎么惩罚。

林梅：绝交。

高雪：真的？

林梅：真的！

高雪：医生说，即使有漏网之鱼，浓度低，概率极小。

林梅：是啊。

高雪：医生又说，为防万一，还是吃点药。

林梅：（三个哭泣）

高雪：别哭，BB。

林梅：吃过了。

高雪：负荆请罪！

林梅：哄不好。

高雪：用加倍的爱补偿。

林梅：写着四十岁以上禁用。

高雪：医生说没事。

林梅：我太意外了。

高雪：委屈BB，心疼！

林梅：安心睡吧。

高雪：（哭泣）

林梅：为了让你安心。

高雪：我的知识太少，慎之又慎，竟还有疏漏。

林梅：头脑发热，便不顾一切，我也有责任。

高雪：BB大安。

林梅：晚安。

高雪：BB安否？

林梅：不安，伤心，后半夜才睡着。

高雪：通话方便否？

林梅：不要打。

高雪：在家？

林梅：不想说话。

高雪：我心情沉重，自责，忏悔，罪己！野牛很不完美。

林梅：特别伤心。自己也想不到越来越伤心。但是眼泪是最真实的反应，止不住地流，湿了头发，湿了枕巾。

高雪：BB一定不要想得太多，我非常担心。

林梅：现在我不能接电话，一说话就控制不住。

高雪：别这样，我的初衷是帮你渡过难关。

林梅：你的心思我都懂。

高雪：在办公室吧？

林梅：嗯。

高雪：共进午餐行不？让你搂。

林梅：没有心思。

高雪：BB千万不要想得太多。

林梅：没有故意去想。

高雪：其实事情可能不是我们想象的那样。是我过分谨慎导致你伤心。美好的愿望为何总是给BB带来麻烦。我变成了麻烦制造者。

林梅：珍爱首先要给她安全感，珍爱首先要珍爱身体。

高雪：是的，我懊悔。

林梅：这种东西副作用太大。

高雪：是的，最后一次，下不为例。

林梅：爱与被爱都是甜蜜的，甜蜜中也有苦楚。需要与被需要都是幸福的，幸福中也有心酸。

高雪：说得对。

高雪：昨晚做了一个很可怕的梦。雪哥之苦谁人知？

林梅：我也是。

高雪：隐藏心底，也许有一天对你讲。

林梅：马上就会对我讲。

高雪：家家有本难念的经。从童年开始，凡遇痛苦事，我总是一个人默默承受。

林梅：家里最重要的事情就是女儿的婚事。

高雪：这个当然是，她已经去了法国。

林梅：不要太担心，法国小伙也好的，浪漫。

高雪：昨晚梦见她来看我。

林梅：十年生死两茫茫，不思量，自难忘。

高雪：梦中她的父亲死了，我和十岁的女儿赶到，他忽然活了，在操场上大喊大叫，要我还给他女儿。然后又死了，脸色一会儿白，一会儿黄，一会儿黑，可怕极了。女儿大声哭叫：外公，你不要死，外公，你不要死……外公活了，变成孩子她妈，泪眼汪汪看着我。

林梅：相顾无言，唯有泪千行。

高雪：这样的情景我连念头都没有转到过，毫无缘由的梦使我心生恐惧。

林梅：做噩梦是脑子太紧张的缘故，不要当真。

高雪：照弗洛伊德的说法，梦都有意义。你梦见了什么？

林梅：不知什么原因我们要被抓起来，意味着所有信息要被调查。

高雪：这个有来由的，来自我。BB一定累了，上完课回去午休，好好睡一觉。

林梅：中午还要空档值日。

高雪：苦上加苦。

林梅：电影《命中注定》，女主角汤唯、男主角廖凡。

高雪：好的，晚上看。

高雪：乐观些 BB。

林梅：好的。有时候很坚强，有时候很脆弱。

高雪：坚强的。要像爱护眼睛一样爱护 BB。

林梅：（拥抱）你已经为 BB 付出了不少情感、精力和心血，哪里会放得下。

高雪：永远不可能放下。

林梅：我看《命中注定》，主要看汤唯。

高雪：刚开始看。太像了。

林梅：我觉得她完美，越看越好看。你的女神不知不觉也变成了我的女神。

高雪：是的，演得真好。你就是女神。

林梅：一颦一笑，举手投足，浑身是戏，而且特别自然。

高雪：对，对，对。女主角说，就怕你不坏。

林梅：你够坏了。

高雪：（笑）就是那种大气的美，像！故事单纯、浪漫、美好！谢谢推荐这么好的影片。

林梅：看了觉得好就想跟你分享。

高雪：难得的好片。

林梅：男主角英雄救美，有幽默感，油嘴滑舌，死皮赖脸，穷追不舍。

高雪：计策好。

林梅：看来爱情还是要凭感觉，凭缘分，而不是命中注定。

高雪：对。

八十四

星期天，椒总赶来了。为了迎接椒总的到来，啤总特地托人弄来了全猪头以及二十斤重的水库胖头鱼，就在高鸣那里现做。啤总亲自掌勺，忙活了大半天。

晚上，嘉宾齐集。宴席就设在大厅里的乒乓球桌上。林梅来了，英子来了，小草来了，李斯来了。当然，主角是椒总。椒总依然带来了萨克斯，在大厅里呜呜呜地吹着圆舞曲。菜肴都用巨大的面盆盛着，高鸣一盆盆地端上来，香气扑鼻。大家好奇地看着这些菜，馋涎欲滴。酒是椒总带来的，一大坛茅台特供酒。椒总首先倡议向高鸣敬酒，说，士别三日，当刮目相看，高鸣的书法真是一鸣惊人。高鸣便拿出那幅"白日依山尽"。大家发出一声声惊叹，不管懂的还是不懂的，都上来敬酒。高鸣说汗颜汗颜，但面容还是十分愉快。猪头肉，糯；胖头鱼，鲜。酒过三巡，气氛上来了。高雪提议让英子、椒总和啤总唱《智斗》。英子说，没有音响啊。高雪说，没关系，用"全民 K 歌"。椒总就开唱：这个女人不寻常……英子唱：刁德一搞的什么鬼花样……啤总唱：这小刁一点面子也不讲……三人都唱得有板有眼，一本正经。大厅里笑声飞扬。林梅说，为三人的精彩表演干杯。一只只青瓷小酒盅被满上，一张张嘴里发出"啧啧啧"的声音。高雪借着酒兴在宣纸上挥毫泼墨：人生得意须尽欢，莫使金樽空对月。椒总说，龙飞凤舞。林梅替高雪拍着视频。大家都围过来看。高雪的激情来了，只见一支被老鼠啃过的狼毫在他手中飞动。林梅说，张癫素狂。英子感叹，真是一种享受。啤总说，这就是传说中的醉书吗？看来，老二的功力比老大还要深厚。高鸣说，当然，当然，老二是我的师傅。高雪说，过奖了，过奖了。椒总说，这幅我也要，大家别跟我抢。众人哄地笑了。不管怎么说，这天大家很高兴，几乎都喝得酩酊大醉。小草说，楼上的官人们都醉了。

　　林梅：你们这帮哥们真会享受生活。

　　高雪：人生苦短，乐得快活。

　　林梅：你最疯狂，不知不觉成为主角。

　　高雪：因为有梅。

　　林梅：情到深处，爱到骨髓。

　　高雪：心疼梅，宝贝梅。

　　林梅：爱一直都在，只是埋在心底。

　　高雪：说得好！

　　林梅：你说我很少提要求。幸亏适可而止。否则流言一定满天飞。

　　高雪：梅的低调是在保护我。

　　林梅：雪哥，惊艳了时光，温柔了岁月。

　　高雪：（大拇指）

　　高雪：（照片：金鱼缸）搞好了卫生。

　　林梅：自己搞的？

　　高雪：对。

　　林梅：金鱼养得这么好。

　　高雪：鱼翔浅底。（笑）

　　林梅：这些金鱼几年了？一直活跃？

　　高雪：九年了，很健康。

　　林梅：不会越来越大？（笑）

　　高雪：长不大，像我。（傻笑）

林梅：会不会生小鱼？（好奇）

高雪：不会。过去曾经养过一只小鳖，老是欺负金鱼。

林梅：也有可能不是欺负，是亲热。（捂嘴）

高雪：有可能。（笑）

高雪：YZDSN。

林梅：眼中都是你？

高雪：（大笑）雨中的思念。

林梅：（大笑）

高雪：不过，你的理解更好。

林梅：思念成疾。

高雪：初夏日渐热，满眼花草碧。遥想俏佳人，伏案挥书疾。

林梅：（三个大拇指）

高雪：君从丽国来，窈窕带仙气。从此书生夜，每梦有君影。

林梅：（三个拥抱）思念至极的表现。

高雪：梅君喜静处，不屑与芳菲。傲霜斗冷雪，一身暗香骨。

林梅：（三枝玫瑰）

高雪：突然诗兴大发。

林梅：雪哥又夸我。我哪里有俏、仙、香。

高雪：前生是佳侣，今朝为良伴。但愿长执手，莫负天鹅情。

林梅：他在，他是一切；他不在，一切是他。

高雪：又是名句！

林梅：雪哥的激情永不消退。（笑）

高雪：永不消逝的"电波"。（笑）

林梅：把你满怀激情的诗抄下来。（拍照）

高雪：见字如面，非常喜欢。

高雪：我也天天抄微信记录。

林梅：真的？

高雪：都是血管里流出的文字，珍贵！

林梅：感动，向你学习。

高雪：在你校园外徘徊了几圈，回了。

林梅：为什么不进来？

高雪：怕突兀。

林梅：雪哥一片深情万仞山，林妹一片冰心在玉壶。

高雪：（六个大拇指）太好！

林梅：（动画图片：小孩跃上母亲的怀抱）我这样跳上来你抱得住吗？

高雪：当然。图片特别有趣。

林梅：你更有趣。有趣的灵魂万里挑一。

高雪：林家秀女有异禀，梅颜丽姿脱俗尘。萍水相逢总是缘，好花从来不争春。

林梅：高手。（拥抱）

高雪：口口血声声泪，杜鹃啼出漫山红。一片心一片情，庄生晓梦梅花蝶。

林梅：你让平淡的日子如此甜蜜。

高雪：谁让我那么疼你。

林梅：走到一起不容易，能走多远未可知，但一定好好珍惜。

高雪：（文章：《××教授的爱情哲学课》）

林梅：精神上同行，一次又一次爱上同一个人，爱情是认真的。

林梅：说得十分中肯。

高雪：天慢慢暗下来，行人匆匆过，视而不见。我一直走向目的地。在对面树丛中，有人兀立。正打量的时候，一条哈巴狗窜出，向我扑来。我正欲抬脚，树丛中传来一声吆喝，狗跑了回去。我走向熟悉的梅树，无人。佳人没有看到信息吗，在开会吗，或者在教室？我绕着围墙徘徊。天越来越黑，树影婆娑。狗和人还在。走了几圈，觉得佳人不会来了，便慢慢往回走，脑中出现一句诗："人面不知何处去，梅花依旧笑春风。"

林梅：大约七点在办公室坐下来，才发现雪哥信息。意料之外，情理之中。是去好，还是不去好？犹豫几秒，决定还是去，不然雪哥会失望。我若无其事走出办公室，然后一路小跑奔向校外公园，想看看痴哥哥是不是还在。到了目的地却收到"回了"，还有一个笑脸。

高雪：写得好。

林梅：虽然没有见到，但这种感觉也美妙。

高雪：梅也会写小说了。

林梅：像小说吗？

高雪：像。

林梅：没有景物描写，眼中看不到景色，心中只有你。

高雪：感动。

林梅：行人匆匆过，视而不见。看到这句想笑。

高雪：真情实感。

林梅：万一被狗咬怎么办？

高雪：这种小狗一脚就可以踢飞，不怕！

林梅：没有人扑上来，居然是哈巴狗向你扑来。（笑）

高雪：阴差阳错。（笑）

八十五

命好了最后一套试卷。按照惯例，高雪还必须给大勃留和爱克斯中学的尖子生上最后一课。对学生来说，高雪是一张新面孔，有新鲜感；又因为高雪是专家，有权威性；还因为高雪是从命题者的角度讲的，更有指导意义。两校的高三语文老师不敢怠慢，悉数来听。这次多了一个林梅，因为她是班主任。于是高雪讲课更有激情。高雪讲课的方式与别的专家不同，是与学生以问答的形式展开的。

学生：总觉得拼音题很难复习。

高雪：拼音靠基础，不必刻意复习。

学生：词语这么多，有大海捞针的感觉。

高雪：是的，总不能将整本词典背下。注意常见常用常错的即可。

学生：可以举几个例子吗？

高雪：如有一年考了"俨然"，这其实是课文中的，来自鲁迅的《祝福》，但当年许多考生都蒙了。又如"灯红酒绿"，一般我们将它当贬义词，但那一年的语境它却是中性的。所以考试时语境很重要。一定要仔细揣摩上下文。另外，非常陌生的词或成语往往是对的。

学生：标点如何复习？

高雪：这是傻瓜题，只要熟悉国标版就行。这类题前几年不考，预计不会太难，知道基本用法就可以。最后阶段，容易混淆的几个标点重点看一下。

学生：语病很难发现。

高雪：病句无非就是那么几种类型。做的时候先抓句子主干，看主谓宾是否存在搭配不当、残缺等问题，再分析修饰成分。再做一下近几年的高考真题，不要做模拟题。

学生：语言运用有什么好的建议？

高雪：语言运用其实是严格限制下的写作。考试时一定注意审题，看清题目有哪些限制条件。内容大致上就是实用类，如借条；传统类，如对联；文学类，如心理描写。具体题型可以参见《考试说明》。

学生：总觉得小阅读很难。

高雪：小阅读无非就是两类——自然科学类和社会科学类。基本上是选择题。平时我们老师常常用一些术语来讲，如画蛇添足、张冠李戴、偷梁换柱。其实考试时根本不会想这些术语。我们答题时主要把握三点就可以了，就是多了、少了、变了。如果选项信息比原文多了，肯定是错的；如果选项信息比原文少了，也是错的。最难的是变了，我们命题的时候往往围绕这个"变"做文章。有时候说法变了，但意思没变，是对的；有时候形式没变，但意思变了，当然是错的。

学生：（掌声）

学生：大阅读得分是最少的，总觉得答不到要点上。

高雪：大阅读的答案为什么五花八门？因为一千个读者就有一千个哈姆雷特，所以阅卷时基本意思对就可。无论是散文还是小说，一定要仔细将文章读一遍，然后用一句话在草稿纸上写出主题。因为任何文章都是为了表达一个主题，命题时也往往围绕主题设置题目。其次要重视审题，揣摩命题意图。再次要注意分值，确定要点。至于赏析句子品味语言，首先要指出句子运用了什么手法，然后结合具体内容分析如何运用该手法，最后指出运用该手法有什么表达效果。

学生：我最怵古诗文阅读，总觉得很难读懂。

高雪：文言文因为年代久远，难免有阅读障碍。考试时先读原文，然后先看那道内容赏析选择题。看了这道题，文章大致意思便知道了。词语选择题主要靠基础。最难的是翻译。阅卷时是分点赋分的，所以答题时一定要答出以下四点：一是重要实词；二是重要虚词；三是特殊句式；四是特殊语气。译准了这四点，就不会失分。至于古代诗歌，最难的是读懂。只要读懂了，就不难答题。怎么读懂？四必看：题目、作者、内容、注释。看作者能知人论世，看注释能了解写作背景。古诗要表达的无非"景"和"情"两个字，有的借景抒情，有的寓情于景，有的情景交融，有的借典寄情。只要看懂了景和情，就不难答题。另外诗歌是语言的艺术，特别是古诗，特别精练含蓄，所以常常要"炼"字，使用一些修辞手法和表达技巧。我们最后复习时可用比较法，用直白的语言比较，就可知道诗歌语言的妙处。另外，特别要注意写作背景。诗歌是瞬间灵感的爆发。李白那句"轻舟已过万重山"，这个"轻"可否换成"孤"？不能。因为李白本来被发配边疆，走到白帝城时适遇皇恩大赦，所以心情格外轻松，故这个"轻"字绝妙地表达了他那时的心境。

学生：（掌声）

学生：文化经典浩如烟海，复习重点应该放在哪里？

高雪：当然是《论语》。课内精讲的十篇课文要熟悉，知道孔子的主要观点，特别是有当今时代意义的，要弄懂弄通，并且要有自己的看法。

学生：最后请老师讲讲作文备考。

高雪：作文历年是重头戏。过去考状元就只考一篇作文。文章千古事，得失寸心知。考场作文不同于平时的写作。因为它是规定时间规定内容的，不能自由发挥，可以说是戴着镣铐跳舞。从内容上说，前年我省考的是思辨，三本大书；去年考的是时代色彩，浙江精神；估计今年会思辨加时代色彩，体现立德树人。以往许多考生只注意"小我"，不注意"大我"。要从"小我"中跳出来，进入"大我"，融入时代中，正确思考我与时代、我与社会、我与他人的关系。要有格局，有境界，有胸襟。作文命题的材料只是表象，一定要看到材料背后的东西，找出关键句，审准题意。

要用十分钟时间构思提纲。体裁以议论文为主，结构层进式比较好，就是"是什么—为什么—怎么办"，这样的文章比较深刻。作文材料准备还是多看自己写的作文，尤其是初中小学时写的作文，因为这些材料是自己的，是独一无二的，容易写出真情实感。考前模仿以往的满分作文写两篇，仔细揣摩别人的章法和语言。此外，作文主题一定要积极，字迹一定要清楚，字迹清楚是对阅卷老师的尊重。在阅卷时间紧张的情况下，字好一半分。预祝同学们金榜题名，心想事成。

学生：热烈鼓掌。

林梅：讲得太好了，似醍醐灌顶。

高雪：真的吗？（笑）

林梅：非常大气，非常实用，非常到位，即使我去考也有信心了。（笑）

高雪：也算是十几年的研究经验。

林梅：从命题者的角度讲特别有新意。学生说，深受启发，受益匪浅，不愧为专家，不愧为作家。

高雪：（开心）但愿能给学生带来一点帮助。

林梅：肯定的。（三枝玫瑰）

八十六

林梅：《今生的唯一》的歌词好美。

高雪：写得太好了，是你我的心声，让我们演绎旷世之恋。

林梅：还在回味午餐。面对面吃面，心连心贴心。

高雪：与你共进午餐，仿佛五彩祥云笼罩，身心无比愉悦。

林梅：无比愉悦，绝对美味，酣畅淋漓。

高雪：（照片：梅园）

林梅：目光深邃，身板笔挺，霸气侧漏。

高雪：梅私我也。

林梅：你穿红衬衣好看，似万绿丛中一点红。

高雪：你穿字母衫潇洒。灰白牛仔裤、黑色字母衫，尽显身材，充满现代气息。

林梅：入眼了，什么都好。

高雪：众里寻你千百度，你在灯火阑珊处。

林梅：我一直在灯火阑珊处等你，等你回头。

高雪：我早已回首，看见你正微笑地看着我。

林梅：不管见与不见，你都在那里。

高雪：（红包：三春三月忆三瓜）

林梅：三看瓜湖。一看凄风冷雨的瓜湖，二看烟雨霏霏的瓜湖，三看樱花烂漫的瓜湖。多么有趣，多么美妙。

高雪：（书法：滚滚长江东逝水）

林梅：你像皇帝每天早朝一样，豪放。

高雪：书如其人？

林梅：外表文静，内心狂野。

高雪：要到你老家喝喜酒，有没有信要带？（笑）

林梅：信不要带，要么把我这个人带去。（笑）

高雪：真的敢去？

林梅：不敢的。

高雪：（视频：跳舞）你老家的老人舞跳得好。

林梅：你也去跳一个。

林梅：绝对没有想到，你会去老家喝酒。

高雪：你妈在吗？真想去看看她。

林梅：不在。

高雪：如果在，会"割奶放汤"吗？（坏笑）

林梅：（扫帚）把你赶出去。（笑）

高雪：（照片：手抄日记）

林梅：草书，一般人看不懂。

高雪：只有梅能看懂。

林梅：我看得懂。

高雪：如果成为书法家，手迹可以进入博物馆。（笑）

林梅：你早就是我的书法家。

高雪：一百年后这本笔记会值大钱。

林梅：现在开心就好，一百年后不管。

高雪：是的，不计过去，不忧未来，不负当下。

林梅：你每句都记下来？

高雪：一些重复的意义不大的没记。

高雪：手抄是一种重温。

林梅：没有第二人会像你这么傻。（笑）

高雪：颜真卿的《祭侄文稿》被誉为天下第二行书，情感律动无出其右。

高雪：我的手抄也是一种情感律动。

林梅：手抄就是雪哥对梅的爱。真爱大爱。

林梅：无人能够替代。

高雪：（拱手作揖）

林梅：情到深处就是痴、傻、狂。（笑）

高雪：对，对，对。

高雪：向你打听一个人，有人替女儿做介绍，说是你校毕业的。

林梅：女儿不是去外国相亲了吗？

高雪：不满意，回来了。

林梅：姓名？哪一届？

高雪：李东，八五届。

林梅：好的。

高雪：特别是一本还是二本。

林梅：这个重要吗？

高雪：重要，关乎智商、基因。

林梅：女儿对此人有感觉？

高雪：是的，据说也是在美国留学，两人初步比较聊得来。

林梅：聊得来就好，管他一本二本。

高雪：智商是会遗传的。

林梅：遗传还会变异啊。

高雪：因为女儿有感觉，所以要格外慎重。

林梅：假如他是外省人，你怎么了解？

高雪：这倒也是。现在既然是本地的，尽可能多了解一些情况。

林梅：知己知彼，百战不殆。（笑）

高雪：（难为情）

林梅：终于找到了，上的西南一所财校。

林梅：人还聪明，没有不良记录，读书成绩一般以上，是二本。

高雪：情报处处长梅。（笑）

林梅：家长很舍得为儿子投资，自费供他去美国留学。

高雪：呵。

林梅：班主任说他好像结过婚。

高雪：（惊讶）啊，结过婚？

林梅：他妈曾说起过，要去养小孩。

高雪：这个可是原则问题。

林梅：不确定，也可能帮别人带小孩。

高雪：一定要打听清楚。

林梅：如果人好，结过婚有什么关系？

高雪：换成你，你会同意吗？

林梅：当然不会。

高雪：再不济，女儿也还没有到找二婚的地步。

林梅：是的，我一定帮你问清楚。如果他结过婚，肯定瞒不住的。

高雪：怕就怕在美国悄悄结婚，国内人不知道。

林梅：其实女儿可以直接问他啊。

高雪：这个不好意思问吧？

林梅：也是。如果他足够诚实，应该主动说。

高雪：是的。好不容易遇到一个聊得来的，又节外生枝，难啊。

林梅：老手往往情商高，会投人所好。

高雪：是的，让你很舒服。

林梅：雪哥是不是这样啊？（笑）

高雪：（流汗）这个怎么可以相提并论。

林梅：别急，开玩笑的。

高雪：知道的。（笑）

林梅：打听清楚了，李东认了一个干爹，去美国留学是干爹出的钱。李东跟干爹的女儿谈过恋爱、结过婚。

高雪：天哪！

林梅：介绍人也真是的，情况一点都不了解。

高雪：幸亏是本地人，如果是外地的，不堪设想。

林梅：到时总要露出马脚的。

高雪：但很可能生米煮成了熟饭。

林梅：婚姻难。

高雪：难于上青天。

林梅：如果要求不高也不难。

高雪：现在反而是优秀的女孩找对象难。

林梅：是的。现在高考往往女生考得好。而女生总喜欢找一个比自己优秀的男生。

高雪：这样问题就来了。

林梅：不要着急，大城市机会多的。

高雪：一路风尘一路梅，暗香盈袖心颜开。

林梅：昨晚梦里有你。

高雪：谢谢梅。

林梅：走在一起是缘分，一起在走是幸福。

高雪：太对了。

林梅：你已习惯按时想我，我也依赖你的想念。

高雪：习惯成自然。

林梅：从早到晚，在盼望你的信息。

高雪：静中见得天机妙，闲里回观世路难。

林梅：妙在哪里？难在哪里？

高雪：这是我在乡下教书时书写过的一副对联。那是我人生最艰难的一段岁月。

林梅：现在苦尽甘来。

高雪：现在也是孑然一身，幸亏有梅。

林梅：家家有本难念的经。

高雪：世上没有绝望的处境，只有绝望的心情。

林梅：哀莫大于心死。你有过绝望心情吗？

高雪：有过。一是母亲去世，二是腿伤住院，三是妻子病逝。

林梅：你住院时，我没有去看望你是我最大的遗憾。

高雪：理解你的难处，那时你的父亲不也是身患重病吗？

林梅：那时你有没有想我？

高雪：想的。既盼你来又怕你来。

林梅：我也想的。既想去又不敢去。

林梅：你的磨难也太多了。

高雪：从小在磨难中长大，所以现在看世事从容宽容。

林梅：后半生一定好了，健健康康。

高雪：有梅陪伴，一定！

林梅：与君长相依。

高雪：（文章:《第十二届"扬州杯"全国青年教师课堂教学大赛》）

林梅：七月底？心仪扬州已久，可是不知领导会不会同意。

高雪：睹名师风采，话教学大计，品维扬美食，赏广陵盛景。即使不同意也可自费去。

林梅：好，我先报名。

高雪：给你一个出走的借口。（笑）

林梅：不知有没有其他人去。

高雪：出省的话一般不会。

八十七

高雪：儿童节快乐，童心永远！

林梅：童趣常在。

林梅：皮肤像儿童一样白嫩，笑脸像儿童一样明媚，心灵像儿童一样快乐。

高雪：（六个大拇指）

高雪：忘不了将你搂在怀里的感觉。

林梅：忘不了被你搂在怀里的感觉。

高雪：昨晚委屈你当了书童。

林梅：你的书法，行云流水。

高雪：你一笔一画，非常到位。

林梅：大手紧紧捏着小手，热乎乎的，热到心里头。

高雪：君立菩提下，吾携明镜心。相顾如梦寐，双双飞仙境。

林梅：你做梦？

高雪：昨天看到你立在菩提树下。

林梅：哪有菩提树？

高雪：倩倩梅子影，举伞托艳阳。频频回首看，郎君还不来。

林梅：等你等了那么久。

高雪：郎君姗姗来，欲语先自笑。相携登楼台，触目皆佳景。

林梅：楼台会。

高雪：君怪郎衣厚，郎怜玉臂瘦。红汗如雨下，绞巾忙纤手。

林梅：三次给雪哥擦汗。

高雪：四目痴痴对，未语泪先流。既有瑶台缘，何必日永久。

林梅：昨天说到什么时，你流泪了？

高雪：说到孤独时。

林梅：对。所以笔名叫孤舟。

高雪：我说不计过去，只重现在时，你流泪了。

林梅：不是。我说我早就是你的朋友，只是你后来把我忘了。

高雪：对！其实没忘，只是隐了，将君隐在心中。因为大家都有家庭。

林梅：为了保护双方？

高雪：是的。发乎情，止乎礼。

林梅：现在为何控制不住？

高雪：因为你那么好，又那么让人心疼。

林梅：前天你说到绝望三件事，我好难过，哭了很久。

高雪：感动。

林梅：有好吃的东西都想到我。

高雪：因为你是最宝贵的贴心人。

高雪：夜巡后花园，举目寻君影。陪读太子忙，怅然对明月。

林梅：傻子。快回去休息。

林梅：天气渐热，头发太长，怎么办？

高雪：剪掉可惜，要不扎马尾辫？

林梅：你不让我剪，说长发浪漫。

高雪：不能剪啊。

林梅：你又不喜欢我扎马尾辫，说有一次看到我扎起来不好看。

高雪：那齐耳烫发？

林梅：烫发不能梳很难受，又不好打理。

高雪：那怎么办，要不稍微剪些？

林梅：不剪。长发为君留。

高雪：（作揖）

林梅：要抄诗了。

高雪：（三枝玫瑰）谢谢阿梅。

高雪：家家艾叶门，遥祭屈子魂。满目梅花影，清香遍乾坤。

林梅：（六个大拇指）写得太好了。

高雪：明写屈子，实写梅子。

林梅：知道的。

高雪：此诗可以发朋友圈吗？

林梅：你觉得可以就发。

林梅：满目梅花影，别人不会理解。

高雪：不理解才会探究。

高雪：只有你懂。

林梅：你的哥儿们也懂。

高雪：对。

林梅：不懂的以为用梅花喻屈子。

高雪：发了。让别人猜吧。

林梅：现在应该是荷花。不应时节，有人会想不通。

高雪：错位才耐嚼。

高雪：点赞蜂拥而至。

林梅：有没有人质疑？

高雪：没有。

林梅：即使有疑问，一般心中咯噔一下罢了。

高雪：是的。

林梅：明天开始我要高考监考。

高雪：辛苦。

林梅：监考完了。今年的高考作文题是"有一种观点认为，作家写作时心里要装着读者，多倾听读者的呼声。另一种看法是，作家写作时应该坚持自己的想法，不为读者左右。假如你是创造生活的'作家'，你的生活就成了一部'作品'，那么你将如何对待你的'读者'？根据材料写一篇文章，谈谈你的看法"。

林梅：高大作家你怎么说？（笑）

高雪：果然思辨加时代色彩。

林梅：审题有点难，绕来绕去的。

高雪：关键是最后一句，前面两句只是引子类比。将考生类比为"作家"，将考生的生活类比为"作品"，对于读者的类比，题目没有明说，需要考生化虚为实。其实读者可以是"别人"，包括家人、亲戚、朋友、同学等，甚至可以泛指整个社会的人。

林梅：具体如何立意呢？

高雪：第一，我的生活我做主；第二，走自己的路，让别人去说吧；第三，兼听则明，偏听则暗。

林梅：内容写什么好呢？

高雪：最好从"小我"中跳出来，写"大我"。这样的角度就有格局，有境界，有胸襟。

林梅：高手！

高雪：（作揖）

八十八

高鸣显然对书法着了迷。几本字帖已被他临得滚瓜烂熟，倒背如流。高雪说，临帖见功力，出帖见性情。高鸣试着出帖。除了在报纸上写，他还在窗上写，在门上写，在地上写。他在卫生间的门上写上"香格里拉"，在内室门上写上"卧榻之侧"，在传达室门上写上"闲居斋"。这几扇门的上半方都是毛玻璃，想不到写在毛玻璃上效果特别好，有一种写在宣纸上的味道。

许多人，不管是校内的，还是校外的，看到这几个字，都驻足观看。校长也频频颔首，说，你们兄弟真有艺术细胞。起先高鸣还担心校长会不会有看法，怪他在门上乱涂乱画。现在他放心了，又在室外的水泥地上写。水泥地面毛毛糙糙的，还有一条条竖线，写起来非常舒服。星期天无人打扰，高鸣随心所欲地在水泥地上书写，写的就是赵孟頫的《闲居赋》。高鸣自然地将赵体和孙体融合在一起，笔画既灵动又精致，抑扬顿挫，笔走龙蛇。高雪被感染，提笔在宣纸上写道：入帖不易出帖难，多帖相融难上难，春花秋月不同景，道路尽处境界来。高鸣击掌叫道，好，好！啤总看到地上的书法，开玩笑说，真是斯文扫地啊。李斯啧啧感叹，出神入化。

高鸣心里高兴，招待大家共进晚餐。大家纷纷举杯，祝贺高鸣的书法脱胎换骨。高鸣说，惭愧，惭愧。高雪以茶代酒，一饮而尽。这时高雪的手机响了，传来林梅低沉的声音，我被电瓶车撞了。高雪的心一紧，问，在哪里？林梅说，在平安桥。大家闻讯，放下酒杯，一起跳上高雪的车。天已黑了，开始下雨。林梅坐在地上，一辆自行车歪在一边。肇事者已经逃逸。高雪将林梅抱起，问，伤哪里了？林梅点点脚踝。李斯打开手机手电筒，只见脚踝像馒头一样肿了起来。高雪急忙将林梅送往医院拍片。幸好，没有伤着骨头，只是扭伤。医生开了喷雾剂，说，每天喷三次。在返回的路上，啤总问，知道电瓶车的车牌号吗？不会轻饶他。林梅说，没有看清，算了，麻烦。高雪他们将林梅送回家里。她母亲和护工都在。大家便放心走了。

高雪：好些了吗？

林梅：好多了。

高雪：现在的电瓶车是马路第一杀手。

林梅：是的。

高雪：没有声响，像贼一样蹿上来，速度快，刹车又不灵，许多又不懂交通规则。

林梅：的确。我不知道怎么回事，就被撞倒了。等我反应过来，只看见一个长头发的背影。

高雪：可恶，照理，至少要停车看你。

林梅：她也可能害怕。

高雪：肇事逃逸，罪加一等，去调监控录像，一定能发现。

林梅：反正小伤，算了。

高雪：一次，我在人行道上走，一辆电瓶车刹车失灵向我冲来，我连忙躲闪，手还是被擦伤了。我正想发作，但看到他不整的衣裳、害怕的眼神，也就算了。

林梅：度量大。

高雪：你不会开车？

林梅：驾照是有的，但多年没开，荒废了。

高雪：一直骑自行车上下班？

林梅：是的，反正不远。

高雪：锻炼身体是好的，但以后要更加小心。

林梅：好的。

高雪：高考结束了，你可以请假休息几天。

林梅：已经请了。

高雪：心情好吗？

林梅：不大好。

高雪：是因为脚伤吗？

林梅：心伤。

高雪：？

林梅：他除了埋怨就是责怪，此外就是怀疑，没有一句安慰的话。

高雪：也许是他身体不好的缘故。

林梅：身体不好更要懂得体谅。

高雪：平时你对他照顾多吗？

林梅：不多，一直是护工和母亲在照顾。

高雪：也许他觉得被冷落了。

林梅：有热的人啊。我工作这么忙，还要我怎样？

高雪：生活就是这样，忍耐。

林梅：生活不总是甜蜜和快乐，也会有痛苦。正是爱和怨的交织，才会如此记挂在心。也只有受过伤，流过泪，才明白爱的滋味是什么，才明白什么是刻骨铭心的爱。

高雪：将心比心，感同身受。

高雪：保持好心情。伤心影响身体。

林梅：幸亏有雪，给我遮风挡雨。

高雪：雪愿意跟梅风雨兼程。

林梅：感动到哭。

高雪：千万不要伤感。真的猛士，敢于直面惨淡的人生。

林梅：有你的关爱，我已经很乐观坚强了。

高雪：保持。

林梅：而我给你的是不安和揪心。

高雪：哪里的话？帮梅义不容辞，有梅幸福无限！

林梅：关心我的人也有，如此心疼我的只有你。

高雪：因为让我心疼的只有你。

林梅：（照片：仙人球、长寿草、落地生根、滴水观音、番薯）

高雪：养得这么好。真正的好园丁。

林梅：仙人球已经近二十年了。

高雪：向仙人球学习。

林梅：想不到它开的花这么绚丽。

高雪：是的，光彩夺目。

林梅：番薯做盆景，想不到吧？

高雪：想不到，正如猪可以做宠物。（笑）

高雪：看来，梅心情大有好转。

林梅：趁着有空，养花侍草。

高雪：脚伤怎样了？

林梅：好多了，已经消肿了。

高雪：护工对你怎样？

林梅：格外关心，格外规矩。

高雪：关心就好。

林梅：做贼心虚罢了。

高雪：退一步海阔天空。

林梅：雪哥，以前我们在一起的次数不多，相隔半年甚至一年。每次你都会这样说：梅，你瘦了。

高雪：是吗？

林梅：你不记得了？每次都这样。

高雪：说明心中有你。

林梅：现在你经常问，雪哥这么宝贝你，你有没有感觉到？

高雪：你的记性啊。

林梅：我怎么回答？

高雪：雪哥我感觉到的，我知道你对我的好。

林梅：（三个笑脸）

高雪：马上又要作诗了，正如《乡村爱情》的宋晓峰。

林梅：雪哥一激动就会作诗。

高雪：宋的是打油诗，半通不通。

林梅：喜剧，搞笑。

高雪：人生悲的时候要看喜剧，喜的时候要看悲剧。

林梅：这话有理。

林梅：今天跟女同事搞活动，摘杨梅，做馒头。

高雪：淑女仕女潮女。在哪里？

林梅：半山。（照片：杨梅树）

高雪：杨梅这么多，红宝石一样。

林梅：（照片：馒头）

高雪：可以开馒头店了。

林梅：眼馋吧？

高雪：当然。

林梅：下午去十里荷海。

高雪：六月荷花猛猛开。

林梅：（照片：人与荷）

高雪：人面荷花相映红。

林梅：（系列荷花照片）

高雪：太美了。观美景时有没有想到一个人？

林梅：走到哪里就想到哪里。

高雪：开心。

林梅：（视频：一群女子在荷花面前欢呼雀跃）

高雪：好像是俯拍？

林梅：刚好有无人机在拍摄。

高雪：太好了，跳得最高的是你。

林梅：难得放松。

林梅：六月莲叶翠欲滴，十里荷花娇如语。此叶此花长相映，不负白雪一片情。

高雪：（六个大拇指）写得好！

林梅：大白话。

高雪：田田荷叶碧似海，娇娇芙蓉傲苍穹。芳心一片出淤泥，人间罕见六月花。

林梅：诗像人一样气势足，大气、霸气。

高雪：（作揖）

八十九

高雪：英语课一点也听不懂。

林梅：为何听英语？

高雪：市教坛新秀评比预选，各科一起评。

林梅：语文老师是谁？

高雪：文牧。

林梅：你一直在培养的。

高雪：是的。

林梅：英语听不懂怎么办？

高雪：只有看教师的表演、学生的反应。

林梅：其实，大学时我最喜欢的是英语。

高雪：难怪你这么前卫。

林梅：语文不前卫？

高雪：语文老师嘛，传统的更多。

林梅：一些理科老师也是很时髦的。

高雪：理科老师大多比较严谨，什么公式、定理、直流电、交流电、一价氢氯钠钾银。

林梅：你有没有发现，生物老师擅长生儿子？

高雪：是吗？难道他们把细胞研究得透？

林梅：（笑）可能吧。

高雪：有趣。不过，有一次，一个生物老师问我，浮云游子意，落日故人情。他一天到晚看落日，怎样看不出一点情？

林梅：（大笑）

高雪：他还说，你们文人就是酸。

林梅：文人多愁善感是真的。

高雪：所以过去叫秋士。

林梅：如果没有文人墨客，这个世界会变得多么无趣。

高雪：是啊，所以专门有个诺贝尔文学奖。

林梅：其实，科学也需要想象。

高雪：是的，许多幻想已经变成现实。

林梅：要听几节课？

高雪：七节。

林梅：（照片：烤饺）

高雪：赞！

林梅：烤得好吗？

高雪：好，裹着金黄的蛋丝。

林梅：好和不好我都会吃的。

高雪：一语双关？

林梅：你想多了。

高雪：我要吃炒年糕，你答应过我的。

林梅：好的，你准备年糕、豆腐、早笋、蘑菇、猪肉、大蒜、咸菜，晚上我给你炒。

高雪：（欢呼雀跃）

高雪：年糕炒得好，回味无穷。

林梅：你助手当得好。两人合作炒年糕还是第一次。

高雪：吃一口，看一眼。

林梅：看不够，亲不足。

高雪：每一个动情的眼神，都让我融化在你无边的温存里。

林梅：对雪哥没有抵抗力。

高雪：相对如梦寐，四目皆痴迷。窗外雷声紧，室内雨滂沱。

林梅：小别胜新婚，双双眼迷离。帘外雨蒙蒙，房里情深深。

高雪：（拥抱、玫瑰、大拇指）梅的好！

林梅：当然你的好。你是原创，我是仿写。

高雪：你的更委婉，更真切。

林梅：不是诗，但情景胜过诗。

高雪：梅是大美人、大聪人、大慧人。

林梅：多么想做李清照，能够经常跟雪哥诗词往来。

高雪：你就是李清照。

林梅：虽然很夸张，但我还是高兴。

高雪：高考如何？

林梅：超标五个，有两个高分，估计能上"清北"。

高雪：那个美术生呢？

林梅：也上线了。

高雪：（三枝玫瑰）热烈祝贺！

林梅：语文考得很好？

高雪：进入全省前一百名的五个学生都考出了一百三十分以上的高分，全县一段生平均分一百一十六分，全体考生平均分一百零六分，均比去年高了十多分。

林梅：太好了！你应该得突出贡献奖！（拥抱）

高雪：这个没数的。反正我进单位二十年，从来没有评上过先进。（惭愧）

林梅：现在，先进要自己去讨的。

高雪：我不会去讨的。

林梅：如果今年评不上，那真的委屈了。

高雪：我得知突出贡献奖已经内定。

林梅：你可以将成绩公布于众，在单位群发一下。

高雪：也没用。木秀于林，风必摧之。

林梅：这是你最好的机会，你一定要主动出击。

高雪：顺其自然吧。没有评上先进照样做人。

林梅：评先进，我被推荐上去了，但领导评审不知如何。

高雪：要不要跟校长说一下？

林梅：不用说。我的性格跟你一样。

高雪：好的。

林梅：有当然好，辛苦付出得到了肯定。没有也罢。

高雪：书记找我谈话了。原来他们内定的是我。（吃惊）

林梅：（三枝玫瑰）太好了！

高雪：我也觉得奇怪，这种好事怎么轮到了我？

林梅：靠成绩说话啊，不是在强调凭实绩论英雄。

高雪：也许吧。书记办事公道。不过，书记跟我说，有点担心局里能不能通过。

林梅：肯定能通过的。

高雪：书记的意思是，保险起见，叫我跟局领导沟通一下。

林梅：去说啊，馒头吃到馅子边了。

高雪：不去说。

林梅：你真犟。

高雪：谁叫我属牛！讨来的荣誉我不要。

林梅：你啊。

高雪：扬州会议邀请函已到。领导已同意。你呢？

林梅：我也收到了，领导同意就去。

高雪：校长会同意吗？

林梅：一般不能出省的。不过因为高考好，校长会格外开恩吧。

高雪：抓紧啊，最迟明天领导签字，然后微信转账。

林梅：如果不想报销，就不需领导同意。反正是假期，不影响工作。

高雪：先考虑报销。

林梅：好的。

林梅：校长同意了。他二话没说，大笔一挥就签了。（笑脸）

高雪：太好了！

林梅：主要还是担心家里。

高雪：他会不同意吗？

林梅：近来他老是疑神疑鬼的，可能有第六感？

高雪：给他看通知，名正言顺。

林梅：到时候再说吧，反正还有一个月。

高雪：好的。

林梅：其实我挺想去扬州的。

高雪：是啊，连李白的友人也"烟花三月下扬州"。

林梅：还有那个杜牧，"十年一觉扬州梦，赢得青楼薄幸名"。

高雪：是的，自古文人骚客都喜欢扬州。

林梅：神往。

高雪：浪漫之旅。

九十

文牧在市里的比赛中得了第一名，被推荐到省里去参加比赛。书记又找高雪谈话，说，要好好打磨，争取在省里获奖。高雪知道书记的意思：在这节骨眼上，必须锦上添花。高雪倍感压力，其实，突出贡献奖他没有看得那么重。关键是省里的比赛高手云集。山里小县，硬件软件都不及人家。但看着书记殷切的眼神，高雪不好拒绝。高雪说，我会努力的。

省里的比赛是现场抽签，现场独立备课，不能有参谋团队。如何准备呢？高雪苦思冥想了好几天，一天夜里梦见了许多电影镜头。镜头里的人乱七八糟，古今中外都有，但讲的话非常有味道。高雪灵机一动：可以跨界教学啊，现在各行各业不是都在提倡跨界吗？尤其是互联网＋，非常流行。高雪找来文牧，叫他重点就文学语言准备一堂课，用经典的电影镜头来讲，这样寓教于乐，学生一定很喜欢。文牧说，好的，这种教法新颖别致。高雪说，备课前先看看一些名家教案，他山之石可以攻玉。文牧点点头。

高雪：晚上有空吗？

林梅：在看《闯关东》，传文又结婚了。

高雪：跟谁结婚？

林梅：格格，叫那文。

高雪：终于不能得到最爱的。

林梅：有几个人能得到最爱。

高雪：本来想叫你帮忙，又不敢。

林梅：什么忙？

高雪：当书童。要写一幅两米高的作品参加省里的比赛。

林梅：好的，我会来的。

高雪：（愉悦）

林梅：每一个字都浸透了雪的汗水、心血和精力。

高雪：爱是书的发动机，也是性的发动机。

林梅：我的每一寸肌肤也浸透了雪的汗水、心血和精力。

高雪：说得太好了！（六个大拇指）

高雪：即使文学大家也写不出这样的语言！

林梅：你是我的发动机。

高雪：你才是。

林梅：你的发动机，强强强。

高雪：幸福的源泉，甜甜甜。

林梅：生命里有了你的存在，一切变得快乐逍遥。

高雪：人生苦短，及时行乐！

高雪组织了五个骨干教师去听文牧的课。这堂课准备很充分，电影镜头丰富多彩，有《红楼梦》，有《红高粱》，有《雷雨》，有《战狼》，有《泰坦尼克号》，有《辛德勒名单》。特写镜头很多，人物对话很有韵味。学生看得津津有味，课堂讨论也非常活跃。只是，有老师提出，文老师上课太冷静，缺乏激情。高雪说，有理，去比赛应该像个导游或者节目主持人，要有煽动性。

又打磨了几次，直到大家都觉得满意了。高雪唯一担心的是，如果比赛内容不是跨界教学怎么办？文牧说，不是跨界的内容也可以用跨界的形式来讲。高雪觉得有理，一颗心安定下来。

林梅：传武被迫与秀儿结婚，新婚之夜驮着鲜儿私奔了。

高雪：在山里一个小木屋。

林梅：这么好的秀儿，传武不动心。

高雪：因为心中有个鲜儿啊。

林梅：娶鲜儿毕竟名不正言不顺啊。

高雪：看导演怎么解决。

林梅：传文和鲜儿经历过那么多苦难，他反而不怎么在乎鲜儿。

高雪：胆小。他要退婚，但父亲不同意。

林梅：你欣赏谁？

高雪：当然是传武，敢爱敢恨。

林梅：爷们儿。

高雪：向领导汇报，刚才洗了头。

林梅：轻骨头。

高雪：（委屈）

林梅：我喜欢轻骨头。（笑）

高雪：（笑脸）

林梅：骂是爱，呆子。

高雪：美貌加智慧，杀伤力太大。

林梅：吹牛，你在哥们那里吹牛。

高雪：牛不吹牛谁吹牛？

林梅：（图片：请允许我笑一会儿）

林梅：雪哥可爱极了。

高雪：车从郊区过，忍不住，回首别墅，多么希望看见梅的身影，可是梅不在，只有一只呆头鹅在悠闲地散步。我寻思，梅在闺阁中，正一笔一画写着，红烛昏罗帐。

林梅：悲欢离合总无情，一任阶前，点滴到天明。

高雪：说着说着又悲了，像林妹妹。

林梅：谁让你撩我。

高雪：对不起。（单膝下跪）

林梅：（破涕为笑）

高雪：车上只有三个人。

林梅：专车。

高雪：衣上征尘杂酒痕，远游无处不销魂。

林梅：小楼一夜听夏雨，深巷明朝嗅梅花。

高雪：青山披白纱，绿树着红装。闭目思丽人，窈窕带仙姿。此行虽孑孑，犹有暗香随。路远山又长，雨后复艳阳。

林梅：（六个大拇指、三个拥抱）

高雪：不写诗对不起佳人。

高雪：相思也是一种甜蜜。

林梅：字字含情句句入心。

高雪：长相思，长相忆。

高雪带着文牧来到一个山清水秀的城市。进入城市的时候大家看到了一块巨大的广告牌，上面写着"绿水青山就是金山银山"。抽签结果出来，比赛内容竟是：从文学语言到电影语言。高雪和文牧对视一眼，笑了。真是天助。高雪彻底放心了，让文牧一个人在那里备课，自己踱到附近的白云山游玩。不愧是国家森林公园，空气十分清新，充满了负离子。高雪在天然氧吧大口呼吸，拾级而上，只见有打太极拳的，有唱地方戏的，有练气功的，有跳舞的，充满生气。等到人影稀疏后，只见葱茏的树林中出现一座廊桥，造型非常别致，高雪脑中立即出现那句：石髓苔痕青入骨，残阳长浸廊桥曲。眼前也出现《廊桥遗梦》的镜头，忍不住拍了照片，发给林梅。

林梅：在哪里？

高雪：在一个森林公园。

林梅：一个人？

高雪：对。

林梅：又触景生情了吧？

高雪：在想《廊桥遗梦》。

林梅：经典的爱情影片。你又代入了。（笑）

高雪：我在想，我们多么幸福。影片中的那对情人只相聚了几天，然后就是漫长的分别，再不相见。

林梅：正因为时间短，才更加刻骨铭心。如果厮守一起，就会渐趋平淡。

高雪：也许吧。但我觉得我们不会。

林梅：你说过的呀，柴米油盐的纠缠、诸姑叔伯的干扰。

高雪：这些都是小事，关键是两颗心有没有真正的吸引，有没有共同语言。

林梅：可现在离婚原因排在第一位的是生活琐事。

高雪：现在的年轻人独生子女居多，一般都以自我为中心，不会求同存异。

林梅：那么老年人为什么离婚呢？

高雪：大多是因为性格不合，离婚原因的第二位。

林梅：婚姻专家。（笑）

高雪：社会观察家。（笑）

林梅：比赛不要指导？

高雪：独立备课，不能指导。

林梅：孤单吗？

高雪：不孤单，有梅陪伴。

林梅：信息搭起了一座无形的鹊桥？

高雪：金句！廊桥变成了鹊桥。（开心）

林梅：预祝成功。

高雪：谢谢！

文牧的课上得非常精彩，音乐、视频等十八般武艺都用上了，不光调动了学生，还调动了听课的老师。评委也频频颔首。课毕，掌声热烈。等到八位选手全部完成后，当场亮分。文牧竟是第一名。高雪和文牧击掌庆祝，热烈拥抱。

高雪第一时间将消息告诉了林梅。

　　林梅：热烈祝贺！（三枝玫瑰）

高雪：功夫不负有心人。

林梅：名师出高徒。

高雪：主要靠他自己。

林梅：军功章里有你的一半。

高雪：只是军师。（笑）

林梅：要请客。

高雪：你想怎么请，我就怎么请。

林梅：春风得意马蹄疾。

高雪：一日看尽长安花。

林梅：但使主人能醉客。

高雪：不知何处是他乡。

九十一

一顺百顺，好事接踵而来。全市十位教师被评上突出贡献奖，高雪和林梅名列其中。接下来就要举行隆重的颁奖大会。

林梅：我多么想跟你站在一起。

高雪：很想。

林梅：可是怕人说闲话。

高雪：那就相隔远一点？

林梅：好的。

可是在颁奖台上，两人还是被排在一起。真是人算不如天算。既然这样，就顺其自然。高雪和林梅相视一笑，坦然接过领导递过来的鲜花、奖杯。台下掌声热烈，闪光灯咔嚓咔嚓响成一片。不久，颁奖典礼被制作成了视频，在微信朋友圈里流传，不断被复制转发。很快，出现了高雪跟林梅同框的截屏。朋友们有祝贺的，有调侃的，有坏笑的。一时间，几乎路人皆知。

林梅：不好了，他也看到了。

高雪：看到了什么？

林梅：同框。

高雪：不知是哪个搞的恶作剧。（流汗）

林梅：他的脸色很难看。

高雪：没有办法了，发出去的视频，泼出去的水。

林梅：在网上熊熊燃烧。

高雪：他说什么了吗？

林梅：他说"光彩夺目"啊、"比翼双飞"啊。

高雪：你要解释啊。

林梅：没用。

林梅：我更担心"地下工作"一旦暴露怎么办，会不会构成巨大的反讽？

高雪：人怕出名猪怕壮。

林梅：要是晓得会这样，还是不得奖好。

高雪：正视，真的猛士敢于正视严峻的人生。

林梅：人言可畏，众口铄金。

高雪：走自己的路，让别人去说吧。

林梅：如果知道真相，大家都会谴责我们。

高雪：真的知道真相，我想大家也会理解。因为我们是真爱。

林梅：可是有多少人可以理解，有多少人可以接受？

高雪：不要纠结，顺其自然吧。天不会塌下来。

此情无计可消除

林梅：我更怕他的情绪。

高雪：反正是大庭广众，公共场合，他无话可说。

林梅：但愿早点翻篇。

高雪：很快就会过去，热点似流水。

为了平息单位里一些人妒忌的目光，一万元的奖金，高雪拿出五千元买了礼品分发给大家。大家打着哈哈，乐意接受。

接下来，高雪和林梅又宴请了朋友。大家喝酒，跳舞，唱歌，一直玩到半夜才散。

林梅：做梦一般。

高雪：获奖还是酒宴？

林梅：都是。

高雪：啤总真想得出，要我们一起投壶。

林梅：问题是同时投中了。

高雪：天意。

林梅：还要同吃一颗葡萄。

高雪：看我们出洋相。

林梅：还要喝交杯酒。

高雪：恍如婚礼。

林梅：都在坏笑。

高雪：让他们乐吧，难得开心。

林梅：你差点喝醉。

高雪：幸亏梅替我挡酒。

林梅：不过醉一回也难得。

高雪：是的，但愿长醉不复醒。

九十二

暑假开始了，辛苦了一年，学校安排教师疗养。因为政策收紧，一般安排在省内。林梅报的是雁荡线，高雪报的是洞头线，时间、地点都不一致。不过，没关系，接下来有美妙的扬州行。林梅他们先出发。高雪也在微信上一直陪伴她。

高雪：下雨，路滑，一定要注意安全。

高雪：走路不看景，看景不走路。

林梅：好的，放心。

林梅：这几天会更加想你。

高雪：我也一样，梅。

林梅：这里有句话："父亲没有文人的迂腐，却有文人的多愁善感，有时也难免孤独。"

高雪：我女儿的话也记得？

林梅：车堵在高速路上，人困在座位上，电视里放着《自由飞翔》，我在看你的朋友圈。

高雪：堵车了？问题不大吧？

林梅：好像前面隧道出交通事故了。

高雪：那有点心烦。

林梅：孤独是智慧的曙光。

高雪：真想飞过去陪你。

林梅：外面大雨滂沱，还不知要堵多久，吃喝拉撒都成问题了。

高雪：堵在哪里？

林梅：天台不到。

高雪：旁边有村子吗？

林梅：没有。

高雪：想方便怎么办？带食品了吗？

林梅：男的倒还可以下去随便找地方。女的熬不住也只有去路边。食品有的。

高雪：用伞遮挡，保护自己。

林梅：解决了。我第一个。（笑）

高雪：给你点个赞！活人岂能让尿憋死。（笑）

林梅：女儿国国王说，我不要来世，我只要今生。

高雪：女王说得对。

林梅：终于通了，堵了三个小时。

高雪：接下来会顺利的。

林梅：（照片：雁荡山）

高雪：雁荡山，天下奇秀；林中梅，地上侠女。

林梅：每天逗我开心，疼我入骨，爱我入魂。

高雪：魂牵梦绕。

林梅：（照片：莫言题词）

林梅：（雁山第一胜景：中折瀑）

高雪：雁山胜景扑面来，心旷神怡还复回。三折飞瀑九天落，欲告奇迹君不在。

林梅：我身临其境没有诗，你远在天边有绝句。（六个大拇指）

高雪：灵感骤来。

林梅：眼睛一眨一首诗。

高雪：有气魄否？

林梅：扑面来，九天落，气势磅礴。

高雪：千山万水隔不断我对你的爱。

林梅：无论走到哪里，你都在我的心尖上。

高雪：（拥抱）

林梅：再过半个月，扬州浪漫去。

高雪：盼望着。

林梅：五点吃饭，喝了白酒。

高雪：你没有喝醉吧？

林梅：没有，放心。

高雪：我们兄弟也在喝白酒。

林梅：血脉相连，手足情深！

高雪：白酒兄弟在，闲话说林梅。

林梅：谢谢哥们包容厚爱。

高雪：老大对你高度评价。

林梅：肯定是你先吹的牛。

高雪：老三说，既然老大说好，那一定好的。

林梅：三哥老实。

高雪：老实？他说了一个成语"尾生抱柱"。将我和老大都难倒了。

林梅：尾生抱柱？我也不知道。

高雪：上网查了才知道（难为情），原来是一个悲壮的爱情故事。

林梅：你说三哥只有初中学历啊。

高雪：是的。

林梅：三人行，必有我师。

高雪：早安。

林梅：（照片：夜色中的两座山峰）

高雪：情侣峰？

林梅：眼力好，一眼看出了。（笑）

高雪：一个是你，一个是我。

林梅：情侣幽会缠缠绵绵，意犹未尽。

高雪：酷似。游到哪里了？

林梅：今天玩了水，去了楠溪江坐竹筏。

高雪：好的。

林梅：你在干吗？

高雪：一整天开会，听专家讲座。

高雪：晚上体育馆有大型演唱会。

林梅：有没有明星来？

高雪：据说 ××× 来。

林梅：多想跟你一道凑热闹。

高雪：我代表你去听，拍视频传你。（笑）

林梅：好的。

林梅：小腿酸了。

高雪：回来我给你揉揉。

林梅：你在就不会酸。

高雪：暖心。最后几天会越来越累，注意身体啊。

林梅：和让自己舒服的人在一起，就是最好的养生。

高雪：对。关键是心情，是心情决定风景。

林梅：是雪哥决定我的心情。

高雪：（拥抱）

林梅：游了山玩了水，今天去看海。

高雪：好的。

林梅：沙滩就这么一点大。（照片）

高雪：你下海了吗？

林梅：算是下过了。

高雪：穿泳衣了吗？

林梅：你喜欢我穿还是不穿？

高雪：我在的时候穿，我不在就别穿。

林梅：这样的话，我还有没有机会穿？

高雪：会有的。

林梅：听你的，不穿。你的小心思，我懂。（笑）

高雪：理解万岁！（玫瑰）

林梅：想起你小说中的那句"巴掌大的泳裤"。笑死了。

高雪：精彩吗？

林梅：精彩。既夸张又逼真。

　　林梅回来了，高雪马不停蹄出发了。林梅提醒高雪带上充电器、雨伞、衬衫，还有身份证。鞋子要防雨防滑，零食水果也要带一点。

高雪：体贴入微。（笑）

林梅：我不体贴谁体贴？

高雪：感动。昨晚梦见梅穿着泳衣微笑着看我。

林梅：什么颜色的？

高雪：好像是黑色，后来慢慢变成红色。

林梅：还会渐变。

高雪：是啊，非常神奇。

林梅：我是天蓝色的。（笑）

高雪：可能平时看见你黑裙子穿得多。

林梅：我喜欢黑色和白色。

高雪：黑白分明。

高雪：后来泳衣变成红肚兜。

林梅：梦是愿望的满足。

高雪：楚楚动人。

林梅：像小说，又像你给我讲的故事。

高雪：红肚兜上绣着精致的图案。

林梅：《闯关东》秀儿的红肚兜你印象深刻吧？

高雪：对，有可能源于此。

林梅：你和我一起追剧、一起感动，这也是一种
陪伴。

高雪：是啊。我们出发了，十男六女。

林梅：这么少。

高雪：兵分两路，另一路去衢州。

高雪：（照片：长屿洞天）

林梅：还有弥勒佛。

高雪：对。洞中有洞。

林梅：怪。

高雪：（视频：洞中欣赏古典音乐）

林梅：洞中穿越。

高雪：渐渐达到高潮。

林梅：天生一个仙人洞吗？（笑）

高雪：无限风光在险峰。（笑）

林梅：你夜里宿在洞里好哉？（笑）

高雪：好的。

林梅：编钟、古筝，优雅。

高雪：一屿遍疑灰，怪硐堪奇景。梵音袅袅来，清曲穿古今。

林梅：（大拇指）虽是人工，宛若天成。

高雪：一语双关？赞！

高雪：（一组照片）海上"布达拉宫"。

林梅：东沙渔村。

高雪：都是依山而建，层层叠叠的石屋。

林梅：有特色，还有大炮。

高雪：说是当年抗击倭寇用过的。

林梅：呵。

高雪：（照片：海水托着孤舟）现在去大鹿岛。

林梅：天气不错，蓝天白云。孤舟心系林梅。

高雪：林梅即是海水。

林梅：要防晒。

高雪：有伞。

林梅：照片上的男人发型好奇怪。

高雪：小辫子？

林梅：是的。

高雪：今天真生活。骄阳似火，没有风，环岛步行，上岭落岭，马不停蹄，走了三个小时，气喘吁吁，挥汗如雨，淌了三斗三升。真生活！

林梅：这么吃力，一般后生哥也吃不消。

高雪：是的，导游讲，这种生活只有带上情人才吃得消。

林梅：的确牛，牛哥。导游像你一样幽默。

高雪：一年的汗都流光了。

林梅：阿里汗。

高雪：（笑）梅也幽默。

林梅：受你影响。每日要汇报，劲头好。

高雪：心中有梅，力气使不完。

林梅：天热，不要中暑。

高雪：准备开喝，白酒下西瓜，味道好极了。

林梅：水与火的碰撞。

高雪：妙语。酒过三巡，他们竟然说我是闷骚型。

林梅：内心狂热骚动而不轻易外露。

林梅：表面克制内心渴望，外冷内热。

高雪：我是属于潇洒型。

林梅：是的，你大多数时候喜怒形于色。

高雪：他们说我有这个心没有这个胆。

林梅：激将法。

高雪：激将不起来。

高雪：我已横在宾馆里。

林梅："横"得好。

高雪：看美国电视剧《邻家女特工》。

林梅：早点休息。

高雪：最后一天，现在出发去石塘捕鱼。

林梅：出海捕鱼？

高雪：是啊。

高雪：阳光很猛烈。海岛上的阳光是赤裸裸的，无遮无掩的猛烈。难怪渔民那么黑。走到码头，已汗流浃背。一半人打了退堂鼓。四男三女七个人穿上救生衣上了渔船。渔船很小，是机动的。船老大穿着迷彩服，戴着墨镜立在船头，样子很酷，如果别上一支左轮手枪，很像海盗。从他黧黑的脸色看，一定饱经风浪。也许，在他看来，我们这班文弱书生禁不起风吹浪打，一个巨浪就能将我们吓坏。船在往外海开。海浪轻轻地拍着船舷。大海似乎永远没有平静的时候，波浪在不断涌动。李先生说得对，运动是绝对的，静止是相对的。船开了半个小时，到了捕捞地点。船老大开始撒网，一根手臂粗的绳子在滚动。我想象网在海中像章鱼一样张开在寻找猎物。机器在低鸣，船在抖动，我们在等待。船老大说，要等二十分钟。空气很闷，似乎没有风。远处，有海警船在巡逻，也有海鸥在飞。我想到了海明威的《老人与海》。那么一个老渔民，驾着一只小船去远海钓鱼。守了三个月，终于钓到了一生从未钓到过的大鱼。然而返航的时候，一条又一条鲨鱼尾随袭击他。老人用船桨，用匕首跟它们搏斗，最后精疲力竭，寡不敌众。大鱼的肉被一块块叼走，海水被一路染红。回到港湾的时候，那条几吨重的大马林鱼只剩下了一根鱼骨。海明威说得对，人可以被打倒，但永远不可能被打败。船老大说，到了捕鱼季节，出海打一网，至少得半个月，多的长达几个月。渔民真辛苦。他们是为了生存。我们呢，是为了休闲。我觉得有些羞愧。真正的勇士应该是这些劳苦大众。他们不畏艰险，几乎一生都在跟大自然搏斗。谁知盘中鱼，条条皆辛苦。终于可以起网了。船老大手脚麻利地将网拎到我们面前，有虾，有蟹，有一些小鱼，还有一条半斤重的海鳗。午餐可以添几碗海鲜了。

　　林梅：这么快？

　　高雪：去年写的。

　　林梅：去年哪里？

　　高雪：枸杞岛。

　　林梅：写得真好。"海岛上的阳光是赤裸裸的，无遮无掩的猛烈。"

　　高雪：传神吧？

　　林梅：描述有质感，议论有深度。

　　高雪：尽量写原生态。

　　林梅：插叙《老人与海》很重要。

　　高雪：也不能乱插，情景要符合。

　　林梅：你不会乱插。（笑）

　　高雪：当然。（笑）

　　林梅：你为什么总是那么聪明勤快？我懒得要命。

　　高雪：我也是大家怂恿的。

　　林梅：气象预报有台风。

高雪：是的，风有点大。

林梅：带了救生圈吗？注意安全啊。

高雪：带了，风越来越大，惊涛骇浪，船还在往外海开。

林梅：还没捕到鱼？

高雪：对。

林梅：七八月是禁渔期，只能在近海捕。没有大鱼的，都是杂七杂八的小鱼。

高雪：是的。不对，船摇晃得厉害。

林梅：你没事吧？

高雪：大家都吐了，我还行。

高雪：（照片：巨浪）船倾斜得厉害，几乎九十度，浪都打了进来。

林梅：这么危险，快回啊！

高雪：船老大说，想不到有这么大的风。可还是毅然往外海开。

林梅：穿好救生衣。

高雪：穿好了。浪有两人高。大家已无法动弹。

林梅：返回吧，台风吓人。（惊恐）

高雪：我命令船老大返回。可是他说，还没有鱼啊。我说，什么鱼的虾的，安全第一！

林梅：是的，安全第一。

高雪：船老大还有点恋恋不舍。我说，出了事就晚了。他这才调头。

林梅：决策正确。

高雪：悬着一颗心，终于到岸了。

林梅：（松口气）到岸就好。

高雪：苦海无边，回头是岸。（惊魂未定）

林梅：惊心动魄的疗养。

高雪：中午海鲜大餐。

林梅：好菜好菜。有没有喝酒压惊？

高雪：喝了，吃了胎蟹胎鱼，鲜！

林梅：有惊无险，最刺激最有味道。

高雪：难得的体验，台风紧跟着就来了，据说在海上时就有八级。

林梅：还好还好。可惜小生灵尚未长大。

高雪：是的，一网下去就进了地狱。

林梅：人也一样，有旦夕祸福。

高雪：所以要及时享受。这次体验了，说明身体还行。

林梅：不是还行，而是真行。

高雪：反而是我这个年长的照顾年轻的。

林梅：身体好才是真的好。

高雪：大家一致夸我当机立断。我是真的怕出意外。

林梅：是的，冒险没意思。

高雪：如果翻船事情就闹大了。

林梅：后果不堪设想。

高雪：心有余悸。

林梅：终生难忘。

高雪：妈祖保佑。

林梅：晓得有台风就不能出海。

高雪：所以我说抓到海龙王也不要了，快回！

林梅：渔民风险大，特别相信妈祖。

高雪：以前气象不发达更危险。

林梅：心潮翻滚，久久不能平静。

高雪：你是出发时遇阻，我是即将返回时遇险。

林梅：对的。

高雪：所以出游有风险，白相须谨慎。

林梅：（笑）明知有风险还兴致勃勃地去。

高雪：明知山有虎，偏向虎山行。

林梅：那些登珠峰的人，挑战极限。

高雪：是的。

林梅：敬畏生命最重要。

高雪：人永远是第一位的。

林梅：绝对。

高雪：扬州会议报到地点已发来，没变化吧？

林梅：家里已同意。他只问了一句跟谁去。我说
跟大学时一个同寝室同学去。

高雪：（开心）聪明。

林梅：要不要预订车票？要到杭州转车，全程差
不多八个小时。

高雪：我会订好的。

九十三

艺校即使放假的时候也比较忙，有许多培训班。琴棋书画，
不一而足。那天是个阴天，高鸣正陪高雪闲聊，省教育厅厅长
突然来校检查，局长陪同。教育厅厅长下车，一眼看到地上的

此情无计可消除

书法，便目不转睛。校长吓得脸都白了，局长也瞠目结舌。厅长说，这字谁写的？校长迟疑了一下，还是如实说，传达室的保安写的，他不懂事。厅长俯下身，一行行十分仔细地看着，神情似乎在鉴赏文物。看了半天，厅长慨叹说，高雅脱俗，颇有古意。校长这才松了一口气，局长也笑着看了传达室一眼。厅长说，你们不愧是艺校，连一个保安书法都这么好。厅长向传达室走来，高鸣连忙迎上去。厅长握着高鸣的手说，真是斗室有诗意啊，你这个保安不简单。厅长走向书桌，拿起了笔。高鸣连忙奉上宣纸。厅长挥毫泼墨写下三个字：闲居斋。高雪看了以后非常惊讶，那字迹既刚劲又飘逸，颇有二王神韵。高鸣击掌说，简直王羲之再世啊。厅长谦逊地笑笑，说，过奖，过奖。大家一齐鼓掌。局长讨字。厅长说，还是留在同道者这里吧，一个保安，能这样修身养性，不容易。高鸣如逢知音，差点感激涕零。

　　厅长看了高鸣书写的几幅条幅，说，你的字功力已经非同一般，但还有可以改进的地方。比如字法，方笔多，圆笔少，应该方圆兼施；比如结体，四平八稳的较多，应该以三角形、菱形为主，那样更美观、更有气势；比如墨色，也缺少变化，要注意浓淡、枯湿、燥润、轻重，五彩渐变；比如行气，中轴线不能太直，要左右摆动，左齐右齐，大小相随；比如章法，要有点线面三位一体的思想：第一要注意轻重，通过墨色和线条的变化来处理；第二要注意字组，通过组群和断连来处理；第三要注意提神，要有"字眼"，就是特别醒目的一个字，要注意"开窗"，一个字要开窗透气，一行字要开窗透气，一幅字要开窗透气，讲得简单一点就是要会"留白"，要计白当黑、计黑当白，说白了就是"阴阳"，世上万物都是由阴阳构成的，孤阴不生，独阳不长。当然章法也不能太死，要随机应变，有时密不透风，有时疏可走马。

大家热烈鼓掌。高鸣更是紧紧握住厅长的手，说，听君一席话，胜读十年书啊。厅长说，哪里，哪里，我也是在实践中慢慢领悟的。

厅长用手机拍了高鸣的几幅书法，又加了他的微信，说，我有朋友在西泠印社，我给你推荐一下。

你要时来运转了，高雪说。是吗？高鸣还没有回过神来。是的，凭厅长的人脉和影响，你的字将大放光彩。可是，字还是你的好啊，高鸣说。高雪说，我的不要紧的。高鸣说，刚才一紧张，忘了介绍你。高雪说，没关系的，真的，只要你好，我就开心。高鸣说，书法还有这么多讲究，我听得头都大了。高雪说，厅长是真正的行家，你不要畏难，一定要按照厅长所说的去做，慢慢琢磨，慢慢领悟。抓紧练，十年工夫无人问，一朝出山人称奇。

高鸣的劲头来了，每天天不亮就起床写，每天学生就寝后还是写。练习的时候，厅长的话老是在他耳边萦绕。渐渐地，他的书法开始脱胎换骨，面貌一新。他将书法上传朋友圈，大家除了点赞，还是点赞。偶尔，厅长也会在微信上鼓励、指点。

九十四

冰清回来了，是被高雪催的。李斯介绍了一个名校毕业、有留欧经历的小伙子。因为着急，为见面安排的午餐除了李斯，双方家长也都参加了。小伙子不错，长得高大英俊，谈吐得体，应酬自如，他不断地给高雪和李斯斟酒，不断地给冰清续饮料。冰清似乎也中意，不停地报以微笑。李斯说，男大当婚，女大当嫁，你们都不小了，该考虑婚姻问题了。我看你们年龄相当、学历相称，先加个微信，多聊聊，反正在一个城市工作，有空多接触接触。男方家长频频点头，向李斯敬酒。高雪发现男方家长男的比较敦厚，女的矮胖，比较俗气，隐隐担心女儿会不会有看法。

果然，返回前，女儿说，小伙子可以的，但他娘不行。高雪说，你又不是跟他娘结合。女儿说，以后在一个屋檐下，怎么相处。高雪说，你的要求真高，除了挑夫君，还要挑婆婆。女儿说，婆婆有时候比夫君还重要。高雪说，你年纪轻轻，简直老气横秋，不要太追求完美。女儿说，我会跟他接触的，但你不要抱大大希望。高雪说，一定要抓住机会，过了这个村没这个店。女儿说，知道了，你也多保重，最好找个伴，这样我在外面也放心一些。不知怎么的，高雪的脸热了一下。女儿看了一下高雪的脸，笑着说，老爸，有人在接触不？我看你气色不错。高雪说，没有的，这么大年纪了，找什么找？女儿说，有好事可要告诉我啊。高雪说，时间快到了，上车吧。

女儿的目光真是敏锐，一眼就看穿了高雪。要是她知道自己跟林梅在接触，会做何感想？肯定万分惊诧。不管怎么说，这事现在不能告诉她，以后条件成熟再说。

林梅：要带什么东西？

高雪：带上身份证、公务卡，还有你这个人。（笑）

林梅：万事俱备，只欠东风。

高雪：家里要安顿好。

林梅：不用担心，有两个女人在照顾他。

高雪：令堂有没有问你跟谁去？

林梅：当然问了，我说同学，但她不相信。

林梅：她悄悄问我，是不是跟高老师？

高雪：（发蒙）她怎么知道的？

林梅：当她傻啊？你无事献殷勤，早被她看在眼里，记在心里。

高雪：我有点反应不过来，请允许我发一会儿呆。

林梅：有些东西再深也是藏不住的。（笑）

高雪：她对我怎么看？

林梅：很好，她说你有情有义有才。

高雪：不嫌我年纪大？

林梅：没有。

高雪：想不到老夫人这么开明。

林梅：她还悄悄问我发展到什么程度了。

高雪：（流汗）你说了吗？

林梅：别紧张，我说，只是朋友，比一般朋友好点。

高雪：不能说得太多啊，不然她要担心的。

林梅：知道的，放心好了。

九十五

终于坐上了赴扬州的车。高雪和林梅像初次旅游的小学生一样兴奋。高雪一只手搂住林梅的肩膀，一只手握住她的手，十分亲昵。在别人看来，肯定不正常。但没有人注意他们。大多数人在打瞌睡，好像永远有睡不完的觉。年纪小的在玩手机。车载电视在唱："你是风儿我是沙，缠缠绵绵到天涯……"他们相视一笑。高雪说，这歌你点的？林梅说，你点的。高雪说，天点的。他们的手握得更紧了。外面在下大雨，车窗玻璃上形成了一道道激流。很快，车窗玻璃上有了雾气。高雪用食指在玻璃上写："十年一觉扬州梦。"林梅用她的纤指续写："赢得青楼薄幸名。"林梅说，如果让你住在以前的扬州，肯定是第二个杜牧。高雪说，可能是吧，如果你在那里的话。林梅笑了，非常动人。高雪忍不住将她搂得更紧了。林梅说，我真想永远依偎在你的怀里，浪迹天涯。高雪说，不怕累？林梅说，跟心爱的人在一起，永远也不累。高雪说，假如让你跟一个丑陋的陌生人坐在一起能坚持多久？林梅，恐怕一分钟也难以坚持。高雪说，那怎么办？林梅说，只有学习猪八戒。

的确，时间是相对的，虽是八个小时的车程，但他们看风景、聊天、吃零食，不知不觉就到了，竟一点也不累。下车，打的，进入扬州。林梅不停地打量着车外，说，似乎跟想象的不一样。高雪说，是的，现在的城市千篇一律，过去的扬州肯定不是这样的。报到地有一个很奇怪的名字——栅楼。大厅里都是人。他们签到，缴款，领房卡，乘电梯上了十九楼。高雪在一号房，林梅在九号房，他们先到了九号房。站在窗前，城市风光一览无余。但现在，他们无暇欣赏风景，情绪已经酝酿好久。他们迫不及待地进入浴室洗澡。高雪给她擦身。林梅给高雪搓背。淋浴露在膨胀，在滑动，在消散。很快就洗好了。高雪将林梅抱到豪华大床上。他们绞在一起，天衣无缝……无边的快乐降临，他们的灵魂像羽毛一样飘了起来，飞到了天国。

等他们起来下楼吃饭时，已经华灯初上。林梅建议到外面去吃，尝尝扬州美食，高雪满口答应。他们手牵手在扬州的大街小巷里走着，一切都是那么的新鲜有趣。闪闪发光的霓虹灯勾勒出四个字——扬州炒饭。他们不约而同地走了进去。美女老板很客气，热情地招呼。他们拣了一个位置坐下，要了两瓶红酒，点了三道扬州菜：大煮干丝、水晶肴肉、松鼠鳜鱼。不愧是名闻天下的淮扬菜，原料鲜活，刀工精细，口味醇美。还有什么比至爱亲朋在他乡异地品酒尝菜更有味呢？他们喝了一杯又一杯，一直喝到灯火阑珊，才相互搀扶着回到酒店。他们相拥着躺在榻榻米上，一起吟诵李白的诗："兰陵美酒郁金香，玉碗盛来琥珀光。但使主人能醉客，不知何处是他乡。"

在扬州的七天，是逍遥快活的七天。在会议间隙，他们游遍了扬州著名的景点，尝遍了扬州有名的美食。他们一次次在栩楼里翻江倒海。林梅感慨地说，真是无法无天，神仙般的日子。事后，高雪用诗句表达浪漫之旅，林梅更是写出了一篇千古美文。

高雪：骑鹤下扬州，孤舟万里征。此中无他意，唯有梅子情。

林梅：雪心中只有梅，一切为了梅。

高雪：越女袅袅扬州过，杜牧惊诧小蛮腰。天公借与高郎便，春风沉醉瘦西湖。

林梅：（六个大拇指）我也要写几句。

高雪：（笑脸）期待。

高雪：梅君笑靥如花开，浮生仙境又重来。若非李白下扬州，岂有高雪醉蓬莱。

林梅：神来之笔！

林梅：我肯定写不出这样的佳句。

高雪：拥梅入怀里，呢喃作鸳语。相顾两不厌，唯恐时光短。

林梅：每句我都懂。

高雪：梅子知我心，梅子解我意。余生若有憾，难解梅子愁。

林梅：（流泪）眼泪难以自控。

高雪：求文。

林梅把她的美文发了过来，只见她写道：

说起扬州，第一感觉是瘦西湖，第二感觉是浪漫。然而关于扬州，最令我神往的是"腰缠十万贯，骑鹤上扬州"和李白的"烟花三月下扬州"，可见扬州是当时江南最富贵繁华、诗意烂漫的地方。自隋唐至清代，扬州留下了多位皇帝南巡的足迹，留下了文人墨客缱绻的诗篇。所以，最能概括我此时此刻心情的是"瘦湖心仪久，有幸赴扬州"。虽然不是烟花三月，而是酷暑六月，但依然抵挡不住我火热的心，何况是和最心爱的人一起。

第二天清早，我们一路狂奔瘦西湖，在精致的红漆画船上开始了浪漫之旅。雪哥温柔地把我搂在怀里，笑脸紧紧地贴在我的耳边，亲昵得让旁人妒忌。坐在对面的只有一男一女，应该是夫妻，女的不停地用手机拍美景，男的似乎面无表情，木然地正襟危坐，和我们的热烈形成了鲜明的对比。瘦西湖碧波荡漾，清风徐来，湖面上不时游过一个个精致的小岛、一坛坛娇美的荷花、一只只悠闲的黑天鹅、一座座各具姿态颇有故事的小桥。都挺好！湖边桃柳相映成趣，三步一桃，五步一柳，虽然不是桃花灼灼，但树上缀满了一串串梅子般青涩的小桃儿，煞是可爱。虽然没有柳絮飘飞，但柳枝依然妩媚动人，宛若一个个体态轻盈、风姿绰约的少女在湖边翩翩起舞，不时地撩拨着我们的心弦。画船导游不时地讲解瘦西湖及几大景点，著名的有六七处：红桥、钓鱼台、白塔、小金山、五亭桥、二十四桥等。五亭桥是赏月最佳的位置，五个桥洞都衔一枚月亮，非常美妙。我们与其说沉浸在美景中，不如说陶醉在甜蜜的爱河里。感觉好像来到了世外桃源。在这里，我们什么都可以说，什么都可以做，大胆地拥抱，甜腻地亲吻，秀尽了恩爱。对面的男女好像被我们的热烈感染触动了。

　　瘦西湖果然瘦得厉害，最瘦的地方只有十几米，最胖的地方也只有一百多米。据说乾隆元年钱塘诗人汪沆慕名来到扬州，在饱览了这里的美景后与家乡的西湖比较，赋诗道："垂杨不断接残芜，雁齿虹桥俨画图。也是销金一锅子，故应唤作瘦西湖。"这就是瘦西湖名字的由来，看来有时风景也是瘦一点好。游船的终点是二十四桥，此桥现在看来就是一座普通的石拱桥。但有人说，来瘦西湖重要的不是看湖，而是看二十四桥。关于二十四桥，据说有一个美丽的传说。相传唐代有人在一个月光如水、清风徐徐的夜晚见到二十四个风姿绰约的仙女，她们身披羽纱，酥手托箫，鼓着粉腮，轻启红唇，飘上一座小石桥，于是那舒缓柔美的旋律便从二十四支箫管中缓缓地流淌出来。后来杜牧的名句"二十四桥明月夜，玉人何处教吹箫"大概用的就是这个典故。其实二十四桥究竟是一座桥还是二十四座桥，至今还是千古之谜。但是南宋词人姜白石《扬州慢》有名句"二十四桥仍在，波心荡，冷月无声"。从词的具体语言环境来看，二十四桥似乎是指一座桥。也有人认为大名鼎鼎的二十四桥纯属子虚乌有，实际上它只是唐代扬州桥梁的总称。不管怎么说，她诗意浪漫，她高雅神秘，她柔美似水，二十四桥的芳名也因此流传千载，她也成为瘦西湖中最让人津津乐道和浮想联翩的一处著名景点。

在画船上赏瘦西湖无疑是最有风味最有情调的，但与心爱的人沿湖边牵手信步也别有情趣，颇有收获。我们非常幸运，邂逅了扬州著名书法大师金丹的大气磅礴的书法和篆刻作品。雪哥酷爱书法，尤其是草书，感叹不虚此行，大开眼界。他如获至宝，仔细端详，认真拍照，汗珠不断从额头沁出，忙得不亦乐乎。他的快乐就是我的快乐。走完湖堤，感觉整个瘦西湖就像一条翡翠般的玉带系在小山的腰间，又像清瘦柔美的赵飞燕，让人有捧在手心里呵护的冲动。一个"瘦"字写尽了她的神韵和气质。如果说杭州西湖是电影大片，给人视觉上大气恢宏、一览无余的震撼，那么瘦西湖就是电视连续剧，情节跌宕起伏，给人"山重水复疑无路，柳暗花明又一村"的灵动之感。唐代诗人徐凝《忆扬州》有诗云："天下三分明月夜，二分无赖是扬州。"我不禁感叹，如果没有这位瘦美人，扬州配得上这样温柔唯美的佳句吗？

扬州七日，我们品尝了正宗的扬州炒饭、扬州干丝、盐水老鹅、红烧鲈鱼、清蒸白鱼、炭烤黑鱼，齿留余香；领略了热情的扬州小妞麻利娴熟的推拿手艺，意犹未尽；闲逛了扬州历史老街东关街，参观了扬州八怪纪念馆，又到市心小公园散步闲聊，还聆听了雪哥感人肺腑的"我的前半生"和《轮回》中精明风骚的女人和几个男人的那点事。我们尽情相拥，促膝谈心，哭过、笑过、闹过。第一次有逍遥法外、无拘无束、无法无天的窃喜。一切都是那么亲昵、甜蜜。瘦西湖的美妙是说不尽的，我们的幸福也是道不完的。今生的唯一，一生的回味。

今日的扬州似乎早已褪去了昔日的繁华与浪漫，我们没有见到耀眼的摩天大楼，大街上青年情侣亲热的场景一个也没遇见。但浪漫与幸福是要靠自己去创造和体会的，如果有一颗浪漫的心，无论走到哪里，空气中都是浪漫的味道。同样，如果有一颗孩童般的心，无论岁月如何流逝，人也永远年轻阳光。有一个疼惜你的人，无论世事多么艰难，总有希望。跟有趣的雪哥在一起，即使在伤心的岁月里，也能笑出花来。

雪哥把我的快乐复制，把我的忧愁减半。也许是前世的情，才注定今生相拥。爱的世界你情有独钟，我的心里刻着你的名。扬州忆，最忆是瘦湖；扬州醉，醉美是心情。

高雪：（九个大拇指）写得太好了，血情之作，千古美文！

高雪：情景交融，理趣俱佳。一腔真情，感天动地！

高雪：让我想到归有光的《项脊轩志》。吾不及也，惭愧！

林梅：雪哥又夸我。如果不是雪哥同行，我真的无心回忆，懒得动笔。

高雪：更有贯穿全文的天鹅之情，让人怦然心动，热泪盈眶！

高雪：谢梅赐佳作，无价之宝！

林梅：有这么宝贝？（笑）

高雪：梅就是无价之宝！（三个拥抱）

九十六

高雪：（书法：天下三分明月夜，二分无赖是扬州）

林梅：很有金丹的味道。

高雪：金丹的书法，源自我喜爱的王铎。我有茅塞顿开之感，今天临了半天。

林梅：很好，书法休息两不误。

高雪：纵豆蔻词工，"栩"楼梦好，难赋深情。

林梅：雪哥没有走火入魔吧？（笑）

高雪：走火入魔说明进入了高境界。（笑）

高雪：此番游广陵，抱得美人归。复窥瘦西湖，绝胜金丹书。

林梅：不虚此行。体验了奋不顾身的爱情、说走就走的旅行。

高雪：扬州自古烟柳绝，今日孤舟梅花开。天鸟成双嬉碧水，桃源洞天次第来。

林梅：变成杜牧了。

高雪：广陵忆旧游，月照一孤舟。还将两行泪，遥寄碧水流。梅子清丽影，摇曳柳梢头。从此书生夜，每梦有栖楼。

林梅：写不完，道不尽。

高雪：够回味一辈子。

林梅：幸福甜蜜是什么？我明明可以自己过马路，你却仍然坚持要牵住我的手，搂住我的腰。一会儿把我感动得哭，一会儿又使我破涕为笑，这就是雪哥的功力、魅力。

高雪：因为深深的爱。

林梅：爱就是情不自禁、条件反射。

高雪：老天放下梅让我疼爱。

林梅：我喜欢。我也永远爱你。

高雪：在干吗？

林梅：在江边跳排舞，出汗。

高雪：（视频：一群年轻女子穿着露脐衫在跳排舞，动作整齐划一，充满激情。两个人拿着小凳子在远处观看，他们越走越近，越看越近，不停地流着口水。）

林梅：搞笑。不过的确有许多人在围观，好像都是外地打工者。

高雪：可以理解，因为你们是一道美丽的风景。

林梅：你来过吗？

高雪：来过，但是找不到你。

林梅：（笑）牛郎竟找不到织女。我在中间。

高雪：难怪。那么多窈窕女子，看上去都差不多。

林梅：还说闭着眼睛也能找到我，肯定看走了眼，被别的美女吸引住了。

高雪：（难为情）没有的。不过你们跳得真好，充满激情。

林梅：其中一支舞曲是《爱情主演》。我在学，以后唱给你听。

高雪：好的，期待。

林梅：看到一个故事，说一个农村小伙子拿着两个盒子在走。有人问他，盒子里是什么？小伙子打开其中一个盒子，是喜糖喜烟。那人问，喝喜酒啊。小伙子说，是的，这个月已经第三次了。那人说，晕，今天才六号啊，谁家喜事？小伙子说，养猪专业户，他家的五只小猪满月，办了五十桌酒。那人说，晕！另一个盒子是什么？小伙子打开另一个盒子，是五只毛茸茸的小鸡。那人问，干吗啊？小伙子说，等小鸡生蛋了，我也要办五十桌。

高雪：笑得翻倒。不过，既夸张又真实。我县人就是讲排场！

林梅：如果你办喜事，安排几桌？

高雪：看跟谁。如果跟你，你说几桌就几桌。

林梅：吹牛。

高雪：牛不吹牛谁吹牛？

林梅：（大笑）

高雪：台风来了，风雨交加。

林梅：你值班注意安全啊。

高雪：好的。你在干什么？

林梅：看你的小说《空楼》。"他决心吻她，但是人去楼空。"

高雪：这是很久之前写的。

林梅：写的是你的初恋吧？

高雪：不是的，纯属虚构。

林梅：肯定有你的影子。

高雪：（流汗）

林梅：不要慌，可以理解。

高雪：跳进黄河也洗不清，难怪许多人通过作品将我对号入座。

林梅：所有作家的作品都在写自己。

高雪：那么《西游记》呢？

林梅：也是作家的心声。

高雪：你的看法真是特别。

林梅：源于生活，高于生活。

高雪：也是的。

林梅：你的过去我不计较。不念过去，不负当下，不畏未来。

高雪：说得太好了。

林梅：扬州之行增添了许多闪闪发光的只属于我们两个人的记忆。

高雪：是的。

林梅：你说"我要缩成一个娃娃，装在你的袋里"。

高雪：嘭地跳进来。

林梅：你说对我的爱还没有尽情地完全地表达出

来。你把我当母亲敬爱，当女儿宠爱，当妹妹亲爱，当情人疼爱，集四重真爱于一身，我已经醉了，还奢求什么样的爱？谢谢雪哥！

高雪：梅的解释真是让我醉了。

林梅：（拥抱）

高雪：不知不觉进入旷世之恋！

林梅：恋爱会让我们都变得年轻、健康、快乐。

高雪：是的，梅真的越来越美丽。

林梅：女为悦己者容。

高雪：每次一看到你，愉悦之情油然而生。不，如逢久别的亲人。

林梅：发自内心的喜爱、亲切。

高雪：即使洗发也忍不住握住你的手。

林梅：情不自禁。所以你说你不适合做地下工作。（笑）

高雪：在女工看来，肯定很奇怪吧？

林梅：女工在偷笑。

高雪：是吗？

林梅：我虽然躺着，但看到的。

高雪：忘情境界。

林梅：傻子。

高雪：（红包）今天是七七。牛郎织女等待一年才能相逢。

林梅：那时不能相逢还杳无音讯，现在有手机，真好。

高雪：不过，古人因为相见难，所以情感特别深沉。

林梅：是的，相见时难别亦难。

高雪：《李三枪》有趣，看吧。

林梅：好的，雪哥也有三枪。（坏笑）

高雪：你啊（笑），快收红包。

林梅：雪哥用心传递爱意，不需要红包表达。真正相爱的人每天都是情人节。

高雪：妙语！

九十七

厅长一来，大家看高鸣的目光明显不一样了。老师们本来就对高鸣好，叫他高老师，现在看见他更加客气。校长吩咐后勤时不时地送来纸和墨，以示对高鸣的支持。局长也隔三岔五地来，他背着手打量着厅长的墨宝，说，真好，龙飞凤舞的。高鸣叫木匠把厅长的书法装在镜框里挂在墙上，真的成了墨宝，"朝拜"的人络绎不绝。高雪说，你要出山了，不过你一定要沉住气，要知道山外有山，天外有天。老实说，你的书法功力还没有厅长深厚。高鸣说，知道的，浅着呢，我这是狐假虎威。

过了一些日子，厅长给高鸣发微信，说西泠印社的朋友十分欣赏他的书法，叫他去参加"西子杯"书法大赛。厅长嘱咐高鸣一定要去，说他的书法火候已到。厅长真是一个热心人啊。高鸣跟高雪商量。高雪说，去啊，机会难得。高鸣说，你也一道参加吧。高雪说，你先试。高鸣就写了刘禹锡的《陋室铭》寄去了。

高雪参加了省书法协会举办的"温泉杯"书法比赛，写了一幅王安石的《游褒禅山记》参赛。

高雪将两个消息告诉了林梅。

林梅：好的，但愿兄弟俩旗开得胜。

高雪：很难的，书法高手如云。

林梅：不管得奖不得奖，你都是我的书法家。

高雪：其实，你的书法功力很深厚。

林梅：我？三天打鱼两天晒网。

高雪：绘画在坚持吧？

林梅：断断续续。

高雪：趁着假期多画一些。

高雪：另外，听说绘画要上层次必须拜名师？

林梅：我就是自己玩玩，没有追求。

高雪：你的画个性鲜明，如果能得名师指点，肯定能取得更大成就。

林梅：能够走多远是八字生好的。我不想沽名钓誉。

高雪：梅情绪不佳？

林梅：有点担心。

高雪：担心什么？

林梅：老朋友迟迟不来。

高雪：在扬州时是安全期吧？

林梅：任何时候都没有百分之百的安全。

高雪：不会的，再等等。

林梅：再过两天不来，只能测试一下。

　　平静的生活一下子被打破了，高雪感到莫名的紧张，度日如年。林梅虽然依旧跟高雪聊微信，但明显没有以前那么热烈，字里行间弥漫了担忧的气息。高雪不断地上网搜索，寻找专家的答案。然而所有专家几乎众口一词——没有百分之百的安全。高雪的忧虑与日俱增，心在一阵阵紧缩：如果真的出现意外，后果不堪设想。高雪暗暗祈祷老天保佑林梅没事。

　　林梅：大事不好。

　　高雪：（晕）真的吗？

　　林梅：真的，两道杠。

　　高雪：会不会失真，假阳性？

　　林梅：可能性不大。

　　高雪：再去医院看看。

　　林梅：好的。

　　如遇晴天霹雳，高雪一下子被打蒙了。尽管可以手术，但要遭多么大的罪。这不是他的初衷。他的初衷只是想帮助林梅分忧，给她带来快乐，帮她渡过难关，不想给她制造一丝一毫的麻烦。然而事与愿违，不想发生的事还是发生了。怎么办，万一她先生知道了怎么办？会不会闹得满城风雨，让两人身败名裂？高雪像热锅上的蚂蚁在客厅里团团乱转。这种事情不能跟任何人说，毕竟名不正言不顺。高雪只有再次祈祷老天，测试的结果是错的。

　　林梅：确诊，有了。

　　高雪：心疼至极，不知怎么安慰梅。（流泪）

　　林梅：心情一样，也想安慰你。

　　高雪：我非常自责，没有保护好你。

　　林梅：不要太担忧，更不要失魂落魄。

此情无计可消除

321

高雪：非常时期，安全起见，信息最好删掉，反正我全部抄下了。

林梅：晓得。

高雪：欲哭无泪。

林梅：别哭，也是女人常见的苦。

高雪：非常难过，美好的愿望跟结果相反。

高雪：如果能代替，我愿意代替你吃苦。

林梅：没关系，正常生活。

高雪：一定要休息好，先放下一切，不去想它，好吗？

林梅：好的，我放得下的，还是你放不下？

高雪：待我好好想想怎么办。

林梅：我也会想的，怎么处理。你看剧吧，别打乱生活节奏。

高雪：对，看《外交风云》。

林梅：这个题目有意思。

高雪：应景？

林梅：对。

林梅：我想要这个孩子。

高雪：啊？

林梅：我非常想要这个孩子。

高雪：可是他会接受吗？

林梅：我想跟他离婚。

高雪：可是他会同意吗？

林梅：不管他同意不同意。

高雪：可是法律不会支持。

林梅：法律也许会支持，反正他有喜欢的人。

高雪：他不会承认的。

林梅：护工会承认的。

高雪：护工更不会承认。

林梅：你不知道他们有多亲昵。

高雪：关键时刻不会承认的。

林梅：不承认也得承认。

高雪：法律讲究证据。

林梅：那我突然袭击录个视频？

高雪：我想没有这个必要。

林梅：那你说怎么办？

高雪：让我再考虑考虑。

高雪：我从《家庭医生报》看到试管婴儿的事。

林梅：怎么？

高雪：我想，你是否可以跟他提出想要个孩子。

林梅：啊？

高雪：他肯定会惊讶。

高雪：然后你提出想通过科学手段怀个孩子。

林梅：他不会同意的。

林梅：他本来疑心就重。

高雪：不妨试试。

林梅：试了也是白试。

林梅：弄得不好会带来更大的麻烦。

高雪：试试看。

林梅：你一定要我试？

高雪：我想如果你很想要个孩子的话，这是最稳妥的办法。

林梅：试了，他坚决不同意。

高雪：真的？

林梅：他说，等他死了我想怎么样就可以怎么样。

高雪：这样看来离婚也不会同意的。

林梅：肯定不会同意。

高雪：看来只有手术了。

林梅：我还是非常想要这个孩子。

高雪：可是现实不允许。

林梅：我想跟他摊牌。

高雪：不行，时机不成熟，这样会两败俱伤。

林梅：你怕了？

高雪：不怕！但最好想个万全之策。

林梅：世上本来就没有万全的东西。

高雪：能不能叫你母亲做做工作？

林梅：第一，母亲不会做工作。第二，母亲做工作也没用。

高雪：能不能给他看看《老酒馆》那一段，那个生命垂危之人不是临终托妻？

林梅：那是编的，现实中根本不可能。你以为他的境界有那么高？

高雪：那你说怎么办？

林梅：我在问你啊。

高雪：真的没办法的话只有去医院。

林梅：（三个哭泣）

高雪：（着急）梅，别哭啊。

林梅：老天在惩罚我们，这就是代价，血的代价。

高雪：梅千万别难过，一切都是我的错。

林梅：我不怪你，我心甘情愿的，只是没有想到意外来得这么快。

高雪：想起半生的悔事，我的灵魂无地自容。我小心翼翼，如踩在国境线的两边，但终究有遗憾和伤悲。我浑身星星般的灼痛，也与星星一同失眠。此刻我只有向上苍乞求，护佑我梅。

林梅：你写的？

高雪：不是，刚刚在一本杂志上看到这首诗，觉得可以表达我此刻的心情。

林梅：不要想这么多。

林梅：酸甜苦辣咸，五味杂陈就是生活的常态。

高雪：谢谢梅的宽容。（拥抱）

林梅：你的心情我都懂，你比我难受。

高雪：千岁，千岁，千千岁！

林梅：让我再冷静想想，想好后会告诉你的。

高雪：好的。

林梅：一直以来，我想要一个孩子。每当看到别人家的孩子，我的心就隐隐作痛。可是我不能。不，是他不能。他就喜欢喝酒，他的精子被酒精泡死了。我欲哭无泪。现在，因为一个意外，有了孩子，我多么希望她降生。她肯定像天使一样美丽。可是，现实是残酷的，我们面前有无法逾越的障碍。一不小心，我们都会身败名裂。去医院，我决定了。

高雪：（三个流泪）

林梅：生活很精彩，生活也很无奈。

高雪：我不知道怎么安慰你。这几天，我一直做梦，梦见一个天使般的女孩。她要么在打瞌睡，要么在洗澡，要么在调皮地走路，在开满鲜花的田野上走路。她的笑容那么天真可爱，她的声音像银铃一般。她一开口就会朗诵唐诗宋词，她一听见音乐就会翩翩起舞……

林梅：我何尝不是这样？（伤心）

高雪：梅，未来的路还长，我们还有机会的。

林梅：（大恸）

林梅：医生说，至少要等到第四十天才能手术。

高雪：煎熬。也好，让孩子感觉一下人间，尽管看不到，她一定能够听见亲人的呼唤。

林梅：你要来花园叫叫她。

高雪：一定来，我叫她小梅。

九十八

大赛结果揭晓了，高鸣的书法得了一等奖。厅长第一时间告诉了他。省报、省台都做了报道。高鸣将获奖作品发到朋友圈。高鸣说，朋友圈仿佛涨潮，鼓掌的、点赞的、竖大拇指的蜂拥而来，连许多潜水的都冒出来了。高鸣说，我静静地看着朋友圈，默默地享受着幸福时刻。高鸣说，老师们朝我颔首，校长亲自将省报送了过来，学生好奇地拿着笔记本叫我签名。连大妈也说她要发财了，她收藏了我写过的许多旧报纸。高雪说，恭喜你，真的为你高兴。

这时，"温泉杯"结果也揭晓了，高雪名落孙山。双重打击。

高雪参加了高鸣的庆功宴。大家明显感觉到高雪情绪不高。李斯说，如霜打的茄子。啤总问，林梅为什么不来？高雪说，她身体不好。

那天，天气阴郁。高雪用车载着林梅上路了。风在窗外呼呼叫。高雪在一个桥洞里把车停下，将一个厚厚的信封交给林梅。林梅知道那是钱，说，不要。高雪硬将信封塞到林梅手中。林梅迟疑片刻，将信封装进一只黄色的小包。时间还早，城市的街道还处在一片灰暗之中。车子在无声地行驶，每一个红灯都是那样的耀眼。终于到了郊区那幢白色的大楼。楼顶有一个巨大的红色"十"字，血淋淋的。林梅叫高雪待在附近的偏僻处，她自己一个人向大楼走去。高雪不安地坐在车里，点燃一支烟。高雪本来从来不抽烟。弥漫的烟雾将景物弄得模糊不清。车子一辆接一辆地驶过，发出流水一样的声音。远处传来教堂的钟声，每一下仿佛都敲在高雪的心上。手机铃声终于响了。高雪戴上鸭舌帽、口罩、眼镜，像一个特工走进了大楼。尽管时间还早，大厅里已经挤满了人。高雪尽量避开人们的视线，径自走上三楼。走廊上几乎都是女人，她们脸色悒郁，都小心翼翼地抚着自己的肚子。林梅走过来，向一个白衣人指了指高雪。白衣人仔细地看了高雪一眼，点了点头。一扇神秘的门打开了，林梅走了进去。她回头看了高雪一眼，目光有些留恋。

高雪的心一紧，他仿佛看到了里边的情景。

房间里有几个白色的影子在晃动。林梅躺在床上，神情有点紧张。她呆呆地看着头上枝形的吊灯。白影们在叽叽喳喳说话，仿佛清晨刚睡醒的麻雀。器械在发出声响，一种冰冷的味道传来。一个护士走了过来，将一支针头戳进了林梅的手臂。林梅慢慢失去了知觉。事后，高雪曾经问林梅，有没有看见天国？林梅说，没有，什么都没有看到。

高雪似乎听见了小梅的声音：幽闭的洞口被打开了，一束昏黄的光照进来。我还来不及睁开眼睛，一个黑洞洞的物体向我逼近。随着一阵尖锐的声音响起，似乎睡着一般的母亲大腿痉挛了一下。令人窒息的疼痛感传来，我的肉体被撕裂，我的灵魂从母宫飘了出来，升上了天国。

林梅被放在手术车上推了出来。她还没有苏醒，闭着眼躺着，脸色煞白。高雪十分心疼，将林梅抱到病床上。林梅睁开眼睛。高雪泡了一杯人参红糖茶喂林梅喝。林梅的脸色慢慢有了血色。冷，林梅说。哪里？高雪问。林梅指了指肚子。高雪使劲将双手搓热，伸进衣服捂在林梅的肚子上。林梅感激地看着高雪。

两个小时后，高雪在自己的寓所写下了一首诗，并通过手机发给了林梅。

梅家稚郎辞越都，孤舟一片绕镜湖。碧玉不归沉冥海，嘤嘤啼声满苍穹。

林梅发来的表情，除了哭泣还是哭泣。

九十九

高雪：梅，心情好些了吗？

林梅：不好，日里夜里都是小梅。

高雪：不要想。

林梅：做不到，也许这是我一生最懊悔的事情。

高雪：不要懊，不要悔。

林梅：其实我们可以保留孩子。

高雪：？

林梅：我可以在他们亲热时当场拿住，逼他离婚。

高雪：然后呢？

林梅：我可以成全他和护工，离开家庭，在外面租房住。

高雪：这样影响就大了，舆论不会支持你。

林梅：比起一个生命，舆论算得了什么！

高雪：这话有理。

林梅：如果我住在外面，你会来看我吗？

高雪：当然会。我不会让你住外面，我会将你接到家里。

林梅：你不怕？

高雪：当然不怕。

林梅：只是现在一切都晚了。

高雪：不晚，来日方长。

林梅：那个护工的丈夫生病了，她要回家照顾。

高雪：那你要辛苦了。

林梅：我想请另外的护工，可是他死活不同意。

高雪：有感情了。

林梅：护工也说，三五天就回来。

高雪：这几天只有你照顾了。

林梅：没办法。

高雪：你自己也虚弱，千万保重。

林梅：好的。

高雪：阳光总在风雨后。

林梅：但愿。

县电视台的人来了，说要给高鸣做个专题，要高鸣好好准备一下。校长闻讯，说，很好，我们学校全力配合。高鸣说，做什么专题啊？我是一个下里巴人，出什么风头啊。高雪说，要做的，名气就是这样做出来的，酒香还怕巷子深。高鸣说，其实，你的书法比我好，你的草书已经信笔纵横，满纸烟云。高雪说，我的不要紧的，只要你好就行。

电视台先对高鸣进行采访，高鸣如实回答了他们的问题。他们感慨高鸣的生活经历真丰富。他们特别要求高鸣提供从小到大的照片。高鸣的妻子很勤快，将他的所有照片都拿来了，连那张陈列在县照相馆的周岁照也拿来了。看到这些照片，高鸣心中百感交集。记者如获至宝，一张张地拍着。高鸣说，我觉得自己没有什么了不起，没有必要这么宣传。记者说，你的经历很独特，是一个很好的草根逆袭的故事。说来说去还是草根啊，高鸣有些不高兴。

在拍表演书法时，高鸣要求给高雪也录一段。高鸣说，他是我的书法导师。记者有点为难，说，要突出主题啊。高雪也说，是的，主角是你，不能喧宾夺主。高鸣更加不高兴。

林梅：在电视上看到了你哥的光辉形象。

高雪：功夫不负有心人。

林梅：其实你的书法也挺好啊。

高雪：谋事在人，成事在天。

高雪：不过，说真的，他得奖比我自己得奖还
高兴。

林梅：是的，大哥一生不容易。

高雪：梅好吗？

林梅：不好。

高雪：很累？

林梅：我们的事情被他发现了。

高雪：（震惊）

林梅：昨天中午，我在服侍他的时候睡着了，他
看了我的手机。

高雪：你没有修改密码？

林梅：没有，我想，反正他没有机会看到的。

高雪：你没有删除信息？

林梅：没有，尽管你多次提醒，我还是不舍得。

高雪：（晕）他反应强烈吗？

林梅：非常强烈，以绝食抗议。

高雪：可是他自己？

林梅：只许州官放火，不许百姓点灯。

高雪：麻烦了。

林梅：他说必须断绝跟你的一切交往，包括微信

聊天。不然，他要举报。

高雪：先稳住，情绪一激动，什么事都做得出来。

林梅：让人难以忍受的是我的手机每天就寝前必须让他检查。

高雪：这过分了。

林梅：这跟每天搜身有什么区别？

高雪：怎么会这样？

林梅：我不会让他检查的，大不了鱼死网破。

高雪：现在需要忍耐，梅。

林梅：等护工回来，我就离家出走。

高雪：现在需要冷静，梅。

高雪：不然玉石俱焚。

高雪：求你了。

林梅：（流泪）

一〇〇

　　高潮出现在教师节学校的大礼堂里。音乐老师已经带领学生排练了一个星期，他们准备在舞台上给高鸣伴唱伴舞。高鸣有点诚惶诚恐。他从来没有正经八百地上过台，即使上过台，面对下面黑压压的老师和学生，怎么也放不开，他担心会不会出洋相。何况，王老师会怎么想？毕竟，他是正规的书法老师。起先，高鸣断然拒绝。后来，校长叫高雪给高鸣做工作。高雪说，这样的机会别人做梦都想不到，这是人家免费给你做活广告，你不是一直想发财吗？你有名气了，即使做书法家教也会发财的。想到钱的问题，高鸣有点动摇了。他一辈子受钱所困，所谓一分钱逼死英雄汉。啤总李斯他们也劝高鸣要上台的，胆子大点，打架都不怕，怕什么？高鸣说，看来旱鸭子得上架了。高鸣被要求穿上唐装，在一片炫目的灯光中上台了。舞台上，巨大的宣纸早已准备就绪，像一块银幕立在那里。高鸣不敢回头，他知道背后是一片热辣辣的目光，那是有许多知识的目光啊。一个穿着旗袍的美女学生端上墨砚，另一个美女学生拿上毛笔。所有镜头在向高鸣聚焦。音乐响起来了，非常舒缓，李老师和范老师开唱了：世上有朵美丽的花……许多盛装的学生开始翩翩起舞。高鸣深吸一口气，拿过大号狼毫在宣纸上写起来。他写的是毛主席的《沁园春·雪》。他写得激情澎湃，完全忘记了自己是在表演，完全沉浸在书法中了。写完最后一个字，台下掌声热烈，他转过身，彬彬有礼地向台下观众鞠了一躬。两个美女学生又抬上一块巨匾。高鸣拿出高雪给他的老鼠啃过的秃笔，暗中运气，调动全身之力，在匾上写下四个大字：大平世界。台下有老师叫起来，"太"字写错了。全场霎时静止。高鸣不慌不忙，像舞蹈似的转了几个圈，然后迅速将秃笔掷出。秃笔飞镖似的向匾上的"大"字射去。笔到之处，一个浓点正好落在"大"字下面，天衣无缝。掌声雷动。事后，师生们都觉得很神奇。他们不知道高鸣暗暗练了上百次。

节目经过电视台播出后，高鸣这里很是热闹了一阵子，索书的、要求题字的，络绎不绝。高鸣甚至叫高雪帮忙。但是，愿意付钱的似乎很少，最多拎来一点礼品。高鸣有点心灰意冷，他说，练了这么多日子，难道是为了图个虚名？高雪说，知足吧，人家写了一辈子，还藏在深山无人识。

啤总说，工程终于拿下来了，问高鸣怎么办。高鸣问高雪怎么办。高雪说，你自己决定吧。高鸣迟疑了，一个人在校园里徘徊。几天后，他通过手机向高雪发去一封长信。

　　夜阑如水，黑色的天空上缀满了云朵和星星。现在机会来了，我该怎么办呢？想当初，你将我弄进来的时候，我的确感觉在坐牢，的确盼望啤总早日将项目弄下来，将我解放出去。我盼星星盼月亮似的盼望着。是的，我一直想发财，一直想出人头地。我想有房子有车子有位子，我想到KTV里莺歌燕舞，我想周游世界赏遍千山万水，我想吃遍天下美食，我想到拉斯维加斯去玩玩轮盘赌，我想像椒总一样坐着豪华游轮去好望角钓鱼。所有这些都需要钱，没有钱一切都是空想。啤总许诺一定不会委屈我，我知道他的为人，像梁山好汉一样豪爽，如果真的发了财，肯定不会委屈我。问题是书法怎么办呢？将墨盘拿到工地上，这怎么可以呢？怎么静得下心来呢？书法需要有个安静的环境，任何艺术都需要一个安静的环境。那么放弃书法吧，似乎不可能了，它已经深入我的骨髓，深入我的灵魂，尽管现在书法不吃香，艺术不吃香，但它至少可以自娱自乐啊。正像你说的，工作之余，写几笔，画几笔，跟好友共赏，喝喝酒，弹弹琴，下下棋，这就是古代士人的活法。现在的人心太浮躁了，太功利了，不是忙于工作，就是忙于游戏，忙于社交，忙于赌博，忙于吃喝玩乐，一刻也不能安静，一刻也不想安静。他们不知道怎么打发时间，时间对他们来说就是罪过，正像以前的我。有钱的话更加任性，电视上也好，生活中也好，有钱人有几个真正幸福的？是的，他们太空虚了，心灵太空虚了，没有归宿。所以佛家说"降伏其心"是有道理的，欲望膨胀的结果就是毁灭。而沉浸在艺术中就不一样（当然，我想沉浸在科学中肯定也不一样）。沉浸在艺术中可以忘记时间，忘记烦恼，忘记痛苦。在书写时，你眼中只有线条，只有宣纸，只有墨水，你心无旁骛，兴之所至，笔走龙蛇。而无所事事时，你会感到空虚，感到无聊，感到时间一分一秒都难熬。

月亮旁边出现了一颗星星。月亮又是一弯眉月，发出清丽的光。星星很大很亮，以前好像从来没有看到过。是新星吗？不可能，网上没有报道。是人造卫星吗？它又一动不动。不管是什么，眉月和巨星构成了一幅特别美丽的画面。校园很静，学生们都休息了。花木在拔节，昆虫在轻唱，空气在静静地流动。我似乎爱上这个地方了。孩子们生动的笑脸、老师们的彬彬有礼、培训楼的艺术氛围、隔三岔五来看望我的哥们……是的，这里尽管钱不多，但解决温饱问题绰绰有余。在这里，饮食起居很有规律，睡得好，吃得香，一切不良习惯戒掉了，连烟都戒了，因为校园里禁止吸烟。我的身体越来越好。大妈说我越来越精神了。唯一的不足似乎是缺少一点自由。但这已经不是问题，因为我爱上了书法，我获得了精神上的自由。外面有一辆白色的车悄悄驰过。夜行者在播放音乐，我又听到了腾格尔深情的歌声：我爱你，我的家。我的家，我的天堂……

高雪：写得太好了，每一句都是肺腑之言。

高鸣：汗颜汗颜。

高雪：遵从自己的内心。

高鸣：好的。

高雪：工程也有风险。

高鸣：是的，我想好了，决定留在这里。

高雪：好。

尾声

林梅：护工回来了，我摊牌了。

高雪：啊？！

林梅：可是他不同意，护工也不同意。

高雪：肯定的。

林梅：我说，你也有你喜欢的人，我也有我喜欢的人，我们互相成全吧。

高雪：够直接的。

林梅：他们脸上一红，但随即异口同声表示反对。

高雪：他们不是真爱，只是在接触中产生了感情。

林梅：是的，护工更多的是为了钱吧？

林梅：被我戳穿后护工死活要走，他死活不同意。

林梅：最后反而是我挽留护工。

高雪：你做得对。

林梅：可是以后怎么过？

高雪：耐心等待，时间是解决一切的良药。

林梅：等待戈多。

高雪：我不是戈多。

林梅：目前就是戈多……

第一稿写毕于 2021 年 6 月 11 日

第二稿改毕于 2021 年 7 月 18 日

第三稿改毕于 2021 年 11 月 20 日